LA MUERTE DEL PAPA

UNA NOVELA DE LUIS MIGUEL ROCHA

LA MUERTE DEL PAPA

EN 1978 JUAN PABLO I FUE ASESINADO.
AHORA OTROS INOCENTES VAN A MORIR

SUMA
de letras

© 2006, Luis Miguel Rocha
© De la traducción: Jorge Salvetti y Ramón Colli
© Santillana Ediciones Generales, S. L., 2006
© De esta edición: Aguilar, Altea, Taurus, Alfaguara, S.A., 2006
Av. Leandro N. Alem 720 (1001), Ciudad de Buenos Aires

ISBN-10: 987-04-0559-2
ISBN-13: 978-987-04-0559-7

Hecho el depósito que indica la ley 11.723
Impreso en la Argentina. *Printed in Argentina*
Primera edición: octubre de 2006

Ilustración de cubierta: Alejandro Terán
Diseño de interiores: Raquel Cané

Rocha, Luis Miguel
    La muerte del Papa - 1ª ed. - Buenos Aires : Aguilar, Altea, Taurus,
Alfaguara, 2006.
    384 p. ; 24x15 cm.

    Traducido por: Jorge Salvetti y Ramón Colli

    ISBN 987-04-0559-2

    1. Narrativa Portuguesa-Novela. I. Salvetti Jorge, trad. II. Colli Ramón,
trad. II. Título
    CDD 869

/

Este libro está dedicado a
Juan Pablo I

Albino Luciani

17.X.1912
29.IX.1978

Y en cuanto a usted, Señor Patriarca,
la corona de Cristo y los días de Cristo.

Hermana Lucía a Albino Luciani,
Coimbra, 1 de julio de 1977.

Que Dios los perdone
por lo que han hecho conmigo.

Albino Luciani a los cardenales que lo
eligieron Papa el día 26 de agosto de 1978.

Capítulo

1

P OR QUÉ CORRE UN HOMBRE? ¿QUÉ LO HACE CORRER?
En el sentido literal de la expresión, una pierna se
adelanta a la otra, el pie derecho sigue al izquierdo; no hay
primeros lugares en estas cosas del cuerpo. A unos los
mueve el deseo de gloria. A otros los motiva la pérdida
de unos kilos de más. Sea como fuere, la suma de razones
se resume en una sola: todos corren por la vida, ninguna
otra cosa los impulsa.

Tampoco otra cosa impulsa a este hombre que desciende a toda prisa las enormes escaleras interiores de los
Archivos Secretos del Vaticano a tan altas horas de la noche.
La sotana negra se diluye en la tenue iluminación del nada
secreto lugar que alberga documentos manifiestamente secretos. En principio, sólo el Sumo Pontífice puede disponer
de ellos o permitir que alguien acceda a ellos. Allí, en las tres
imponentes salas paulinas y en otros edificios anexos, tras
el Palacio Apostólico, se conservan documentos de capital
importancia para la historia del pequeño Estado y del mundo.
Los funcionarios suelen decir que cualquier investigador
puede consultarlos —siempre que se trate de documentos
posteriores a 1939 o referidos al Concilio Vaticano II—, pero

en Roma y en el resto del planeta se sabe que ni todos pueden entrar ni los que entran pueden verlo todo. En los ochenta y cinco kilómetros de estanterías del Archivo Secreto hay muchos recodos ocultos.

El clérigo recorre este camino secreto. En la mano lleva algunos papeles amarillentos por el tiempo, probablemente la razón de tan acelerada carrera. Un ruido disonante con el de sus pasos lo alarma. ¿Viene de arriba?, ¿de abajo?, ¿de dónde procede? son las preguntas que cruzan su mente. Se detiene, mira, escucha, sólo se oye el ritmo acelerado de su respiración; el sudor le empapa el rostro. Corre a sus aposentos, en la propia Ciudad del Vaticano, o mejor, en el país del Vaticano, porque eso es en realidad el Vaticano, con sus reglas, sus leyes, su credo y su sistema político.

Ese hombre se llama monseñor Firenzi. Bajo la escasa luz de la lámpara de su escritorio, garabatea su nombre: unos trazos escritos a toda prisa en un gran sobre donde ha colocado los papeles que lleva en la mano antes de sellarlo. Él es el remitente, no cabe duda, pero es imposible discernir el nombre del destinatario porque la iluminación es tenue y porque, además, monseñor Firenzi inclina la vista sobre el papel hasta casi rozarlo, quizás a causa del sudor, que le ha empañado los ojos y no logra distinguir su propia letra. Finalizada esta operación, monseñor abandona el cuarto.

¿Adónde irá con tanta urgencia a esas horas de la noche monseñor Firenzi? La campana de la basílica de San Pedro ya marca la una de la madrugada. Después del toque, el silencio vuelve a adueñarse de la noche. Hace frío, pero no parece notarlo este siervo de Dios que continúa su carrera y muy pronto llega al exterior, a los paseos que llevan a la plaza de San Pedro, a la maravilla elíptica de Bernini, con su simbología cristiana y pagana, porque los artistas no son personas que se sometan a un solo arte o a una sola fe. De nuevo, un ruido hiere los oídos de monseñor. Se detiene; un sudor frío le recorre el cuerpo, mientras, jadeando, trata de recuperar el aliento. No hay duda, son pasos; quizás un guardia suizo en su ronda nocturna. De todos modos, monseñor Firenzi acelera la marcha, quién sabe con qué rumbo, con el sobre firmemente asido en la mano. Debería llevar varias horas en la cama si ésta fuese una noche como todas, pero, a juzgar por su expresión de inquietud, no lo es. Protege el sobre con las manos apretadas contra el cuerpo. Al llegar a la mitad de la plaza lanza una mirada hacia atrás. Observa una sombra, en el fondo; no es un guardia suizo, al menos no viste como tal, o quizá lo sea y no esté de servicio. No ha acelerado el paso, a diferencia de monseñor Firenzi, que ahora avanza a media carrera. La oscura figura prosigue su andar con el mismo ritmo parejo y cadencioso. No corre; quien lo hace es monseñor Firenzi, que vuelve de nuevo la vista atrás. Cualquiera que lo viera pensaría que no está en sus cabales, pero nadie pasea por esos lugares a esas horas; sólo él y esa sombra, uno caminando, el otro corriendo. No parece haber ninguna relación entre ambos, pero ¿quién puede estar seguro?

Su Ilustrísima deja la plaza y continúa por la Via della Conciliazone. Roma duerme el sueño de los justos, de los injustos, de las personas de bien, de mal, de los pobres, de los ricos, de los pecadores y de los santos. Monseñor aminora el ritmo de la marcha, opta por el paso rápido; la sombra sigue el mismo camino y parece acortar distancias. Un fulgor destella en una de sus manos. Firenzi lo ve y echa a correr de nuevo tan rápido como la edad y las articulaciones se lo permiten. Corra por la vida, monseñor Firenzi; de su carrera depende su vida o su muerte. Un ruido apagado le estalla en los oídos, y se aferra tambaleante a lo primero que ve. Ha sido rápido, ya pasó; un sonido extraño, apagado, y después nada. La sombra se aproxima, aún lejana, pero el ruido se ha transformado en un dolor lacerante que le recorre las costillas. Monseñor se lleva la mano hacia donde le duele, cerca del hombro. Sangre, la sangre de la nueva y eterna alianza entre la vida y la muerte, el equilibrio o desequilibrio de los miembros y de los órganos. Vuelven a oírse los pasos, la sombra está cerca, el dolor le penetra cada vez más en el cuerpo.

—*Monsignor Firenzi, per favore.*

—*Che cosa desiderano da me?*
—*Io voglio a te.* —El enigmático perseguidor saca un celular y habla en una lengua extraña, tal vez de algún país del Este. Monseñor Firenzi repara en el tatuaje de una serpiente cerca de la muñeca. Segundos después, un coche negro se detiene al lado de los dos hombres; los cristales oscuros no dejan ver si, además del conductor, hay alguien en el interior. El hombre arrastra al desfallecido monseñor y lo introduce en el coche, sin violencia, sin esfuerzo aparente.

—*Non si preoccupi. Non state andando a morire.*

Antes de entrar en el coche, el hombre limpia la superficie del buzón de correos donde se ha apoyado monseñor, tras recibir el tiro certero en el hombro. Firenzi lo mira fijamente, mientras el dolor le traspasa el cuerpo: «Es esto lo que se siente cuando se recibe un disparo», piensa. El hombre continúa limpiando las pruebas de lo sucedido hace unos segundos. Qué ironía, limpiar las pruebas, qué ironía. El dolor le lacera el cuerpo. Es en su casa en lo que piensa en esos momentos, y portugués la lengua que le viene a la boca:

—*Que Deus me perdoe.*

El hombre entra deprisa en el coche. Avanzan ni muy rápida ni muy lentamente para no levantar sospechas; son profesionales, saben lo que hacen y cómo lo hacen. La calle vuelve a su quietud original, todo está en orden. La limpieza se ha llevado a cabo con éxito; no queda rastro alguno de sangre en el buzón de correos donde se ha apoyado monseñor y en el que, casi milagrosamente y sin que su perseguidor lo perciba, ha logrado introducir el sobre al que se aferraba.

Capítulo

2

Albino
29 de septiembre de 1978

«En efecto, ninguno de nosotros vive para sí mismo,
y ninguno muere para sí mismo.»

ROMANOS 14, 7.

P ARA UNOS, LA RUTINA ES UNA RUEDA QUE MUELE, destruye y arruina la vida; lamentan la reiteración constante de los episodios y los actos durante segundos, minutos, semanas, días, y desprecian el escenario repetitivo por el cual desfilarán nuevamente como una rueda que muele, destruye y arruina la vida; lamentan la reiteración constante de los episodios y los actos durante segundos, minutos, semanas, días, y desprecian el escenario repetitivo...

Para otros, en cambio, el sometimiento a leyes fijas es una necesidad que no debe ser alterada por elementos no habituales. Lo impensable y lo nuevo jamás deberían alterar ni modificar el escenario en el que desean que transcurra su existencia.

La vida no deja de ser mezquina para unos y otros. Ofrece variaciones en el teatro, para alegría de algunos, y mantiene la esencia y las reglas en otras ocasiones, para no disgustar a otros.

Pero la hermana Vincenza no se quejaba del invariable transcurrir de la vida. Desde hacía casi veinte años, la venerable anciana estaba al servicio de don Albino Luciani. Son los designios del Señor: ¿quién se atrevería a cuestionar una vía elegida por Dios? Y es más: quiso el Altísimo que después de tantos años, don Albino y sor Vincenza mudasen de residencia. Seiscientos kilómetros separan su domicilio veneciano de su hogar actual. Pero aun así, a pesar de esta severa perturbación de sus días, la laboriosa hermana Vincenza no se quejaba.

Sor Vincenza ya estaba levantada. El sol aún no había desvelado la grandeza de la inmensa plaza, que permanecía en la penumbra, sólo iluminada por amarillentos faroles. A aquellas horas de la madrugada, exactamente las cuatro y veinticinco, sor Vincenza se ocupaba, sumisa, de llevar a cabo su ritual diario. Todos sus actos formaban parte de la rutina a la que —por fortuna— ya se estaba habituando en su nuevo destino.

Llevaba una bandeja de plata con una jarra de café, una taza y un plato, y la depositó en una repisa, junto a la puerta de los aposentos de don Albino Luciani.

Una operación de sinusitis a la que se había sometido hacía muchos años le había dejado al recién elegido Papa un gusto amargo en la boca que reaparecía todos los días al despertar. Don Albino intentaba mitigar ese regusto metálico con el café que sor Vincenza le traía todas las mañanas.

Mientras recorría la galería hacia los aposentos privados pontificios, sor Vincenza hizo cuentas y reparó en un detalle que casi pasa inadvertido: ya hacía más de un mes que repetía esa rutina en el nuevo destino. La religiosa aún no estaba acostumbrada a aquellos corredores largos y oscuros: durante la noche, sólo una iluminación escasa y macilenta permitía vislumbrar los objetos que acechaban entre las sombras. «Es muy incómodo no poder distinguir lo que una lleva en las manos, don Albino», se había quejado en alguna ocasión.

A lo largo de aquellas galerías, el paso de los siglos se reflejaba en cada piedra, en cada estatua, en las pinturas y los tapices ricamente adornados y colgados de los imponentes muros. Pero tanto esplendor en tanta penumbra asustaba a la hermana Vincenza. Casi lanzó un grito al pasar ante aquel inquieto querubín, al que confundió con un niño agazapado maquinando alguna travesura. «¡Qué tonta...!», pensó la religiosa: ningún niño había pisado jamás aquellos pasillos. La grandeza y el fasto del Palacio Apostólico son capaces de alterar el espíritu de las personas más sensibles, y la hermana Vincenza se sentía aturdida ante aquel espectáculo de poder y cercanía a Dios. «Si no fuera por don Albino...», pensaba. Si no fuera por don Albino, ella jamás habría recorrido esas galerías. Sor Vincenza intentó tranquilizarse: a aquella temprana hora de la mañana, el corredor era para ella una fuente de temor e incomodidad, pero pronto llegaría un nuevo día y aquellos pasillos se agitarían, vitales y emocionantes, con el ajetreado ir y venir de secretarios, asistentes, sacerdotes y cardenales.

En su nuevo destino no faltaba quien se ocupara de asesorar a Juan Pablo I a propósito del protocolo, la política e incluso la teología. Sor Vincenza, en cambio, se ocupaba de don Albino Luciani, de su alimentación, de su salud y de los pequeños contratiempos de la vida común. Don Albino Luciani sólo tenía dos confidentes cuando deseaba quejarse de su hinchazón en los pies o de alguna molestia menor. Aunque ya se le había dicho que en el Vaticano había doctores especializados que se encargarían de restañar cualquier dolencia, don Albino prefería lamentarse ante sor Vincenza y, sobre todo, ante su médico predilecto: el doctor Giuseppe de Rós. Don Giuseppe viajaba cada dos semanas a Roma y recorría seiscientos kilómetros desde Venecia para ver a su paciente. «No sé cómo lo consigue, don Albino», decía el médico. «¿Está usted seguro de que cumple años? Cada día lo encuentro mejor y más vigoroso».

—Don Giuseppe: comienzo a dudar de sus habilidades. Usted es el único que no descubre mis achaques.

Vincenza llevaba todas sus obligaciones con sumiso placer. Albino Luciani, a su juicio, era un buen hombre que siempre la trataba con delicadeza y afecto y que la consideraba más una amiga que una ayudante. Por eso la llamó junto a él cuando lo obligaron a ocupar su nueva residencia, bastante más grande que la anterior y mucho más fastuosa, desde luego. Aquel lujo y aquella ostentación incomodaban a don Albino: él no era precisamente un hombre que disfrutara con la profusión de objetos inservibles que lo único que consiguen es angustiar a los hombres. Todo cuanto le interesaba se hallaba en su espíritu. Sin embargo, a veces los hombres se deben ocupar de ciertas cuestiones prácticas, aunque ello sólo sirva para hacer la vida más cómoda y amable a quienes los rodean. Con el tiempo, pensaba don Albino, sería necesario ordenar la casa de algún modo... a su gusto, o al gusto de los demás.

Un ataque cardíaco, hacía menos de un año, había dejado a Vincenza postrada en la cama de un hospital. A pesar de los consejos médicos, que recomendaban que no volviera a trabajar y que, en todo caso, sólo supervisara el trabajo de otros —y preferiblemente sentada—, hizo oídos sordos y continuó atendiendo a Albino Luciani personalmente.

Sor Vincenza, a pesar de su bondadoso carácter, había fruncido el ceño cuando se le sugirió que abandonara las ocupaciones comunes que la hacían feliz: entre otras, llevar aquella bandeja con café por el corredor en penumbra a aquellas horas de la madrugada. Por supuesto, para seguir realizando esas tareas y poder estar cerca de don Albino, la hermana Vincenza había tenido que ingresar en la congregación de María Bambina, que se ocupa de la residencia papal. La madre superiora, Elena, y las hermanas Margherita, Assunta Gabriella y Clorinda habían sido muy amables con ella, pero ninguna se encargaría de nada que tuviera relación con los asuntos cotidianos de don Albino: sólo la hermana Vincenza atendería a aquel hombre, con manos expertas y delicada ternura.

Cuando estuvo ante la puerta de los aposentos privados de don Albino, la religiosa colocó la bandeja sobre una mesita especialmente dispuesta para ese fin, al lado de la entrada, y golpeó la madera suavemente con los nudillos, dos veces.

—Buenos días, don Albino —dijo casi en un susurro.

Esperó entonces... Con frecuencia, un saludo semejante se oía al otro lado de la puerta, y generalmente don Albino se levantaba de buen humor. A veces asomaba la cabeza y le dedicaba a la hermana Vincenza la primera sonrisa del día. Otras veces, cuando los altos negocios del Vaticano apesadumbraban su espíritu, don Albino farfullaba un «buenos días» y, en vez de quejarse de la diplomacia o de los tesoreros o de los políticos, lamentaba que se le hincharan tanto los tobillos.

Pero aquella mañana... Aquella mañana don Albino permaneció en silencio. A la hermana Vincenza no le gustaba que no se cumpliera la rutina con tediosa exactitud. Apoyó la cabeza sobre la puerta e intentó percibir algún sonido al otro lado. Pero no pudo oír nada. Por un momento consideró la posibilidad de llamar de nuevo, pero finalmente decidió no hacerlo. «Es la primera vez que don Albino se queda dormido —pensó mientras se giraba—. En fin, no será una tragedia que descanse unos minutos más...»

Sor Vincenza se alejó silenciosamente en dirección a su cuarto para rezar su primera oración matinal.

Ya eran las cuatro y media de la mañana.

Obsérvese a este hombre que da vueltas y vueltas en la cama, mientras rezonga porque no consigue dormirse. No es cosa rara. Todos pasamos alguna vez por el mismo drama, el de no encontrar una postura confortable para dormir. Pero lo que diferencia a este hombre de los demás mortales es que a él le resulta fácil dormir a cualquier hora del día o de la noche, sean cuales sean las circunstancias. El sargento Hans Roggan es regular, metódico, moderado, contenido. Hoy su madre ha venido a Roma para verlo. Ha cenado con ella y se dice a sí mismo que probablemente sea el café que tomó con los postres lo que ahora no lo deja dormir. Eso es lo que el sargento Hans quiere creer, pero la realidad es que el día ha sido muy ajetreado, y la tarde, insólita, con tantas idas y venidas de prelados a las estancias de Su Santidad.

Decide levantarse. «Si no vienes, qué le vamos a hacer, no voy a quedarme aquí esperándote», se dice. Abre la puerta del armario y se pone el uniforme, diseñado en 1914 por el comandante Jules Repond. Si hubiese sabido que décadas más tarde atribuirían la autoría de la indumentaria a Miguel Ángel, quién sabe si Jules Repond se habría sentido feliz por el honor o amargado por el olvido. Pero el caso es que no fue Miguel Ángel, por más que sea una idea que pueda pasar por la cabeza de muchas personas, si tenemos en cuenta que nos referimos a los uniformes de la Guardia Suiza, de la que el mencionado sargento forma parte y a la que comanda esta noche fresca en la que no consigue dormir.

Todos esos llamativos colores del uniforme, basados, eso sí, en los frescos de Miguel Ángel, contrastan con el humor del sargento. Siente una profunda inquietud, una ansiedad infundada, surgida de la nada, como si algo malo le estuviese ocurriendo, lo que, a primera vista, no es verdad.

El sargento Hans Roggan tiene el trabajo que siempre anheló desde su más tierna infancia: formar parte de la Guardia Suiza, servir al Papa. Para ello ha tenido que pasar por pruebas muy difíciles; en particular, ha de llevar una vida disciplinada y conforme a las enseñanzas del Señor. Pero conviene no olvidar los requisitos básicos con los cuales ha sido agraciado: ser suizo, soltero, poseer principios morales y éticos, medir más de un metro setenta y cinco de estatura y, punto fundamental, ser católico.

No será él quien mancille la imagen de los valerosos soldados del papa Julio II. En caso de necesidad, está dispuesto a proteger a su Papa hasta la muerte, al igual que los seiscientos ochenta y nueve helvecios, fundadores de la Guardia Suiza, que protegieron a Clemente VII contra mil soldados españoles y alemanes durante el Saco de Roma el 6 de mayo de 1527. Sólo cuarenta y dos sobrevivieron y, bajo las órdenes de Göldi, pusieron a salvo al Papa en el castillo de Sant'Angelo, utilizando el *passetto,* un pasadizo secreto construido en los tiempos del papa Alejandro VI, que comunica el Vaticano con la fortaleza. Los restantes perecieron heroicamente, pero antes se cobraron la vida de casi ochocientos enemigos. Ésa es la herencia que Hans carga sobre sus hombros todos los días al vestir su uniforme. Un orgullo que le traspasa el alma cada día. Pero hoy se siente perturbado por razones aparentemente incoherentes e ilógicas, si es que una razón puede ser incoherente e ilógica.

Hans es el responsable de la seguridad de la Ciudad del Vaticano. El sistema de protección de la ciudad se reduce a algunas rondas intramuros y a unos cuantos centinelas apostados en los puntos más emblemáticos y relevantes. El papa Juan XXIII abolió la práctica de apostar dos soldados durante toda la noche a la puerta de sus aposentos, por lo que el guardia más próximo se encuentra en lo alto de la escalera de la *terza loggia,* en una posición meramente simbólica, dado que se trata de un lugar poco utilizado, incluso de día. Cualquier perito, de los muchos que pululan por ahí versados en las más diversas materias, diría que una persona con malas intenciones podría entrar fácilmente en la Ciudad del Vaticano. Y tendría razón.

Hans entra en su despacho y se sienta frente al escritorio. Abre un expediente y lo hojea. Son cuentas pendientes que tiene que entregar a su superior por la mañana, pero al cabo de unos segundos de pasar las hojas, lo cierra. Es inútil. No logra concentrarse.

—¡Pero qué rayos...! —rezonga—. Es mejor que salga a tomar aire.

Abandona su despacho, sin molestarse siquiera en cerrar la puerta, y sale del edificio de la Guardia Suiza; tras deambular por los cercanos jardines interiores, decide dar un paseo por la plaza. Pasa junto a dos guardias sentados en unas escaleras. Ambos dormitan.

«Parece que soy el único que no logra dormir», piensa. Los despierta con una palmada en el hombro y los guardias se levantan de un salto, atemorizados.

—Disculpe, mi sargento.

—Que no vuelva a ocurrir —responde Hans en tono intimidatorio. Sabe que sus hombres han atravesado un período de trabajo muy intenso. Hace poco más de un mes, el 6 de agosto de 1978, falleció Giovanni Battista Montini, más conocido como Pablo VI, en la residencia papal de verano, en Castel Gandolfo. Las exequias de un pontífice se prolongan durante varios días, y la Guardia Suiza no deja solo a su Papa muerto ni un instante; cuatro hombres permanecen día y noche en posición de firmes en las esquinas del catafalco. Por delante desfilan las numerosísimas personalidades mundiales y los jefes de Estado que acuden a presentar un último homenaje a Su Santidad.

Una vez concluidos los funerales comienzan los preparativos para el cónclave, que se desarrolla de una manera hermética. Se cancelan los permisos y se duplica el trabajo. El cónclave se celebró el 25 de agosto, exactamente veinte días después del fallecimiento del Papa, justo al límite del período máximo permitido, que es de veintiún días. A pesar de que fue breve y finalizó al día siguiente, a continuación comenzó el frenesí habitual en torno al nuevo Papa. Hacía apenas unos días que las cosas habían vuelto a la normalidad.

Hans reanuda su paseo, dejando atrás a los guardias somnolientos: «Yo soy el único que no tiene sueño».

No puede evitar un sentimiento de propiedad en relación con todo lo que lo rodea. Al fondo se eleva el obelisco de Calígula, justo en el centro de la plaza de San Pedro. Qué irónica es a veces la historia del mundo; la obra de un psicópata en el centro mismo del lugar más sagrado para los católicos. Prosigue tranquilamente, sintiendo en el rostro la suave caricia de la brisa. De pronto, algo llama su atención. A su izquierda se yergue el Palacio Apostólico y, en el tercer piso, las luces del cuarto del Papa están encendidas. Mira su reloj: son las cuatro y cuarenta de la mañana.

«Este Papa se despierta temprano.» Cuando Hans regresaba de cenar con su madre, sobre las once, las luces también estaban encendidas. Cuidadoso, como todo guardia suizo que se precie, decide volver hasta donde estaban los guardias a los que había sorprendido durmiendo. Ahora se encuentran conversando; el sargento ha espantado su sueño de una vez para siempre.

—Mi sargento —lo saludan.

—Díganme una cosa, ¿Su Santidad ha apagado las luces de su cuarto durante la noche?

Mientras que uno duda, el otro afirma con rotundidad:

—Durante mi turno las luces no se han apagado un solo instante.

A pesar de haberlos sorprendido adormecidos, Hans sabe que no han podido distraerse más que unos minutos.

—Qué extraño —murmura.

—Su Santidad suele encender las luces más o menos a esta hora. Pero esta noche no las ha apagado —continúa el guardia—. Debe de estar trabajando en esos cambios de los que hablan.

—Eso no nos concierne —replica Hans, y cambia de tema—: ¿Todo en orden?

—Todo en orden, sargento.

—Muy bien. Hasta luego. Mantengan los ojos bien abiertos.

Cuando regresa hacia el edificio de la Guardia Suiza, siente finalmente que le pesan las pupilas. Todavía puede dormir un par de horas. De nuevo se vuelve hacia las luces encendidas en los aposentos del Papa.

«No cabe duda de que las cosas van a cambiar por aquí», piensa, esbozando una sonrisa. Ahora puede dormir tranquilo.

* * *

Habían pasado quince minutos desde que la hermana Vincenza depositó la bandeja de plata sobre la mesita, junto a la puerta de los aposentos privados de don Albino Luciani. Era hora de regresar y de obligar a don Albino a levantarse y tomar sus medicinas.

De nuevo, un escalofrío le recorrió la espalda al cruzar por segunda vez el sombrío corredor. A pesar del propio don Albino, la hermana se plantaba honesta pero imperiosamente ante él y no abandonaba la sala hasta que aquel hombre había ingerido la medicina para subirle la presión, excesivamente baja a juicio de don Giuseppe. Su medicación se reducía a unas pastillas blancas e insípidas, ante las cuales el Pontífice mostraba un gesto de irónica sorpresa. Pero Vincenza tenía que ocuparse de ello. A veces también se encargaba de que tomara sus vitaminas, al final de las comidas, y de aplicarle una inyección para estimular la glándula suprarrenal al acostarse.

Don Albino a veces bromeaba con sor Vincenza y le reprochaba benévolamente que apareciera todos los días, «religiosamente», entre las cuatro y media y las cinco menos cuarto de la mañana, para proporcionarle los medicamentos que mantendrían su presión en los niveles adecuados.

A continuación, don Albino tomaba un baño y luego perfeccionaba su inglés con un curso a distancia en casetes, entre las cinco y las cinco y media, ratificando una rutina que se resistía a variar. Por último, el Pontífice rezaba en su capilla privada hasta las siete de la mañana. Aquellos hábitos sencillos le recordaban cómo era su vida en su residencia anterior y mitigaban el enorme peso que los cardenales habían depositado sobre sus hombros.

Cuando llegó a los aposentos de don Albino, sor Vincenza no pudo menos que mostrar su extrañeza: aquella mañana todo el sistema, ajustado durante años, se estaba derrumbando. La bandeja de plata con la jarra de café, la taza y el plato estaba en el mismo lugar en el que la había dejado

24

unos minutos antes. Levantó la tapa de la cafetera para verificar si aún estaba llena. Y así era: a lo largo de casi veinte años, jamás había sucedido algo semejante, y don Albino Luciani nunca había dejado de responder a su saludo de «buenos días» con un alegre «buenos días, Vincenza».

En realidad, las cosas no eran exactamente así: algunos detalles se habían modificado. Antes de mudarse de residencia, sor Vincenza llamaba a la puerta, entraba con la bandeja de café y ella misma la dejaba personalmente en manos de Albino. Esta costumbre fue reprobada de forma vehemente cuando la descubrieron los nuevos ayudantes papales. Según ellos, aquella conducta era una flagrante violación del protocolo. Así que, para agradar a unos y a otros, se decidió aplicar el término medio: sor Vincenza continuaría llevando el café todas las mañanas, pero dejaría la bandeja junto a la puerta de los aposentos privados de don Albino.

La hermana Vincenza volvió a apoyar la cabeza en la puerta y contuvo la respiración para poder escuchar los sonidos del interior de la estancia. No oyó nada ni pudo percibir movimiento alguno. «No sé si llamar de nuevo...», se dijo. Golpeó tímidamente la madera con los nudillos.

—Buenos días, don Albino —susurró recelosa.

Se apartó de la puerta y la observó detenidamente, pensando qué otra cosa podría hacer. «En Venecia entraba y no me andaba con tantos remilgos», farfulló.

La rendija inferior de la puerta dejaba escapar una fina línea de luz. «Bueno, así que don Albino ya está en pie...». Entonces volvió a llamar a la puerta decididamente.

—¿Don Albino?

Pero nadie contestaba. Golpeó de nuevo con los nudillos, pero la única respuesta fue el silencio. No le quedó más alternativa que entrar en los aposentos, a pesar de todos los dictámenes del protocolo. Colocó la mano sobre el picaporte dorado y giró la manija.

—Si tengo que ocuparme de agradar a todos esos secretarios, jamás sabré si don Albino se ha levantado o se ha quedado dormido...

Entró de puntillas. El Papa permanecía sentado en la cama, apoyado sobre las almohadas, con los anteojos puestos, unos papeles en la mano y la cabeza inclinada hacia el lado derecho. La expresión alegre y la amable sonrisa que encantaban a todos los que lo rodeaban se habían transformado en una mueca de agonía. Vincenza se aproximó rápidamente a él con el corazón estremecido y agitado. Pero no recordó entonces la debilidad de su propio corazón. Con los ojos llorosos y enrojecidos, tomó la mano de don Albino y buscó su pulso. Uno, dos, tres, cuatro, cinco segundos...

Sor Vincenza cerró los ojos y las lágrimas surcaron su rostro.

—¡Oh, Dios mío!

Tiró violentamente del cordón que colgaba junto a la cama de don Albino y el sonido de una campanilla se pudo oír en las salas y las estancias cercanas.

«Tengo que ir a llamar a las hermanas», pensó, atenazada por los temblores y el nerviosismo. «No... Antes he de llamar al padre Magee. No. Demasiado lejos... Es mejor llamar al padre Lorenzi».

La campanilla dejó de sonar, pero nadie acudió a la llamada de sor Vincenza. Entonces se precipitó hacia el corredor y, sin pensar, olvidando todas las reglas impuestas por los rígidos secretarios de protocolo, abrió la puerta del cuarto del padre Lorenzi, que dormía cerca de los aposentos de don Albino. El secretario, el padre Juan Magee, ocupaba una estancia en otra planta, mientras esperaba que concluyeran las obras de remodelación de su dormitorio.

—¡Padre Lorenzi! ¡Padre Lorenzi, por Dios! —gritó sor Vincenza.

Éste se despertó, aturdido, soñoliento y sorprendido ante tan intempestiva visita.

—¿Qué sucede, sor Vincenza? ¿Qué ocurre?

Pero apenas pudo comprender lo que sucedía: la religiosa se acercó a él y se aferró a su pijama, mientras se abandonaba a las lágrimas.

—¿Qué ocurre, hermana? ¿Qué ocurre?

—Padre Lorenzi... ¡Don Albino...! ¡Es don Albino, padre Lorenzi! ¡Don Albino está muerto! ¡El Papa está muerto!

No hay rutina más firme que la de los astros: aquel día, el 29 de septiembre de 1978, el sol no faltó a su cita diaria e iluminó con sus dorados rayos la inmensa plaza de San Pedro de Roma. Era un día precioso...

E N LA CASA DE LA VIA VENETO EL MOVIMIENTO
es constante en las escaleras, el rellano, el portal.
Un continuo entrar y salir de inquilinos, familiares, amigos,
empleados, carteros, que suben y bajan las escaleras un número incontable de veces, en el ajetreo cotidiano. Pero en el
tercer piso reina un silencio sepulcral. Tres hombres han entrado de madrugada. Dos de ellos permanecieron dentro
diez minutos. Nadie los vio llegar ni marcharse.

El tercer individuo no ha dado señales de vida. No se
oyen pasos, ni el abrir y cerrar de grifos, cajones o armarios.
Parece el vecino silencioso, ideal, que todos quisieran. Tal
vez haya bebido más de la cuenta durante la noche y por eso
sus amigos lo han llevado a su casa, donde aún duerme la
mona. O a lo mejor trabaja de noche y duerme de día. Hay
muchas posibles explicaciones y una cosa cierta: no se lo oye
y sigue ahí dentro.

Un señor de edad sube las escaleras con esfuerzo, apo-
yándose en un bastón, acompañado por un hombre vestido
con un traje de Armani. Cuando llegan a la puerta cerrada
del tercer piso, donde no se oye ni el vuelo de una mosca, el
asistente coloca una llave en la cerradura.

—Espera. —El anciano respira con dificultad—. Déjame recuperar el aliento.

El asistente obedece. Pasa cierto tiempo hasta que el viejo recupera el ritmo normal de respiración, y una vez que lo logra, adopta una postura señorial. Ahora el bastón es un adorno, no un apoyo. Un gesto basta para que el asistente sepa que ya puede abrir la puerta. Éste gira la llave dos veces y con un leve empujón descubre el vestíbulo de la casa. Entran sin ceremonia. El viejo delante y el otro, que cierra la puerta sin hacer el menor ruido, detrás.

—¿Dónde está? —pregunta el anciano, impaciente.

—Dijeron que lo dejaron en la habitación.

Allí se dirigen y encuentran a un hombre atado a la cama. La sábana está manchada de sangre. Tiene una herida en el hombro. El sudor le cubre el rostro y el cuerpo. Sólo lleva una camiseta de manga corta y unos calzoncillos. Levanta la cabeza para mirar a los recién llegados. Pese a su posición humillante, nadie lo verá flaquear. Es monseñor Valdemar Firenzi.

—Monseñor —saluda el viejo con una sonrisa cínica en los labios.

Firenzi se queda atónito al verlo.

—¿Usted? —balbucea.

—En persona. —Rodea la cama y se sienta al lado de monseñor, en una silla cercana a la cama—. ¿Creía que lograría escapar?

—¿Escapar de qué? —La expresión de asombro aún persiste en el rostro del cardenal.

—No se haga el tonto, querido amigo. Usted tiene algo que me pertenece. Y sólo vengo a recuperar lo que es mío.

Firenzi mira al asistente, que en ese momento se quita el abrigo y lo coloca en el respaldo de una silla.

—No sé de qué me está hablando.

Una bofetada le parte el labio, del que empieza a brotar un hilo de sangre. Cuando recupera la compostura, Firenzi ve al asistente a su lado, totalmente erguido. Una gélida expresión le recorre el rostro.

—Mi querido monseñor. No quiero usar con usted métodos desagradables para recuperar lo que es mío. Pero me desilusiona profundamente. Tanto, que no sé si alguna vez podré superarlo. Pero, a fin de cuentas, usted me ha robado una cosa que me pertenece —dice el Maestre, inclinándose sobre Firenzi—. Comprenda la gravedad de la situación. Usted ha robado. Si no puedo confiar en un hombre de la Iglesia, ¿en quién lo voy a hacer? —El viejo se levanta y camina por la habitación, pensativo—. ¿Comprende el dilema en el que me ha metido? Ni en la Iglesia puedo depositar mi esperanza, mi amor. El Señor envió a su hijo para redimirnos de la mentira. Le pregunto, mi querido monseñor, ¿y ahora? —Lo mira a los ojos—. Y ahora, ¿qué haremos?

—Usted sabe muy bien lo que hizo —afirma Firenzi.

—¿Lo que hice? ¿Lo que hice? De eso se alimenta el mundo, de la acción. De hacer cosas. Todos hacemos algo.

—Es usted quien se hace el tonto —lo interrumpe Valdemar Firenzi, que inmediatamente recibe otra bofetada, en el mismo sitio que la anterior, para dejarle claro que no está permitido hablarle al viejo en ese tono.

—No tengo todo el día. Quiero los papeles cuanto antes, de modo que dígame dónde están.

El prelado recibe un nuevo golpe, sin razón aparente, pues ahora no ha dicho una palabra. La cara se está hinchando, la sangre de la boca le empieza a caer sobre la camiseta.

—Dios nos pone la carga, pero también nos concede la fuerza para llevarla —dice monseñor.

—De acuerdo. Veremos cuánta fuerza le ha dado el Señor —afirma el viejo, mientras le hace un gesto al asistente.

El sonido de un celular interrumpe el interrogatorio, que hasta ahora, pese a su violencia, ha dado pocos frutos: una parroquia bonaerense, un nombre. El asistente se toma su tiempo para buscar el teléfono en el bolsillo del abrigo.

Mientras el asistente responde a la llamada, el viejo vuelve a acercarse a Valdemar Firenzi. Ahora parece algo cansado, ya no tiene edad para pasar por esas situaciones.

—Vamos, monseñor, dígame dónde están los papeles y todo esto termina de inmediato. Se lo garantizo. No necesita seguir sufriendo.

El torturado le lanza una mirada penetrante a los ojos. Parece que saca fuerzas directamente de su fe. La sangre le chorrea por la boca, la barbilla, el pecho. Su voz, que no oculta el dolor, tiene una asombrosa firmeza.

—Dios perdonó. Y si él lo hizo, también yo perdonaré.

Al viejo del bastón le cuesta dos segundos asimilar la frase. Luego hace un gesto airado, repleto de odio. Ha comprendido que no obtendrá nada más de Firenzi.

—Que se haga su voluntad.

El asistente corta la llamada y susurra unas palabras al oído de su jefe.

—Han encontrado una dirección en sus aposentos del Vaticano.

—¿Qué dirección?

—La de una periodista portuguesa, residente en Londres.

—Curioso.

—Han investigado. Es la hija de un antiguo miembro de la organización.

Tarda un instante en tomar la decisión.

—Llama a nuestro hombre. Que haga una visita al cura de Buenos Aires, quizás obtenga algo, y después que espere nuevas órdenes en Gdansk. Luego irás allí personalmente.

—Muy bien, señor —dice el asistente, en tono servil.

—¿Y qué hacemos con monseñor?

—Dale la extremaunción —responde sin vacilar—. Te espero en el coche.

Tras darle una palmada amistosa en el hombro, el viejo se retira sin despedirse de monseñor Valdemar Firenzi. Ni siquiera una última mirada. Tampoco oye el golpe seco que pone fin al padecimiento del clérigo. Con el celular pegado al oído, baja las escaleras con la ayuda del bastón. Ya no necesita mantener una postura señorial, la imagen de un viejo decrépito le cuadra bien, sobre todo porque se asemeja más a la verdad. Alguien responde a su llamada telefónica.

—¿Geoffrey Barnes? Tenemos un problema.

P ARA SARAH MONTEIRO NINGUNA CIUDAD PUEDE
equipararse a Londres, que ahora sobrevuela de
regreso a su casa de Belgrave Road. El avión procede de Portugal, de Lisboa, y hace casi media hora que espera pista volando en círculo sobre el aeropuerto. Para Sarah Monteiro
todo esto es un placer recuperado, tras quince días de mo-
nótonas vacaciones en casa de sus padres, un capitán del ejército portugués y una profesora inglesa. De ahí la «h» que
acompaña su nombre, al igual que su amor por lo británico.
No es que no le guste Portugal, todo lo contrario, le parece
un país bonito, nació allí, pero piensa que a pesar de su larga
historia, han sido muchas sus revoluciones y pocas sus reformas. En cualquier caso, para Sarah, Portugal es un destino obligado dos o tres veces al año. Le encanta pasar la
Navidad en una hacienda cerca de Beja, en el Alentejo,
donde sus padres llevan unos años retirados. Ese aire de
campo, tan diferente del de la capital británica, le resulta
imprescindible.

Podría decirse que el avión aterriza con normalidad,
si se tiene en cuenta que el más suave de los aterrizajes
siempre comporta una cierta dosis de sacudidas y traque-

teos. A pesar del largo camino que aún queda hasta el *finger* de desembarque —al menos unos veinte minutos—, los pasajeros se atropellan para ser los primeros en recoger sus pertenencias y salir del avión.

«Acabamos de aterrizar en el aeropuerto de Heathrow. En Londres la temperatura es de veintiún grados centígrados. Permanezcan sentados y con los cinturones abrochados hasta que el avión se detenga por completo. Muchas gracias por volar en nuestra compañía», repite mecánicamente la azafata, pero ¿quién le presta atención? Apenas dos o tres personas, entre las que no se cuenta Sarah, acostumbrada a ir y venir en aviones, no sólo por sus visitas a Portugal, sino también rumbo a otros destinos, a otras capitales y ciudades a las que acude gracias a su oficio de corresponsal en Londres para una de las grandes agencias internacionales de noticias. Una profesión interesante: los extranjeros le pagan por dar noticias de su ciudad. Le quedan dos días de vacaciones antes de volver a la redacción, al trajín de las noticias y a la búsqueda incesante de algún acontecimiento sensacional.

Ahora sí, el avión se ha detenido y los pasajeros se apresuran a abandonar la aeronave. Es hora de tomar su celular y su bolso y descender. Mientras avanza por el pasillo, llama a sus padres para comunicarles que ha llegado bien y que más tarde, cuando llegue a casa, hablarán por internet.

A continuación recorre los largos corredores alfombrados de verde y negro y se coloca en la fila para el trámite de inmigración. Ciudadanos de la Unión Europea, Suiza y Estados Unidos por un lado, ciudadanos de otras nacionalidades por otro. Todos con el pasaporte o documento análogo en la mano. Sarah es la siguiente. Aguarda disciplinadamente detrás de la línea amarilla para no invadir el espacio del señor de anteojos que está delante o para no confundir al funcionario sentado detrás del mostrador.

«*Next, please.*» El funcionario tiene cara de pocos amigos. Podría haber escogido otra ventanilla, porque la funcionaria de al lado parece bastante más simpática, pero lo hecho, hecho está. Le tiende el pasaporte y le brinda su mejor sonrisa.

—Es agradable estar de vuelta. ¿Cómo ha estado el tiempo? —pregunta, con el único fin de amenizar el trámite.

—No se ve desde aquí —replica desabrido el funcionario. Sin duda, hoy se ha levantado con el pie izquierdo, o ha discutido con su mujer, si es que tiene—. Hay algo que no está en orden en su pasaporte.

—¿Cómo dice? ¿Que algo no está en orden? Puedo enseñarle mi documento de identidad, pero nunca he tenido problemas con mi pasaporte, ¿por qué razón habría de tenerlos ahora?

—Un posible error del sistema.

Suena el teléfono del mostrador y el funcionario malhumorado lo atiende. Horatio —ése es su nombre a juzgar por la identificación enganchada en su chaqueta— escucha al interlocutor. «Sí, pero el pasaporte no está en orden.» Vuelve a quedarse callado y después cuelga.

—Finalmente, parece que todo está bien. Puede pasar.

—Muchas gracias.

A Sarah el malhumor del hombre le ha dejado los nervios de punta. Ahora sólo le falta encontrar un taxista del mismo calibre para culminar la llegada. Pero primero tiene que ir a buscar la maleta a la cinta transportadora, así que todavía le falta una hora para llegar a su casa. Y eso si no ha perdido el equipaje.

Mientras Sarah intenta entenderse con el funcionario de aduanas, en la sala de control de seguridad, en algún lugar del aeropuerto, una alarma titila en una computadora. El funcionario, un joven de veintitantos años, responde. Es el pan nuestro de cada día, cosas que siempre ocurren. El joven va vestido con una camisa blanca y pantalones negros; los galones que lleva en los hombros revelan su condición de oficial de las fuerzas del orden. Trata de descubrir el origen de la alarma roja que aún sigue encendiéndose y apagándose.

La ha activado un pasaporte, posiblemente falsificado, o deteriorado, o caducado. Observa detenidamente la imagen que transmite la cámara de seguridad: una mujer atractiva, de unos treinta años, se encuentra frente a la ventanilla 11, la de Horatio, un viudo gris y sin muchas luces, pero escrupuloso: no deja pasar nada que no esté absolutamente en orden. Lo mejor será avisar a su superior.

—Señor.

Un hombre de cabello entrecano, bien entrado en la cincuentena, se aproxima a él y se inclina sobre la pantalla de la computadora.

—Déjame ver. —El hombre observa los datos que aparecen en la computadora, teclea algo y de inmediato aparece más información: el nombre de Sarah Monteiro y otros datos que pasan muy deprisa—. No te preocupes, John. Yo me encargo de esto. —Se dirige al teléfono y levanta el auricular—. Hola, Horatio, soy Steve. Déjala pasar. Sí, no te preocupes, déjala pasar, todo está bajo control. —Lleva el dedo hacia la tecla que pone fin a la llamada, la oprime y, sin colgar, marca otro número—. Acaba de llegar.

La cosa no ha ido tan mal. Apenas pasó media hora y ya está en el taxi, saliendo de la terminal 2, de camino a casa.

—*Belgrave Road, please* —dice al conductor, seguido del número que no revelaremos por razones de privacidad. Media hora o cuarenta minutos más, dependiendo del tráfico, y podrá darse el tan anhelado baño de espuma, con la bañera a punto de desbordarse y sales balsámicas para suavizar el ambiente, fresa y vainilla, una mezcla efervescente que relaja los músculos y serena el espíritu, si es que alguna vez se inquieta.

El taxi rodea la estación Victoria, siempre rebosante de gente, y sigue avanzando por Belgrave Road. Es una calle bordeada de hoteles baratos y con las aceras muy concurridas. Su aspecto es típicamente londinense: casi todas las casas tienen un pequeño pórtico sustentado por dos columnas, algunas trabajadas imitando el estilo corintio, otras lisas, según sea el gusto del arquitecto o del propietario. Son casas centenarias, victorianas, sin duda, pero inmaculadas, pintadas todas recientemente, a excepción de aquellas cuya fachada es de ladrillo a la vista.

El taxi llega casi hasta el final de la calle. Cerca de la puerta de su casa, el taxista se ve obligado a frenar bruscamente. Sarah casi se golpea la cabeza contra la mampara de vidrio destinada a separar al taxista de los clientes. Un coche negro, de vidrios polarizados, se les adelantó súbitamente y frenó en seco. El conductor del emblemático taxi londinense toca la bocina, hecho una furia.

—*Move on* —grita hacia el coche de adelante—. *Get the fuck out of the way.*

El de adelante baja la ventanilla, saca la cabeza en dirección al taxista, profiere un «*Sorry, mate*» y arranca.

Segundos después, el taxi se detiene frente a la puerta de la casa de Sarah y el conductor es lo bastante amable como para sacar la maleta. Al entrar en la casa, Sarah se encuentra con una montaña de correspondencia esparcida por el suelo. Postales de colegas, las inevitables cuentas pendientes, propaganda de todas las formas y tamaños y otras cosas que ahora no tiene ganas de revisar. Lleva la maleta hasta el dormitorio, en el primer piso, va al cuarto de baño para abrir los grifos de la bañera y se pone cómoda. Por fin está en casa.

Dos minutos después está en la bañera disfrutando de la espuma y las sales, miel en vez de vainilla, porque ésta se ha acabado, pero el efecto es el mismo. Relajante, sedante, tranquilizante. Ya ni se acuerda del malhumorado funcionario del aeropuerto ni del accidentado recorrido en taxi.

Abajo, en el vestíbulo, en medio de la pila de correspondencia dispersa, asoma la punta de un sobre en el que puede distinguirse el nombre del remitente: Valdemar Firenzi.

MUCHO PODRÍA DECIRSE DEL CUADRO QUE CONtempla este hombre. La infanta Margarita, en el centro; Isabel Velasco y Agustina Sarmiento, a ambos lados; dos enanos a la derecha del observador, María Bárbola y Nicolás Pertusato, este último con un pie sobre un mastín que dormita. Detrás, en la penumbra, doña Marcella de Ulloa, acompañada de un hombre no identificado, cosa extraña, pues los pintores de esa época no suelen colocar personajes anónimos en sus telas. Todo tiene su significado, y si no se sabe quién es, así debió quererlo el artista, autorretratado a la izquierda del cuadro. Allí ejerce su oficio a perpetuidad, pintando las magnánimas figuras de don Felipe IV y doña Mariana, reflejadas sobre un espejo situado al fondo. Gracias a ello logramos ver el fruto de su trabajo, ya que la tela está de espaldas a nosotros. Para terminar, el aposentador de la reina, don José Nieto Velázquez, que está junto a la puerta. Bellísimo cuadro, sin duda, pero no es lo que nos interesa sino el hombre que lo observa. Conviene precisar el lugar donde este hombre de edad avanzada contempla el famoso cuadro: es la sala número tres del Museo del Prado, en Madrid. Ya es casi la hora de cierre, pero él no se da por enterado y continúa contemplando, casi sin pestañear, *Las Meninas*, obra de Diego Velázquez, una de las joyas del museo.

—Señor, estamos a punto de cerrar. Haga el favor de dirigirse hacia la puerta de salida —advierte un joven vigilante. El guardia es minucioso en su trabajo y quiere asegurarse de que su petición, manifestada en forma de ruego, sea cumplida. Conoce de vista al hombre, de verlo allí, en el museo, en esa misma sala, casi todos los días. Siempre observando el cuadro, durante horas y horas, mientras los turistas pasan a su lado. Es como un cuadro que mira a otro cuadro.

—¿Alguna vez se ha fijado bien en esta pintura? —pregunta el hombre.

El vigilante mira a su alrededor, no hay nadie más allí, por lo que concluye que la pregunta debe de ir dirigida a él.

—¿Me habla a mí?

El hombre continúa mirando fijamente el cuadro.

—¿Alguna vez se ha fijado bien en esta pintura? —repite.

—Por supuesto. Este cuadro es en este museo como *La Gioconda* en el Louvre.

—Tonterías. Dígame lo que ve.

El guardia se siente intimidado. Todos los días pasa junto a aquel cuadro, conoce su importancia, pero no la causa de ella. Transita junto a la obra maestra como quien pasea por su propia calle, sin fijarse. Sea como fuere, es hora de cerrar el museo y lo que importa es sacar a ese hombre de ahí, hacer la última ronda y volver a casa. Aún le queda al menos media hora de viaje.

—Ya no puede quedarse más, es hora de cerrar —dice con mayor firmeza, pero con la misma educación. El hombre casi parece hipnotizado por el cuadro de Velázquez, que es lindo, a su entender, aunque no pueda decir mucho más de él. Mira con más atención al viejo. Repara en el temblor de su mano izquierda y en una lágrima que desciende por el lado derecho del rostro. Tal vez sea mejor seguirle la corriente y decirle cualquier cosa.

—Es un cuadro muy hermoso. *Las Meninas*, de Velázquez.

—¿Sabe quiénes son las meninas?

—Son esas niñas que están en el cuadro.

—Las meninas son aquellas dos mujeres, las que están al lado de la infanta Margarita: Isabel Velasco y Agustina Sarmiento. *Menina* es una palabra portuguesa con la que la familia real denominaba a las ayas de la infanta.

—Ah, siempre se aprende algo nuevo.

—Aquel pintor es el propio autor del cuadro, que espera que las ayas convenzan a la infanta para que pose. Como puede ver por la imagen del espejo, la parte del rey don Felipe IV y la reina doña Mariana ya está terminada. Trajeron a los enanos y al perro para convencerla, pero ella no cedió y el cuadro jamás fue finalizado.

—Disculpe, pero sí: está aquí, delante de nosotros.

—El cuadro reflejado en el espejo, quiero decir.

—Puede que tenga razón, pero el cuadro de verdad es real y está terminado.

—Me refiero a que el cuadro dentro del cuadro jamás se remató.

—Bueno, desde ese punto de vista, tendrá usted razón.

—Fíjese cómo el simple berrinche de una criatura modifica el curso de la historia, al no permitir la ejecución de un retrato familiar.

—Pero permitió que se pintase otro que quizá sea mucho mejor de lo que aquél habría sido.

—Quizás. El caso es que una decisión, en un determinado momento, puede afectar una obra, o toda una vida, todo un recorrido personal, todo...

El hombre comienza a toser y se habría desplomado de no mediar los reflejos del guardia, que lo sostiene. A falta de mejor acomodo, lo ayuda a sentarse sobre el suelo de la sala.

—Tengo la boca seca —explica el viejo con voz ronca.

—Voy a buscar un poco de agua. Vuelvo en un momento, señor.

El vigilante sale corriendo de la sala número tres del Museo del Prado. El viejo, aún recostado contra la pared, extrae un papel del bolsillo de su chaqueta. Es una carta arrugada, escrita a mano por él o por otra persona, no lo sabemos; pero sí sabemos que no la ha sacado para leerla. La coloca en el suelo, a su lado. Junto a ella pone un retrato de Benedicto XVI.

El agua está lejos y el vigilante no puede regresar con la presteza deseada. Pero al fin vuelve, y eso es lo que importa. Trae con cuidado un vaso en la mano; ha llamado ya a un colega de otra sala para que acuda al lugar, pero cuando entra de nuevo en la sala no ve a nadie, a excepción del enfermo, que sigue en la misma posición en la que lo había dejado. Se agacha y enseguida se da cuenta de que, en realidad, no está como lo había dejado. El viejo sigue inmóvil, con los ojos muy abiertos, inertes. Muerto. El viejo está muerto. Se levanta de golpe. Pide ayuda por la radio y reúne el coraje suficiente para volver a mirar al hombre. Los ojos están fijos en el cuadro que había contemplado durante tantas horas en su vida. Sobre el suelo, junto al cuerpo, hay una carta arrugada y una foto de Benedicto XVI. No resiste la tentación de tomar la carta.

Al terminar de leerla, levanta los ojos con la tensa expresión de quien tiene la sensación de estar ante algo muy inquietante cuyo significado se le escapa.

L A PLAZA DE MAYO ES EL CENTRO DE LAS MANI-
festaciones históricas del pueblo argentino. En ella
se encuentran la Casa Rosada, sede del gobierno nacional, y
la catedral Metropolitana. Es este templo lo que ahora atrae
nuestra atención, junto a ese joven que corre a toda velocidad entre sus columnas, irrumpiendo en la amplia nave.
El sudor y la respiración jadeante se deben a su veloz carrera
desde la residencia del párroco, a quien llamaremos Pablo,
nombre simple como corresponde a un cura, aunque sea un
cura que no quiere ser identificado. La catedral está cerrada
al público, pero el padre se encuentra junto a la escalera
del altar, arrodillado, con las manos juntas, susurrando sus
oraciones.

El joven llama la atención del sacerdote. En una situación normal, retrocedería algunos pasos y esperaría hasta el
final de la oración, pero no hay tiempo.

Después de persignarse, el cura se levanta y se vuelve
hacia el adolescente, que otra vez respira con dificultad.

—¿Qué pasa, hijo? ¿Vienes a buscarme? ¿Ocurrió algo
en la comunidad?

—No, padre. Un hombre... Fue a su casa... Preguntó por usted.

El padre Pablo repara en el sofoco del joven.

—Manuel, estás sudando a chorros. No hace tanto calor. ¿Viniste corriendo?

—Sí, padre.

El anciano sacerdote pone una mano sobre el brazo del joven.

—Ven a sentarte conmigo. Tranquilízate y cuéntame. ¿Quién era ese hombre? ¿Y qué hizo para que vengas en este estado?

—No lo conozco, parece centroeuropeo.

El padre palidece, como si de repente hubiese recordado algo, y también él empieza a sudar.

—¿Qué quería de mí?

—Verlo hoy mismo. Yo le dije que no era posible. Y entonces me contestó que todo es posible a los ojos del Señor. Pero lo peor...

—¿Lo peor? ¿Te hizo algo malo?

—No, padre, pero dejó entrever que no tenía buenas intenciones. —Luego, bajando la voz, añadió—: Tenía un arma.

Pablo saca un pañuelo para limpiarse el sudor de la frente. El nerviosismo que lo invade es visible. Cierra los ojos y permanece algunos minutos en ese estado, sin decir una sola palabra. Cuando los vuelve a abrir tras un esfuerzo de autocontrol, ya no suda y la respiración se ha vuelto pausada.

—¿Qué le dijiste?

—Que el señor cura había ido a ver a un amigo al hospital.

—¿Mentiste, Manuel?

—Perdóneme, padre Pablo, pero no sabía qué hacer. El hombre parecía una persona de gran maldad; tenía un tatuaje en el brazo izquierdo.

—¿Un tatuaje? ¿Cómo era?

—Era una serpiente.

—¿Quiso entrar en casa?

El muchacho vacila antes de responder. Está nervioso. No todos los días se ve una pistola, y menos en poder de un desconocido que nos dirige la palabra.

—No, padre —dice finalmente.

—Está bien, Manuel. Ve tranquilo a hacer tus cosas.

El joven se levanta más calmado, besa la mano de Pablo y camina hasta el centro de la nave, donde hace la señal de la cruz.

—Manuel...

—¿Sí, padre Pablo?

—¿Volviste a ver a ese hombre de camino hacia aquí?

—No. No. Estaba tan nervioso que, en cuanto se fue, vine a avisarle. No vi nada, aunque tampoco me fijaba, porque eché a correr como un loco.

—Está bien, Manuel. Puedes irte. Que Dios te acompañe, y confía siempre en él.

El muchacho aún no había salido cuando Pablo ya estaba arrodillado de nuevo, rezando, en el mismo lugar de antes, con serenidad y entrega.

Los pasos que se oyen ahora no son del muchacho, sino los de alguien que camina con firmeza y decisión. Pablo siente algo en el hombro, pero esta vez no es una mano, sino un tubo frío.

—Estaba esperándote —afirma el cura.

—No me sorprende. Hay personas con percepciones extrasensoriales muy fuertes. ¿Esperaba alguna otra cosa?

Pablo se persigna y se levanta, mirándolo al hombre fijamente a los ojos.

—Mi futuro pertenece a Dios, igual que el tuyo y el de todos. Lo que es mío está guardado, no te preocupes. No viniste a darme nada que no fuese mío por derecho.

—Quizá vine a quitar.

—Eso depende del punto de vista de cada uno.

—¿Dónde están?

—Buenos Aires, Nueva York, París, Madrid, Varsovia, Ginebra, hay tantos lugares en el mundo.

Se oye un ruido sordo y el padre cae sobre los bancos, desplazando unos y derrumbando otros. El hombre con acento del Este que ya habíamos visto en Roma se aproxima a Pablo, que tiene el lado derecho del abdomen cubierto de sangre, al igual que la mano con la que trata de cubrir la herida.

—Dios no está aquí para salvarlo, querido señor. Será mejor que me diga dónde están.

—Dios ya me ha salvado. Nunca los encontrarás.

El hombre se inclina sobre Pablo y comienza a hablarle al oído, como un confidente.

—Sabe, padre, los ayudantes sirven exactamente para eso, para ayudarnos en los quehaceres, por ejemplo, a encontrar cosas. Sobre todo los más nerviosos e inexpertos. No se imagina la cantidad de información que almacenan. No los encontré y sé que no va a decirme dónde están, pero con una pista aquí, otra allá, una carta, una nota, un correo electrónico, un retrato...

Pablo está congestionado por el disparo y por las palabras del agresor. Los dados están echados en una nueva partida en la que, sin embargo, este cura no participará, pues está a punto de salir de cualquier juego. Le queda la esperanza de que el hombre con la serpiente tatuada en la muñeca sepa bastante menos de lo que dice.

—Estoy seguro de que él será más colaborador. Le daré recuerdos de su parte —dice el hombre mientras le muestra un retrato al clérigo.

Y dispara por segunda vez, en esta ocasión en la cabeza. Luego camina tranquilamente hasta el centro de la nave, se persigna y sale por una puerta lateral.

Capítulo

7

SIEMPRE ES MOTIVO DE ALEGRÍA VOLVER A LA TIERRA natal, aunque sólo sea un par de días; respirar el olor del Báltico, que inunda la ciudad donde Dios quiso que naciera. Llegar al mundo allí fue una premonición, una señal inequívoca de la gran misión que le había sido encomendada.

Camina por las familiares calles de Gdansk, el centro económico de Polonia, cuna del célebre sindicato Solidaridad. Sabía desde mucho antes que lo aguardaba una labor importante, y así fue. Una llamada telefónica en mitad de la noche, en la calle Chmielma, hace seis años. Ahora, al pasar junto al pequeño departamento donde transcurrieron su infancia y los primeros años de su edad adulta, recuerda a la madre y al padre que murieron cuando era joven y lo dejaron solo. Fue la voluntad divina, para completar el círculo de perfección que él encuentra tan admirable. La llamada telefónica no se produjo por azar, nada ocurre porque sí, sino por designio de la providencia. Es la primera vez en seis años que regresa a Gdansk, que vuelve a ver el Wisla. El Maestre le había ordenado que esperase la siguiente fase del plan ahí, y el Maestre siempre sabe lo que hace. Es un iluminado, un santo que protege en la tierra los intereses superiores de la Santísima Trinidad.

Es casi mediodía. Recorre la calle Miesczanska en dirección a Chlebnicka, dobla a la derecha y después a la izquierda, hacia la Dlugie Pobrzeze. Va a comer al Gdanska Restaurant. Nunca antes había pisado ese restaurante, pero es como si lo conociese de siempre. La suntuosidad de la decoración hace pensar más en el comedor de un palacio que en un restaurante.

—*Na zdrowie* —lo saluda el mozo, vestido de manera impecable.

—*Dzién dobry* —responde él educadamente. Hace mucho que no saluda a nadie en su lengua materna. Pide la especialidad de la casa, para dos, y una botella de vino tinto.

—*Tak* —asiente el empleado.

Ya le han tomado el pedido. Todo llega muy pronto y con eficiencia. El camarero se aparta con un amable *smacznegi*. La mesa queda completa, con dos platos, una botella de agua y otra de vino tinto.

—¿Cómo estás? —le dice una voz que suena a su espalda.

—Muy bien, señor —responde el hombre mientras se pone de pie servilmente. Quien lo hubiese visto unos segundos antes no diría que es el mismo. La seguridad que transmitía se ha transformado en respeto por la persona que acaba de aparecer y que se sienta en la silla de enfrente, delante del segundo plato; el recién llegado viste un traje satinado, de Armani, sobrio, negro también, como el del hombre que ha llegado en primer lugar. Por la forma en que mira no hay duda de que es el jefe.

—Has hecho un buen trabajo.

—Gracias. Es un honor estar a su servicio.

Hablan en italiano.

—El Gran Maestre sabrá recompensar tu empeño, como siempre. En breve te convocará para que te presentes a verlo.

—Me siento muy agradecido por ese privilegio.

—Y tienes razón. Es un honor que no se concede a muchos. Y pocos son los que siguen vivos después de verlo. Sólo sus íntimos y los que le sirven dignamente, como tú.

El polaco baja la cabeza en señal de reconocimiento, extrae un sobre del bolsillo de la chaqueta y lo deposita en la mesa.

—Esto es lo que encontré en Buenos Aires. El retrato del que le hablé. Es un truco sencillo: se aplica luz ultravioleta y aparece una imagen camuflada. Mire...

El otro examina el retrato que saca del sobre.

—Curioso. Lo que inventan estos tipos —dice, sin desviar los ojos de él—. No tardaremos en ponerle nombre a este rostro.

Ahora le toca al jefe pasar un sobre, sin disimulo, por encima de la mesa.

—Tienes orden de seguir adelante. Todo lo que necesitas está ahí dentro —le devuelve el retrato—. Llévalo contigo. El plan está en marcha. Sé muy cuidadoso con los traidores. Mucha gente anda detrás de esto. No levantes sospechas y no falles. Hasta la próxima.

Sale sin decir nada más y sin haber tocado siquiera el plato. El que se queda toma el sobre y lo coloca en el bolsillo interior de su chaqueta. Se lanza sobre la especialidad de la casa y, una vez que se sacia, paga y deja una generosa propina. El día merece una celebración. Quien sirva bien, bien recompensado será.

—*Dziekuje* —agradece servicialmente el camarero, contento por el billete verde norteamericano que el sujeto bien vestido ha depositado en la pequeña bandeja de plata de la cuenta—. Hasta mañana —agrega luego.

El hombre de negro se despide y sale a la calle.

Allí afuera, junto al Wisla, abre el sobre y mira su contenido. Un documento de identidad con su fotografía, un billete de avión con salida desde Frankfurt, algunos papeles y la fotografía que había traído de Buenos Aires y que él mismo acaba de guardar.

—Ahora te toca a ti —afirma en un tono paternal que no se dirige tanto hacia el personaje de la fotografía como a la tarea que le espera y que piensa ejecutar ejemplarmente, como todas las demás. Decide dar una vuelta por el mercadito dominical, quizá para saborear por última vez la ciudad que no sabe si volverá a ver. Se quita la chaqueta y la manga corta de la camisa deja a la vista, en el brazo izquierdo, una serpiente tatuada que baja hasta la muñeca. Vuelve a guardar las cosas en el sobre, no sin antes mirar una última vez el retrato que obtuvo en Buenos Aires, en la que fuera la residencia parroquial del padre Pablo, que desde hace pocos días tiene otra, permanente, bajo tierra. La fotografía, para cualquiera que estuviera observando, sólo muestra el rostro de Benedicto XVI.

Cónclave
26 de agosto de 1978

Quédense tranquilos, quédense tranquilos,
porque no hice absolutamente nada para llegar aquí.

ALBINO LUCIANI A SU FAMILIA, TRAS SER ELEGIDO PAPA.

A*NNUNTIO VOBIS GAUDIUM MAGNUM: HABEMUS Papam»*, proclamó el cardenal Pericle Felici, desde el balcón de la basílica de San Pedro, el día 26 de agosto de 1978.

Pero para que el Espíritu Santo pudiese decidir quién habría de ser el nuevo pontífice, los ciento once cardenales tuvieron que mantener numerosas reuniones disfrazadas de almuerzos y llegar a acuerdos disfrazados de amables conversaciones intrascendentes. Nadie en el Vaticano habría aceptado que aquellos días, tras la muerte de Pablo VI, se había desatado una agresiva campaña electoral, porque aquellos humildes gestos promocionales venían ataviados con modestia y aparente desinterés.

Algunos prelados recordaban con una sonrisa la tarde en que el cardenal Pignedoli, rodeado de sus pares del Colegio Cardenalicio, declaró no estar habilitado para asumir el cargo para el cual lo proponían. En su sincera opinión, lo mejor era votar por el cardenal Gantin, un prelado negro de Benín. Así, mediante negaciones, se afirmaban los deseos.

Pero estos actos no podían imputarse a un cardenal concreto, porque muchos prelados hacían otro tanto: declaraban su humildad y su sumisión para recordar a los demás que ellos eran, precisamente, la mejor opción.

Y, en realidad, no todos los cardenales estaban al tanto de estas tramas electorales, con sus gestos peculiares y sus declaraciones de fervor divino. Albino Luciani, por ejemplo, en su despreocupación, aprovechó su estancia en Roma para ordenar la reparación de su Lancia 2000, un vehículo que no hacía sino amargarle los viajes. Le dijo a Diego Lorenzi, su asistente, que quería tener el coche preparado para el día 29, cuando previsiblemente el cónclave habría terminado, para salir temprano por la mañana hacia Venecia.

Aunque podría intuirse cuál era la voluntad de los cardenales, nadie estaba seguro de la decisión del Espíritu Santo. Y el Espíritu Santo, con la colaboración de los prelados, quiso que las cosas se desarrollasen de otra manera. Una vez más, los inextricables caminos de Dios demostraron lo impredecible de los acontecimientos.

Al finalizar las votaciones de la mañana, Albino Luciani rezaba arrodillado en la celda número sesenta. Los resultados no habían sido concluyentes, pero sí habían acarreado algunas sorpresas, como los treinta votos que había recibido Luciani en el segundo escrutinio. Mientras oraba, una suerte de vértigo le atenazó el estómago y, en vez de solicitar a la providencia divina clarividencia y valor para votar por el mejor cardenal, imploró a Dios que se ocupara del asunto y lo librara de esa enorme carga. Rogaba que los cardenales no se empeñaran en votarlo y que el Espíritu Santo forzara a los prelados a escribir en las tarjetas el nombre del cardenal Siri. En el último recuento, el cardenal Siri había obtenido una diferencia de cinco votos respecto de él. El tercero en la amarga lista de candidatos era el desprestigiado cardenal Pignedoli: apenas había obtenido quince votos, seguido por el brasileño Lorscheider, con doce sufragios.

Los diecinueve votos restantes se repartieron entre los cardenales italianos Bertoli y Felici, y otros más señalaron al polaco Karol Wojtyla, el argentino Pironio, monseñor Cordeiro, arzobispo en Pakistán, y el austríaco Franz Koenig.

Aquella lucha no deseada se libró entre Siri y Luciani. El cardenal Siri deseaba triunfar; el cardenal de Venecia, Albino Luciani, quería huir, y quizá lo habría hecho si las puertas de la Capilla Sixtina no hubieran estado cerradas y su responsabilidad como prelado se lo hubiera permitido.

Antes de entrar en el cónclave, don Albino había dicho a los asistentes, familiares y amigos que si fuese elegido, probabilidad que tanto él como los demás consideraban muy remota, pronunciaría inmediatamente la fórmula: «Pido disculpas, pero rehúso». Sin embargo, Luciani era el cardenal a quien Pablo VI, de visita en *La Reina del Adriático*, le había regalado una estola, que colocó sobre sus hombros. Aquel gesto público, ante una numerosa concurrencia, era muy poco habitual en Su Santidad, pero así reconocía la lealtad del cardenal veneciano y su defensa —más por obligación que por devoción— de la encíclica *Humanae Vitae*, una de las más desdichadas de la historia. Pablo VI, en julio de 1968, había promulgado aquella pastoral absolutamente radical contra cualquier método de control de la natalidad, incluidos, por supuesto, el aborto y la anticoncepción, la esterilización o la interrupción del embarazo ante peligro evidente para la madre. En *Humanae Vitae* todo se entregaba a un supuesto orden divino, a una improbable responsabilidad matrimonial y, en caso necesario, a la castidad. Como advertía el Papa, el plan divino no podía atenerse a condicionamientos sociales, políticos o psicológicos.

En fin, eran recuerdos del pasado que no resultarían relevantes si no fuera porque Pablo VI era uno de los principales responsables de que Albino Luciani se arrodillara para rezar, presa del temor de ser elegido por sus pares y por el Espíritu Santo. «Que voten por Siri», pedía Albino Luciani al Creador. «¡Tengo tanto que hacer en Venecia...!»

Pablo VI, consciente o inconscientemente, había conducido a Albino Luciani a aquel callejón sin salida: fue él quien lo hizo cardenal, quien había dado muestras públicas de sus preferencias y quien le había dedicado gestos y palabras de elogio. Pero aquella responsabilidad no podía aplicarse en sentido estricto: si Juan XXIII no lo hubiese nombrado obispo, tampoco habría llegado a esa situación; y si su madre, Bartola, no lo hubiese dado a luz en Canale d'Agordo, el día 17 de octubre de 1912, tampoco se vería en aquel trance. Eran ideas que más valía apartar de la mente. Dios era el único que decidía. Algún camino estaría trazado desde lo alto, pues de lo contrario, el cura de su pueblo, Filippo Carli, no lo habría alentado a entrar en el seminario de Feltre.

Cuando se celebró la primera votación, el cardenal Luciani comprendió que su persona había entrado en el huracán del cónclave y que no había posibilidades de ignorar tan desdichada situación. Ingenuamente, había pretendido pasar inadvertido —lo había conseguido otras veces y en distintas circunstancias—, pero en esta ocasión su reserva y timidez habituales no habían servido de nada. Todo lo que estaba ocurriendo le resultaba incomprensible. ¿Cómo explicar que desde el inicio contase con veintitrés votos, dos menos que Siri y cinco más que Pignedoli? Al finalizar, reunieron los votos de los dos escrutinios y los echaron al quemador, como era preceptivo.

Pablo VI había dejado previsto cada detalle del cónclave: nada se le había escapado. Es el Papa anterior quien dicta las reglas de la elección de su sucesor, y éste había prohibido por primera vez a los cardenales de más de ochenta años participar en el cónclave. En la Constitución Apostólica *Romano Pontifice Eligendo,* Pablo VI había decretado este límite por razones piadosas, para que la carga de elegir al pastor de la Iglesia no se añadiera a las pesadumbres propias de la edad octogenaria. Todo cuidado era poco. El regimiento de la Iglesia de Jesucristo no podía quedar en manos del azar. Algunos ignorantes lamentan que los pontífices se ocupen de estos detalles prácticos y no se entreguen a las causas espirituales. Pero la Iglesia no vive sólo de avemarías, como advirtió cierto cardenal americano.

Después de su oración, el cardenal Luciani se levantó y salió de la celda. Joseph Malula, cardenal de Zaire, lo saludó y felicitó efusivamente, pero Luciani sacudió la cabeza entristecido y se dirigió a la Capilla Sixtina para proceder a la tercera votación.

—Siento que estoy en medio de un gran torbellino —susurró.

Al final de la tercera votación, Albino Luciani recibió sesenta y ocho votos, frente a quince de Siri. Albino estaba a tan sólo ocho votos del pontificado.

—No, por favor, no... —volvió a suplicar en voz baja.

Algunos cardenales, sentados a su lado, habían oído el suspiro del amigo. El prelado Willebrands intentó calmarlo con palabras piadosas:

—Ánimo, cardenal Luciani. El Señor nos impone la carga, pero también nos concede la fuerza para sobrellevarla.

Felici se aproximó al nervioso Luciani y le entregó un sobre.

—Un mensaje para el nuevo Papa —dijo.

A Albino Luciani le pareció una frase sorprendente en alguien que siempre había votado por Siri.

El mensaje tenía escritas las palabras *Vía Crucis:* el Camino de la Cruz, símbolo y recordatorio de la Pasión de Cristo. Todos estaban nerviosos e inquietos. A la vista de los imponentes frescos de Miguel Ángel, los prelados sabían que estaban asistiendo a un ritual trascendental para la historia de la Iglesia y, dada la situación, para la historia del mundo.

Todo se había cumplido. El Espíritu Santo había descendido sobre los participantes en el cónclave y se había detenido sobre la figura de uno de ellos, o al menos así lo pensaba la mayoría.

Era la voluntad de Dios.

Luciani resultó favorecido con noventa y nueve votos, el cardenal Siri con once y Lorscheider con uno. (Luciani siempre había votado por este prelado.) El destino se había cumplido: los cardenales rompieron en fervorosos aplausos. Apenas habían necesitado un día para elegir a uno entre ciento once, y aquel éxito, desde luego, había que atribuirlo a la inspiración divina. Todo había concluido a las seis y cinco de la tarde, poco antes de la hora de cenar.

Las puertas de la Capilla Sixtina se abrieron y entraron los maestros de ceremonias, que siguieron al cardenal camarlengo, Jean-Marie Villot, secretario de Estado del Vaticano con el pontífice anterior y guardián de las llaves de San Pedro hasta el final del cónclave. Todos los prelados, conforme a la secular tradición, se dirigieron al lugar donde estaba sentado Albino Luciani.

—¿Aceptan la elección canónica como Sumo Pontífice? —preguntó el cardenal francés.

Los ojos de los cardenales se clavaron en aquel hombre tímido. En aquella situación, las figuras de Miguel Ángel adoptaron un gesto más severo: no había alegría, sino responsabilidad y una pesadumbre casi insoportable. Los cardenales Ribeiro y Willebrand alentaban con la mirada al ministro veneciano, y Villot volvió a formularle la pregunta.

—Que Dios los perdone por lo que han hecho conmigo —respondió finalmente Luciani—. Acepto.

Todo se hizo conforme al protocolo establecido hace siglos. El ritual, grave e imponente, se fue desarrollando sin variaciones y con una exactitud agotadora.

—¿Con qué nombre desea ser llamado?

Luciani volvió a titubear y, al cabo de unos segundos, pronunció, sonriendo por primera vez, el nombre que había elegido para pasar a la historia:

—Ioannes Paulus I.

En el Vaticano todos suponen que el nombre escogido por el nuevo pontífice indica en parte la dirección religiosa y política que desea para su papado. Los más expertos entendieron que Albino Luciani había comenzado de un modo singular y que, probablemente, su pontificado sería excepcional. «Nada volverá a ser lo mismo», dijeron. Muchos especialistas se sintieron satisfechos ante los inopinados gestos del cardenal electo: el papado comenzaba con una innovación. Ningún otro papa había utilizado un nombre compuesto a lo largo de casi dos mil años de historia. Luciani era el único que había osado contradecir la tradición: así rendía homenaje al hombre que lo nombró obispo y al que lo designó cardenal.

—Muchas felicidades, Santo Padre —le dijo el cardenal Karol Wojtyla.

Un gran bullicio reinaba en la Capilla Sixtina. Todo estaba preparado desde hacía muchos días, pero siempre hay detalles que deben cuidarse, algún fleco que hay que corregir o una visita inoportuna que hay que atender. Los cardenales se repartieron las funciones e iban de acá para allá con la emoción de quien se siente partícipe de una decisión histórica.

Luciani había sido llevado hasta la sacristía para concluir los rituales necesarios y orar, conforme la tradición. Otros prelados quemaban los votos y añadían a la estufa los productos químicos que emblanquecían el humo, la fumata. Pero, tras unas bocanadas blancas, los miles de fieles que esperaban en la plaza de San Pedro observaron que el humo comenzaba a salir negro, tal vez por la suciedad acumulada en la chimenea. Quizás aún no había un nuevo papa...

Los hermanos Gammarelli, sastres del Vaticano, discutían entre sí, mientras trataban de conseguir una sotana blanca que sirviera para la ocasión. Desde hacía décadas, la sastrería más famosa de Roma se ocupaba de tener tres sotanas preparadas antes de cada cónclave: una pequeña, una mediana y una grande. Pero en aquella ocasión habían agregado una cuarta, aún mayor que la más grande... Los rumores en Roma hablaban de la posible elección de un monseñor muy corpulento... Sin embargo, el elegido, finalmente, era muy estrecho de hombros y ni siquiera figuraba entre los nombres que los especialistas habían ido postulando en los diarios y en la televisión. Después de varias pruebas, después de girar una y mil veces en torno a Albino Luciani, los sastres quedaron más o menos convencidos y conformes con la indumentaria. Luciani aparecía, por fin, ataviado con los ropajes blancos que lo mostraban al mundo como el nuevo Santo Padre del pueblo católico.

El cardenal Suenens se acercó a Luciani y lo felicitó.

—Santo Padre, gracias por haber aceptado.

Luciani sonrió.

—Tal vez habría sido mejor rehusar.

¿Por qué no lo hizo? ¿No le recordaría su conciencia que quiso hacerlo y no tuvo presencia de ánimo para rechazar aquella imposición? En realidad, se había sentido desbordado por la rapidez con que se desarrollaron los acontecimientos, por la contundente expresión de la voluntad de la mayoría, por su verdadera humildad y también, en el fondo, porque se sentía capaz de ejecutar la ardua tarea que tenía por delante. De otro modo, no habría aceptado.

Los cardenales comenzaron a entonar el *Te Deum*.

En la plaza, los grupos de fieles se dispersaban. Los cardenales no se habían puesto de acuerdo o, en otro sentido, aún no los había alcanzado la inspiración del Espíritu Santo, así que aún no había nuevo Papa. La fumata había ascendido, claramente, con un tono negro que mantenía la indecisión del cónclave.

Los comentaristas de Radio Vaticano afirmaban que el humo era blanco y negro... no estaban muy seguros.

El comandante de la Guardia Suiza, obligado a recibir al nuevo pontífice con un saludo de lealtad en nombre de todos sus hombres, ni siquiera tenía la escolta preparada para acompañarlo por los corredores hasta el balcón de la plaza de San Pedro.

Los hermanos Gammarelli discutían en la sacristía, culpándose mutuamente de imprevisión respecto a la vestimenta.

En medio de tal confusión, se abrió la enorme puerta del balcón de la basílica de San Pedro y la voz del cardenal Felici tronó por los altavoces.

—*Attenzione.*

Los fieles, que ya se dirigían a sus casas o a sus hoteles, volvieron corriendo hacia la plaza y entonces se hizo un completo silencio.

—*Annuntio vobis gaudium magnum: habemus Papam!*

Diego Lorenzi, secretario de Luciani en los últimos dos años, lo había acompañado a Roma desde Venecia y era uno más entre los miles de fieles que esperaban en la plaza de San Pedro el resultado de la elección. Él había visto que el humo que salía de la chimenea desde las seis y veinticinco no era blanco ni negro... Tenía un tono ceniciento, y así se había mantenido durante una hora, sin que nadie pudiera decidir si aquel humo sucio era realmente la fumata blanca que todos esperaban. A su lado, un matrimonio con dos niñas aguardaba también la resolución del cónclave y discutían a propósito de aquella humareda que no resolvía sus dudas. Una de las niñas, la más pequeña, imbuida por el espíritu religioso que inundaba la plaza, le preguntó si él oficiaba misa en aquella iglesia tan grande que tenían enfrente.

Lorenzi le respondió con una afectuosa sonrisa. No. Él estaba en Roma sólo «casualmente». Vivía en Venecia. También conversó con los padres de la pequeña y todos estuvieron de acuerdo en considerar que un cónclave, aunque sólo pudiera intuirse desde el exterior, era una experiencia estimulante. Se trataba de la elección del Pastor y a ellos no les cabía la menor duda de que los cardenales votantes constituían un grupo de hombres tocados por la gracia de Dios.

Para Diego Lorenzi la emocionante experiencia terminaría pronto. Al día siguiente, por la mañana temprano, conduciría el Lancia de don Albino Luciani en dirección a Venecia: seiscientos kilómetros de distancia entre dos ciudades y dos mundos. En aquel momento se oyó la voz del cardenal Pericle Felici y todos giraron hacia el balcón de la basílica de San Pedro.

—*Annuntio vobis gaudium magnum: habemus Papam! Cardinalem Albinum Luciani.*

Al oír el nombre, Lorenzi comenzó a llorar de alegría. Una emoción incontenible encogía su espíritu y aún no era capaz de comprender cómo los cardenales se habían detenido en don Albino, siempre tan tímido y huidizo.

La niña y sus padres lo observaron con simpatía: era un sacerdote, conmovido, igual que ellos, por la emoción de un momento histórico. Era razonable.

Lorenzi se inclinó y, con lágrimas en los ojos, se dirigió a su nueva pequeña amiga:

—Soy el secretario del nuevo Papa —dijo finalmente.

¿Así que el nuevo pontífice era Albino Luciani? ¿Y quién era Albino Luciani? A decir verdad, no importaba mucho. Lo decisivo era que la Iglesia de Roma ya tenía nuevo Papa y la institución sagrada continuaría y perseveraría en su milenaria historia.

Lorenzi y los miles de congregados en la plaza de San Pedro vieron aparecer la figura de Albino Luciani en el balcón, vestido de blanco y sonriente. Aquella sonrisa penetraba en el corazón de los fieles y despertaba el alma para arrebatarla en un caluroso júbilo. Aquella sonrisa era una efervescencia de humildad, de benevolencia y de paz. Después de Giovanni Battista Montini, el sombrío Pablo VI, aparecía en el balcón aquel hombre, sonriendo como un joven dispuesto a entregarse con pasión a su tarea. Tras la entonación de la bendición *Urbi et Orbi*, el sol dejó escapar sus últimos brillos en el atardecer romano.

Capítulo

9

S<small>E DESCONOCEN LAS RAZONES QUE LLEVAN A GRAN</small> parte de los directores de las innumerables agencias secretas estatales esparcidas por el mundo a temer y obedecer cualquier directriz dictada por este anciano de tez arrugada que camina con la ayuda de un bastón rematado por una dorada cabeza de león.

Cualquier especulación es posible, aunque probablemente ninguna se acerque ni remotamente a la verdad. Y ésta, a pesar de no estar a disposición de nadie, sí presenta un lado incuestionable: la CIA apoya y encubre todas sus decisiones, y llega incluso a prestar hombres y unidades enteras a la organización presidida por este frágil anciano de expresión dura. Es un círculo vicioso: si la omnipotente y más o menos prestigiosa Central Inteligence Agency le hace favores a un hombre así, prestándose a ayudarlo y a poner a su disposición sus propios agentes, no es necesario hacer más preguntas sobre dicho sujeto.

Para su servicio personal siempre tiene junto a sí a un hombre impecablemente vestido con un traje negro de Armani, cuyo nombre también se desconoce, pues goza del mismo anonimato que el anciano. Donde está uno, siempre está el otro, salvo en aquellas raras ocasiones en que el asistente debe liquidar personalmente algún asunto, cuando es imperativo que ninguna otra persona lo haga en su lugar.

En cuanto al anciano, no es extraño verlo pasear por los jardines de su villa o por la ciudad. No especificamos qué villa ni qué ciudad porque esta gente es demasiado poderosa como para que nos arriesguemos a provocar su ira. Hubo una época en que permanecía fuera de su patria más tiempo del que deseaba; pero eso se acabó desde que puede permitirse el lujo de no viajar. Las nuevas tecnologías de la comunicación ayudan a que esto sea posible, aunque todavía no puede prescindir de mano de obra de confianza en los lugares en que tiene intereses. Nada se asemeja a los aires de su tierra, de su amada Italia en general y de su ciudad y su villa en particular.

En este día encontramos al viejo sentado en la terraza de su villa, con los ojos puestos mitad en el *Corriere della Sera* y mitad en el horizonte lejano. Desde allí puede contemplar un mar de tierra verde que se extiende mucho más allá de la finca de su propiedad, hasta desaparecer detrás de una colina, donde se oculta el sol, confiriendo al paisaje un tono crepuscular anaranjado, en combate desigual con la penumbra que gana terreno a cada segundo que pasa.

Las luces del jardín se empiezan a encender gracias a los sensores fotoeléctricos repartidos por el lugar, programados para activar las lámparas lentamente, en armonía con el pausado atardecer, en una transición continua y suave. El sol va escondiéndose detrás de la colina, al fondo, y las lámparas calientan cada vez más sus filamentos, hasta llegar al punto máximo, cuando ya no hay luz natural. No importa que sea de noche: se puede leer el periódico igual que hace un rato. Pero el mar de tierra verde ha desaparecido en una profunda oscuridad, salpicada de pequeñas luciérnagas, unas móviles y otras fijas.

«Ninguna luz artificial tiene el poder de iluminar el mundo», piensa el viejo. «Tal vez sólo la luz de la fe puede hacerlo.» Sonríe con esta idea. Últimamente, su pensamiento se inclina mucho hacia el lado de la espiritualidad. Puede comenzar con un tema muy material que, sin embargo, tras dar más o menos vueltas, termina siempre rozando lo espiritual, vaya usted a saber por qué. Está en la edad de rogar clemencia por los pecados de una vida entera; pero él no es hombre dado a pedir piedad. Tampoco es clemente con los demás. Quiso Dios viviera muchos años y enfrentara muchos peligros, dudas y frustraciones. Todo fue obra de Él, el sufrimiento por el que pasó y por el que aún pasa. La diferencia con otros tiempos es la frialdad con la que ahora contempla ciertas provocaciones que Él nunca duda en enviarle. Ya se trate de una pequeña señal o de una gran revelación, este anciano aquí sentado, solo, con el diario como única compañía, las entiende bien.

A diferencia del común de los mortales, no teme a Dios. Muchas almas perecieron a manos de este viejecito del bastón o siguiendo sus órdenes, un anciano que intenta hacer creer que se vale de él únicamente por coquetería, cuando la verdad es que no logra dar un solo paso sin esa ayuda. El tiempo es implacable para todos sin excepción.

El asistente no se encuentra en los alrededores. Seguramente andará resolviendo asuntos de interés del anciano fuera del país. Aunque lo hemos llamado «asistente», en realidad es lo que vulgarmente se denomina secretario personal. Todos los poderosos, incluido el Papa, tienen uno.

Hace algunos años podía darse el lujo de encender un cigarrillo y deleitarse con él hasta su total consumición, leyendo el periódico y lanzando largas bocanadas de humo. Hoy debe conformarse con la lectura del diario, ya que sus pulmones no le permiten darse a los placeres del fumador. Una tos ronca y súbita invade la calma de la noche. Puede resistir perfectamente las tentaciones de la carne y la mente. Otros muchos asuntos lo afligen, y no es hombre dado a disgustarse por pequeñeces. Un lema lo acompaña desde siempre: todo tiene solución.

Perdido en un torbellino de pensamientos, no percibe la presencia esquiva de la empleada, que trae un teléfono en la mano.

—¿Señor?

A falta de respuesta, la mujer repite el aviso y ahora sí hay reacción.

—Sí, Francesca —dice como despertando de un sueño.

—Una llamada para usted.

La sirvienta se retira, presurosa, después de entregar el aparato al patrón, dejándolo resolver sus cuestiones, cualesquiera que éstas sean, pues ella no osa inmiscuirse en su vida privada.

—*Pronto* —dice el anciano con timbre fuerte, en el formidable tono de alguien acostumbrado a mandar.

Reconoce la voz serena del asistente, que le transmite los datos relativos a la misión encomendada. A diferencia de la del patrón, su voz es monocorde. Como si recitara una letanía, transmite su informe, una síntesis competente. La facilidad para ir al grano, a lo que importa, es virtud aprendida del anciano que lo escucha, sabe que a él le gustan las explicaciones claras y rápidas.

—Muy bien. Puedes regresar. Controlaremos todo desde aquí. —Algunos segundos más de silencio entrecortados por los silbidos reproducidos por el auricular—. Hará un buen trabajo. No será difícil localizar a Marius Ferris, siempre y cuando actúe como ordené, en la retaguardia... Te espero.

Aprieta el botón y termina la llamada internacional. Coloca el aparato sobre la mesa, para enseguida volver a levantarlo. De un tiempo a esta parte le ocurre que a veces olvida lo que se supone que debe hacer a continuación. Por unos instantes, la mente se le queda en blanco, se nubla el claro y frío raciocinio al que está tan apegado. Hasta ahora, el extraño fenómeno no lo ha perjudicado, pues sólo se manifiesta en el cómodo hogar, y con muy poca frecuencia. Pero sabe que es sólo cuestión de tiempo, que poco a poco el manto blanco que aparece en su mente se irá prolongando, apoderándose de todas sus facultades. ¿Cuándo? No sabría decirlo. Meses, años, es una incógnita. Es la venganza que la vida se toma con él.

Hace una nueva llamada. Sin esperar a oír su voz, sabe quién es la persona que atiende al otro lado de la línea.

—Geoffrey Barnes. Puede hacer efectiva la neutralización del objetivo. Aguardo confirmación.

Y corta sin decir nada más. Ahora sí, deja el aparato sobre la mesa y regresa al periódico. Lo acompaña un pensamiento: a esa chica, a la tal Monteiro, le ha llegado su hora.

POR QUÉ NO CONTESTA NADIE?», SE PREGUNTA SARAH. «Qué extraño.» Cuelga y hace otra llamada. Aguarda unos segundos. Una voz femenina informa que la persona buscada no está disponible en ese momento, pero, si así lo desea, puede dejar su mensaje.

—Papá... Soy Sarah... —Se lleva la mano a la cabeza. Qué estúpida. Si dice papá, sólo puede ser Sarah. Vuelve a hablar al aparato—. He llamado a casa y no ha contestado nadie... En cuanto puedas, llámame. Necesito hablar contigo urgentemente... Bueno... Hasta luego.

Regresa al teclado de la computadora. El Messenger está conectado. El ícono de «papá» aparece en color rojo, con la indicación *offline*. «Tampoco estás aquí», piensa. «¿Dónde te habrás metido?»

La joven toma uno de los papeles amarillentos que venían en el sobre de un tal Valdemar Firenzi que se encontraba en medio de su correspondencia. Son tres y todos están escritos en italiano. Dos de ellos sólo son una lista de nombres escritos a máquina, cada uno precedido de un número y unas iniciales que no comprende. Son dos columnas que cubren la totalidad de la primera hoja y la mitad de la segunda. Hay algunos apuntes en los márgenes, hechos con caligrafía firme y apretada. Ciertos nombres están subrayados con el mismo trazo seguro de los comentarios laterales, sin temblores ni borrones. Todos terminan en una flecha sobre la que hay algunas palabras en italiano. Pero ¿por qué en italiano? Su impulso inicial fue tirar esos papeles a la basura. No hay dirección en el remite, por lo que la devolución se hace imposible. Pone el sobre boca abajo y cae una pequeña llave. Muy pequeña. Tal vez sea de un maletín o una maleta. Con seguridad, no es la llave de una puerta. De pronto algo le llama la atención. Al principio había pasado inadvertido entre los numerosos nombres terminados en *ov* y *enkos* y los no menos numerosos de estirpe italiana, anglosajona, hispánica. Pero la verdad es que allí estaba, bien claro, sin subrayado ni comentario lateral alguno, pero rodeado por un círculo de tinta sin duda más reciente. Un nombre: Raúl Brandao Monteiro. Escrito con la misma máquina con la que fueron escritas las otras docenas de nombres que componen la lista.

«¿Qué hace aquí el nombre de mi padre?», se pregunta Sarah.

Luego había analizado la hoja siguiente. Muchos garabatos, aparentemente escritos con cierta prisa que reconoce, porque también ella la sufre en las ruedas de prensa. ¿Le habrá enviado la lista algún colega? Tal vez sí, tal vez no. El remitente, Valdemar Firenzi, al parecer la persona que ha enviado el sobre, tampoco le resulta totalmente extraño, aunque no recuerda nada concreto. Parece un nombre italiano. No. Debe de sonarle por otra razón. Ahora lo importante es esperar la llamada de su padre.

18, 15 - 34, h, 2, 23, V, 11
Dio bisogno e IO fare lo. Suo augurio Y mio comando
GCT (15) - 9, 30 - 31, 15, 16, 2, 21, 6 - 14, 11, 18, 18, 2, 20

Mira una y otra vez y no entiende nada.

De pronto suena el timbre del teléfono.

«Por fin», suspira aliviada. Sólo puede ser su padre devolviéndole la llamada.

—¿Papá?

Mutismo total al otro lado de la línea. Pero no se trata de uno de esos silencios sepulcrales, inquietantes. Se oye, al fondo, ruido callejero, de ciudad, coches pasando, pasos, voces inconexas, fragmentos de conversación. Llaman desde un teléfono público o un celular.

—¿Papá? —Nada. Tal vez sea una llamada equivocada, alguien que ha marcado mal el número, o un celular dentro de una cartera, pulsado por traqueteos azarosos. ¿Algún admirador, quizá? No. Ningún ex, ningún antiguo novio o amigo tiene nada de acosador o de maníaco. El único capaz de algo así es Greg, un compañero de redacción, siempre en plan bromista. Sin embargo, entre la correspondencia había una postal suya enviada desde el Congo. En ella explicaba muy bien cómo el simple envío de aquella postal, una foto del río Lulua, era casi una hazaña. ¿Cómo iba a llamar por teléfono?

—¿Greg? ¿Eres tú? ¿Ésta es una de tus bromas? —pregunta, por si acaso.

Pero el ruido metropolitano del teléfono resulta inconfundible.

«Tranquilidad», se dice Sarah. «No caigamos en la paranoia.» Pero no le faltan motivos: un sobre procedente de Italia, de remitente desconocido, con una aparentemente antigua lista en la que figura el nombre de su padre en medio de otros muchos; un oficial de inmigración del aeropuerto que le dice que hay un problema con su pasaporte... Todo la inquieta, especialmente la carta.

La llamada aún está en el aire y sigue sin oírse ni un «hola», nada. Tampoco se oye la respiración del supuesto interlocutor, sólo el fragor de una sirena, tan habitual en todas las ciudades de todos los países del primer mundo. Al aguzar el oído nota que un coche de la policía pasa junto al lugar de la llamada. Un dato importante. La comunicación se corta abruptamente. Ni un «adiós», ni un «hasta luego». Sólo un clic súbito. Sigue oyéndose el estridente lamento del coche de policía, ahora en el mundo real, allí afuera, en Belgrave Road. Las luces azules tiñen las rojas cortinas cerradas y llenan el piso inferior de la casa de Sarah de psicodélicos reflejos rojizos.

Curiosa coincidencia la de los coches de policía pasando al mismo tiempo por dos lugares diferentes, el de origen y el de destino de la llamada. De hecho, es muy curioso. ¿O será quizá...? ¿Demasiada coincidencia?

Apaga todas las luces de la casa, sumiéndola en la penumbra. Mueve un sofá que le estorba y se coloca junto a la ventana. Respira hondo antes de abrir un poco la cortina, apenas una pequeña rendija a través de la que pueda ver sin ser vista. En la calle, el movimiento normal de Belgrave Road durante la noche. Decenas de personas caminando de un lado a otro, cada una concentrada en su vida e indiferente a la de Sarah Monteiro. El tráfico es intenso.

Automóviles de todas las formas y modelos, taxis, el autobús 24 estacionado en la parada del otro lado de la calle, en dirección a Pimlico/Grosvenor Road, dejando algunos pasajeros y recogiendo otros nuevos.

Ningún individuo o movimiento sospechoso. Tampoco sabría distinguir el peligro en medio de tanta agitación, a no ser que fuese muy obvio. Si alguien la estuviera vigilando, seguro que no iría vestido de negro de pies a cabeza, con sombrero y las solapas de la gabardina subidas y fingiendo que lee un periódico. Eso pasaba en las películas antiguas. En realidad, cualquiera puede ser un espía. Hasta el hombre de la limpieza que en ese momento recoge las bolsas de basura de la calle. O la mujer que habla por un celular en el segundo piso del hotel Holiday Express, frente a su casa. Quizá fueran lo que parecían, o tal vez no.

«Estás delirando» se dice a sí misma, y esa idea aplaca de inmediato la tensión que la ha embargado en los últimos minutos. «Qué estupidez. ¿Quién va a vigilarte?»

Mientras trata de calmarse, algo le llama la atención. Al ponerse en marcha, el autobús 24 deja a la vista un coche de vidrios polarizados. Puede tratarse de alguien que se hospeda en el hotel. ¿Llevará allí mucho tiempo parado? El coche negro de ventanillas oscuras no le parece nada inocente, más bien todo lo contrario. Y hay algo en él que la perturba. «He visto ese coche antes», se dice a sí misma repentinamente en voz alta. Sarah recuerda ahora perfectamente la imagen de aquel vehículo oscuro, pero necesita una chispa que la ayude a identificar el lugar y la hora en que lo vio. Su memoria fotográfica viene en su ayuda. Es el coche que se paró bruscamente delante del taxi. Después, el conductor abrió la ventanilla, lanzó un «*Sorry mate*» al taxista y siguió su camino. Es aquel coche, sin duda. Lo que significa que puede estar allí desde hace más de tres horas. Lo que significa que puede no significar nada y significarlo todo, entrañar un peligro inminente o no ser más que una película de espionaje proyectada en su cabeza. Y esa segunda hipótesis, a su entender, es la más acertada.

El sonido del celular la sobresalta.

—¿Sí?

—Hola, Sarah.

—Papá. ¡Por fin! ¿Dónde estabas?

Finalmente, su progenitor da señales de vida. El alivio al oír la voz serena y grave del capitán Raúl Brandao Monteiro le hace volver a pisar tierra firme. Ya ha pasado todo, y el miedo que la embargaba se ha esfumado.

—Fui a llevar a tu madre...

—¿Adónde? ¿Adónde llevaste a mamá?

—Sarah...

La voz del padre no suena tan serena. A decir verdad, nunca lo ha oído tan agitado. El súbito alivio que sintió hace unos segundos vuelve a dar paso a la duda, al nerviosismo, aumentado ahora por esa voz gutural, otros días tan cálida y cariñosa.

—He recibido un sobre de un tal...

—No debes dar nombres, Sarah. Recuerda, a partir de ahora no des nombres. Tampoco digas dónde estás. A nadie, ¿me estás entendiendo? A no ser que hables con quien yo te diga que es de toda confianza.

—Papá, me estás asustando. ¿Sabes lo de la carta?

El silencio es la primera respuesta.

—Papá, no me ocultes nada, por favor. Tu nombre figura en una lista...

—Por Dios, Sarah. No digas una palabra más sobre eso. Sé lo que recibiste. —El tono de Raúl es forzadamente contenido, propio de alguien que ha perdido el control de algo que, mal o bien, tenía dominado—. Sé lo que recibiste —subraya, esforzándose por hablar más tranquilamente—, pero ellos no lo saben y, con toda certeza, están escuchando.

—¿Quiénes son ellos, papá? —Un timbre de pánico suena ahora en sus palabras.

—Ahora no es momento de hablar, sino de actuar, hija. ¿Te acuerdas de la casa de la abuela?

—¿Qué? ¿A qué viene eso ahora?

—¿Te acuerdas o no?

—¿De la casa? Claro que sí. ¿Cómo iba a olvidarla?

—Perfecto.

De repente, ve un rostro. Un escalofrío le recorre la columna vertebral.

—Sarah —llama la voz del padre al otro lado de la línea. Repite el nombre una y otra vez, sin que la hija responda. Sarah está petrificada, mirando la ventana a través de la que acaba de ver los ojos que la vigilaban sin que ella se diera cuenta—. Sarah —insiste angustiado el padre.

Oye pasos seguros, firmes, pesados, sin prisa. La chica parece hipnotizada por su sonido, mientras se acercan a la puerta.

—Sarah —la voz del padre la saca por fin de su parálisis.

—Sí. Estoy escuchando.

Ding dong.

—Están llamando. Tengo que abrir...

—Ni se te ocurra —dice, alterado, el padre.

—Papá, soy tu hija, no uno de tus soldados.

—Guarda en todo momento los papeles, tenlos siempre contigo. ¿Entiendes? Y recuerda lo que te decía la abuela cuando te daba miedo salir de casa por la puerta donde estaba el ganado.

—¿Por la puerta?

Sarah piensa en las palabras de su padre. De niña le daban miedo las vacas, en Escariz, donde pasaban una temporada cada año. Se acuerda de lo mucho que odiaba pasar junto a aquellos animales enormes. La abuela tenía que apartar las vacas, siempre amenazadoras, para que la niña pasara. A partir de una cierta edad, la abuela dejó de abrirle paso entre los animales.

«Apártalas tú», decía. «Ya es hora de perderles el miedo.»

Siempre hay solución para todo. Las palabras de la abuela.

Guarda los papeles enviados por el tal Valdemar Firenzi. Busca el bolso, que está junto a la computadora, y saca el monedero y las tarjetas de crédito. Avanza hacia las escaleras, mirando ansiosa hacia atrás, en dirección a la puerta. Quienquiera que esté allí afuera ahora mueve el picaporte con violencia después de haber golpeado la puerta con los puños una y otra vez. Su corazón se dispara. Es una suerte que lleve ropa ligera: unos pantalones y una camiseta. Con las zapatillas en la mano, sube al primer piso. Las maderas de los escalones crujen, denunciándola.

Cuando llega al primer piso oye el estridente chirrido de la puerta de la calle, ya forzada. Camina hacia la habitación con todos los sentidos en estado de alerta. Se apodera de ella un miedo terrible.

El intruso deambula por el piso inferior, con calma, sin disimular su presencia. La impotencia domina a Sarah, cada vez más presa del pánico. Una cortina roja, igual que las del piso inferior, filtra la luz que viene del exterior, dando a la estancia un aire irreal. La descorre sin hacer ruido. El coche negro continúa allá abajo, en el mismo lugar donde lo vio por primera vez. La quietud del siniestro automóvil contrasta con su agitado estado de ánimo. «No te dejes vencer por el miedo», se dice a sí misma. «Vamos, pon en marcha tu cabeza.»

¿Qué hacer? Siempre hay solución para todo. «Si no puedes salir por un lado, sal por el otro», decía la abuela. Sal por el otro... En la casa de la abuela se podía salir por la ventana del primer piso porque estaba edificada en la ladera de una colina y había poca altura de aquel ventanuco al suelo; pero esta casa, en esta ciudad inglesa, absolutamente llana, no es igual. El salto sería excesivo. Pero siempre hay solución. Piensa en la típica precaución británica. Todo local tiene salida de emergencia, las casas también. Ocurre así desde el gran incendio de 1666, cuando todo se construía con madera. Incluso esta casa tiene salida de emergencia. ¿Pero dónde está? No hay puertas en este piso. Las ventanas se abren muy poco y están demasiado altas. A no ser... quizás en el cuarto de baño. Es eso. La ventana del cuarto de baño se abre completamente, y al lado, anclada a la pared, hay una escalera de hierro. Ésa es la salida de emergencia.

—Gracias, abuela —susurra.

Sarah Monteiro respira hondo. El cuarto de baño está ahí enfrente. Sólo hay que cruzar la puerta. Unos instantes la separan de la salvación.

—Uno... dos... tres... —cuenta mentalmente. Echa a correr. El intruso se lanza hacia las escaleras. La joven se levanta y alcanza el cuarto de baño e intenta abrir la ventana. La falta de uso le impide descorrer el cerrojo, ninguna fuerza es capaz de abrirlo. Al menos es lo que a ella le parece, mientras hace esfuerzos sobrehumanos, desesperada. Las pisadas suenan más cercanas. El intruso ha dejado de correr y ahora camina lentamente. En el pasillo, un hombre vestido con gabardina negra enrosca un silenciador en su pistola.

Sarah se pega a la pared del baño. Tal vez aún haya tiempo de hacer algo. Si consiguiera romper el vidrio...

Un paso más, otro, otro... Cruje la madera, chirrían los dientes de Sarah, que está a punto de perder el control. El miedo la atenaza. Ya cree escuchar la respiración del asesino. Está acostumbrado a estas cosas, con toda certeza. «Es un profesional», piensa la joven aterrada. «¿Recuerdas lo que decía la abuela?» Siempre hay una solución para todo. Menos para la muerte.

De pronto, catapultada por una intuición, Sarah sale de la bañera sigilosamente. Hace rato que sus ojos se han acostumbrado a la tenue iluminación. Busca algo. ¿El secador? No. ¿El spray? Tampoco sirve. Toallas, perfumes, cremas... no, no, no.

Se recuesta contra la pared, junto al lavabo, impotente. A su lado, a la misma altura de la cabeza, ve el matafuego. Eso sí sirve. «Si crees que no habrá lucha, estás muy equivocado», se dice.

Debe de estar a tres metros... un paso... dos metros... otro paso... un metro...

De repente lanza una nube de espuma. El intruso no reacciona durante unos segundos, esperando quizás a que desaparezca la densa niebla; pero Sarah presiona de nuevo el gatillo del matafuego. Espera que el intruso se deje ver, que se deje oír.

—Dónde estás —gime en voz baja.

Todo termina rápidamente. Ve un arma, empuñada por una mano envuelta en un guante de cuero, a través de los vapores que se desvanecen. Sarah lanza el matafuego contra la cabeza del hombre. Éste lo esquiva.

Suenan dos disparos. Sarah lanza un grito apagado. ¿Es esto lo que se siente cuando se reciben dos tiros? ¿Nada? El golpe del cuerpo del hombre al caer pesadamente al suelo, boca abajo, la saca de sus desvaríos. Es un auténtico milagro. Sarah sólo empieza a entender lo ocurrido instantes después, cuando su vista se fija en los dos pequeños orificios abiertos en el vidrio de la ventana. Alguien ha hecho el papel de ángel de la guarda. Pero ¿quién?

«Don Raúl, tiene usted mucho que explicarme.»

Ahora es momento de huir.

Capítulo

11

T IMES SQUARE ES UNO DE LOS CENTROS NEURÁLGICOS del primer mundo, como Trafalgar Square, los Campos Elíseos, la Alexanderplatz, la plaza de San Pedro y otros lugares. Aquí el bullicio nocturno es idéntico al diurno. En Nueva York, y más aún en esta plaza mítica para los norteamericanos y muchos europeos, los carteles luminosos y el tráfico frenético seducen a los visitantes, fascinados por la locura que se vive en el inmenso entramado de calles, avenidas, túneles y puentes de Manhattan.

Miles y miles de personas transitan por todo el barrio que rodea Times Square hasta la calle 43. Por allí camina un hombre con pasos seguros y decididos, la gabardina abierta ondeando como una capa al aire por la velocidad que imprime a su marcha. Da igual de dónde venga, lo que importa es su objetivo, el plan trazado por una mente más brillante que la suya. Llega hasta las grandes taquillas de la TKTS, en la 47, justo entre Broadway y la Séptima Avenida, se coloca en la fila y aguza el oído.

—Una para *Chitty Chitty Bang Bang*, por favor. Para la función de las siete —dice el hombre ya mayor que está en la ventanilla, dos puestos por delante de él.

Chitty Chitty Bang Bang. El hombre de la gabardina sonríe. «Qué apropiado», piensa.

Cuando llega su turno, compra una entrada para la misma función de la misma obra.

Pasea unos minutos por las tiendas y toma un café en Charley Co's. Se podría pensar que está haciendo tiempo hasta la hora de la función, pero una mirada más atenta revela que este hombre no anda a su antojo. Sigue los movimientos de otro, del viejo que hace apenas unos minutos ha comprado una entrada en la taquilla de la TKTS.

Caminan hacia el sur, por la Séptima Avenida, el hombre de la gabardina a una distancia prudente, siempre tras los pasos del otro. Sabe hacer estas cosas, pues ni los ruidos ni el tumulto lo distraen; nada parece afectar su labor de seguimiento. En realidad, ni siquiera necesitaría seguirlo, pues conoce muy bien el destino al que se encamina el viejo en ese momento.

Vibra el celular del perseguidor. Alguien quiere comunicarse con él.

—Sí —contesta con voz firme y decidida, mientras atraviesa la senda de peatones del cruce de la Séptima Avenida con la 42.

—¿Salió todo bien? —pregunta con un gesto de impaciencia—. ¿Qué? Limpien todos los rastros.

Dobla a la derecha, en la 43, visiblemente irritado.

—Si las cosas no salen según lo planeado, no necesito decir lo que les va a suceder. Quiero que liquiden a esa mujer hoy mismo. Espero su llamada confirmando que está hecho.

Después de colgar bruscamente, marca otro número, siempre con un ojo puesto en los movimientos del hombre al que sigue. A pesar de que éste aparenta más de setenta años, camina enérgicamente, casi como un joven que se dirigiese, ilusionado, a una prometedora fiesta. Es evidente que no sospecha que lo siguen.

—*Hello*. Vamos al teatro... Todo tranquilo por aquí...
— Aguarda unos instantes, toma aire y cierra los ojos—.

Señor, las cosas no andan bien en Londres... El objetivo ha escapado y tenemos una baja... sí, ya sé... es lo de menos... ya he mandado que limpien el lugar... —Escucha atentamente las órdenes que le dan por el celular—. No sé si ellos podrán llevar a cabo la misión... tal vez sea mejor, señor Maestre, activar la guardia...

Se detiene en el Hilton Theatre, anteriormente Ford Center for the Performing Arts. En realidad el Hilton Theatre, con entradas por la calle 42 y también por la 43, hasta 1997 no era un teatro, sino dos, el Liryc y el Apollo. La reforma los unió, transformándolos en uno de los recintos más grandes de Broadway. El Hilton mantiene todo el encanto de su historia centenaria.

El hombre de la gabardina, aún con el celular pegado a la oreja, entra en el vestíbulo y entrega su localidad al acomodador, que le indica cuál es su lugar en la platea.

—Si lo desea, puede dejar la gabardina en el guardarropa, señor.

—Muchas gracias. ¿Puede indicarme dónde están los lavabos?

—Por supuesto. Primera puerta a la izquierda, señor.

El hombre prosigue su camino en dirección al baño, sin soltar el teléfono.

—En cuanto la guardia neutralice al objetivo en Londres, confírmemelo... ya sé que puedo considerarlo como neutralizado, pero... de acuerdo, señor... En cuanto a éste, dejo las cosas como están de momento. Muy bien. Adiós.

Cuando sale del baño sube por las escaleras hasta el primer anfiteatro. La sala está completamente llena, pero tras un escrupuloso examen, descubre un lugar vacío en la primera fila, hacia la derecha. Excelente lugar. No es que esté interesado en presenciar el musical infantil dirigido por Adrian Noble y basado en un libro del renombrado Ian Fleming, creador también del célebre James Bond. Sonríe, pues le parece irónico. Agentes secretos, actividades clandestinas, como las suyas, Ian Fleming, James Bond... Aunque *Chitty Chitty Bang Bang* nada tiene de secreto ni de clandestino.

Son dos horas y media de puro entretenimiento musical y humorístico. Pero este hombre no ha ido a disfrutar, sino a trabajar.

Baja la intensidad de las luces, hasta que se apagan por completo. La orquesta instalada en el foso delante de la platea empieza a tocar, preparando al público para lo que viene. El hombre saca del bolsillo unos pequeños prismáticos para apreciar mejor lo que sucede en el palco y la platea. Un instrumento aparentemente anodino, pero equipado en realidad con un sistema de visión nocturna con el que recorre las oscuras filas de butacas. Un minuto le basta para encontrar a la persona que busca. El hombre mayor está sentado en uno de los asientos de la parte central de la sala.

Una sonrisa aparece en la boca del hombre, que se reclina confortablemente en su butaca. Apunta con la mano como si fuese un arma, con el índice y el pulgar estirados, hacia el anciano de allí abajo.

Bang Bang, dispara mentalmente.

Capítulo

12

L O PRIMERO QUE HAY QUE HACER ES SALIR DE BEL-
grave Road», piensa Sarah Monteiro. Y con esa idea
en la cabeza gira inconscientemente a la izquierda, hacia Charl-
wood Street. Tiene la sensación de que no está completamente
sola. Con expresión angustiada, mira hacia todas partes, esquinas, puertas, ventanas, en busca de alguien que pueda estar
espiándola. Le da la impresión de que la gente la mira, como
diciendo «estás perdida» o «los tienes detrás de ti».

Trata de dominarse. «Si alguien te sigue no va a dejarse
ver, no se descubrirá».

Luego vuelve a girar a la izquierda y entra en Tach-
brook Street. Quiere encontrar un teléfono público para
llamar a su padre. Prefiere un lugar donde haya mucha gente.
Y el único sitio que se le ocurre en ese momento es la estación Victoria. Por Belgrave Road llegaría antes, pero da un
rodeo, procurando usar calles secundarias: dobla nuevamente
a la izquierda en Warwick Way y después a la derecha por
Wilton Road. Cruza Neathouse Place y Bridge Place y finalmente desemboca en la estación Victoria.

En cuanto llega se siente aliviada. A pesar de que el
gran reloj de la fachada principal marca las doce de la noche,

el movimiento es constante. Cientos de personas deambulan por la enorme estación, llena de tiendas con todo tipo de ofertas comerciales. Al pasar junto a un MacDonald's, el estómago le recuerda que lleva muchas horas sin comer. Una hamburguesa doble y una Coca-Cola le sientan de maravilla.

Pasa entre las personas que se atropellan para consultar el enorme panel con los horarios de los trenes, en busca de una cabina telefónica. Por altavoz se advierte a los usuarios que no descuiden sus equipajes.

Hay una taquilla especial para el Orient Express, con paradas en Estambul, Constantinopla, Bucarest, Budapest, Praga, Viena, Innsbruck, Venecia, Verona, Florencia, Roma, París. Ciudades llenas de secretos y misterios, intrigas y conspiraciones. Pero para Sarah Monteiro hay ahora misterios más importantes.

—¿Sarah, eres tú? — inquiere el padre al contestar a la llamada.

—Sí. Pero por poco no te llaman de la morgue para decirte que tu hija ha muerto de un disparo en la cabeza —contesta ella, alterada—. ¿Qué diablos está ocurriendo? Entra un tipo en mi casa, me apunta con una pistola y si no me mató es porque alguien lo mató a él antes...

—¿Fue eso lo que sucedió? —La voz del padre suena aún más extraña que la primera vez que habló con él.

—Eso mismo. ¿Quién es esa gente?

—Pequeña, no puedo decirte nada por teléfono. Seguro que están escuchando esta conversación y no puedo decir nada que me comprometa, o te comprometa a ti. No puedes imaginar lo mal que me siento por haberte metido en este lío.

—¿Qué mierda dices? ¿Qué hacemos entonces? No puedo ir a casa, no puedo decir nada, no puedo hacer nada. ¡Carajo! ¡Qué hijo de puta!

—Tranquilízate, hija.

—No me refería a ti, papá. Me refería a quien escucha las conversaciones ajenas. Perdona. —Respira hondo—. Desgraciados. ¿De quién estamos hablando? ¿Del MI6? ¿De la CIA? ¿Del FBI? ¿Del Mossad? ¿De quién?

—Sólo puedo decirte que todos esos son angelitos en comparación con quien está realmente detrás del asunto.

—¿Estás hablando en serio?

—Desgraciadamente, sí.

—¿En qué andas metido, papá?

—A su debido tiempo lo sabrás, hija. No es nada de ahora mismo. Son errores del pasado, de los cuales me arrepiento todos los días de mi vida, puedes estar segura.

—¿Y qué hago ahora?

—Ante todo, no vuelvas a llamarme, pase lo que pase. Tampoco me busques en casa. No habrá nadie allí. Mientras tanto, no temas por mí ni por tu madre. Estaremos seguros.

—¿Mamá también está metida en este lío?

—No. Tu madre no sabía nada. Muy al contrario, todo esto la ha tomado por sorpresa, me ha sido muy difícil calmarla. Está tan asustada como tú. Te pido confianza en mí. Es crucial para que todo salga bien. Ahora tengo que resolver el problema yo; luego ya veremos, cuando todo se arregle.

—En el caso de que se arregle para mí.

Hubo un silencio tras el sarcástico comentario de la joven.

—Tiene que arreglarse para ti necesariamente. De ello dependen muchas vidas.

—¡Bueno es saberlo! Me quedo más tranquila.

—Lo importante es pensar en el ahora —dice el padre—. ¿Estás escuchando, Sarah?

—Sí —responde la chica con los ojos cerrados.

—Hay una persona esperándote para ayudarte —prosigue el padre—. Puedes confiar plenamente en él. Te espera en la plaza del Rey Guillermo IV.

—¿Ah, sí? ¡Menos mal! ¿Cómo lo reconozco?

—No te preocupes por eso. Él te reconocerá. Otra cosa...

—¿Cómo se llama esa persona?

—Rafael. Se llama Rafael. Otra cosa, no uses tu nombre en ninguna parte, nunca digas dónde estás... Ah, y paga todo en efectivo.

—¿Qué?

—No uses ninguna tarjeta.

—Acabo de pagar en un MacDonald's con la misma tarjeta de crédito que, casualmente, estoy usando ahora para llamarte. —Un destello de temor brilla en sus ojos. Ya no se siente segura. Mira angustiada a su alrededor.

—Corta de inmediato y ve a donde te he dicho.

—¿No dijiste que tu teléfono podía estar intervenido? ¿Cómo puedes enviarme a algún sitio?

—Estoy seguro de que nunca has oído hablar de la plaza del Rey Guillermo IV.

Y corta sin más.

Capítulo

13

S TAUGHTON ES ANALISTA DE DATOS CONFIDENCIALES. Es decir, un profesional encargado de recopilar datos reservados importantes para tal o cual misión y pasarlos luego a los agentes que trabajan en el asunto en cuestión. En realidad, la profesión se llama «analista en tiempo real», lo que significa que los datos que recopila se refieren a hechos que ocurren en el momento presente. Por ejemplo, llamadas telefónicas, movimientos bancarios o, llegado el caso, imágenes tomadas por uno o varios satélites. El grado de confidencialidad varía según la misión, pero se divide en cuatro niveles diferentes. El nivel cuatro es el más confidencial, y sólo está a disposición del presidente de los Estados Unidos de América. Staughton trabaja para la Central Intelligency Agency, universalmente conocida como la CIA.

Hay sofisticados aparatos en la estancia que ocupa Staughton. Más que una oficina, el lugar parece la cabina de un avión. El hombre oprime algunos botones y luego, con tranquilidad de experto, espera los resultados de su acción.

«¿Dónde te has metido?», piensa para sí, «vamos, danos una señal, una simple señal».

—¿Entonces? ¿Nada? —grita una voz masculina, irrumpiendo en la sala.

Un novato se habría quedado petrificado ante la intempestiva aparición del jefe de la división londinense de la CIA. Staughton permanece impasible. Estos arranques son habituales en Geoffrey Barnes, una mole humana que, por increíble que parezca, logra caminar sin hacer ruido hasta que, de pronto, lanza el trueno de su pavoroso vozarrón. Ahora se inclina sobre Staughton.

—Nada de nada.

—Es cuestión de tiempo. Esperemos que sea poco.

Geoffrey Barnes se dirige a su despacho, en el mismo piso. Un tabique de vidrio y aluminio, símbolo de la división de poderes, clara indicación de quién manda y quién obedece, lo separa del resto de los empleados. Aunque también hay gente muy por encima de Geoffrey Barnes, como el director general de la CIA, en Langley, en Estados Unidos, y el propio presidente, que, como norma, y aunque no sea ésta la imagen que de él se tiene en el exterior, sabe muy poco sobre la mayor parte de las operaciones de la agencia. De esta misión ni siquiera tiene el más mínimo conocimiento, y si dependiera de Geoffrey Barnes, jamás lo tendría.

Suena un teléfono sobre un escritorio de caoba que parece totalmente fuera de lugar en aquel ambiente futurista. De los tres teléfonos que hay en la mesa, uno es de color rojo. Es el más importante. Está conectado directamente con el Despacho Oval de la Casa Blanca y con el avión Air Force One, el que utiliza el presidente. El que ahora suena es el segundo en importancia. Geoffrey se altera.

—Mierda —dice mientras mira al aparato que no deja de sonar—. Ya va. El dueño no está. Voy a buscarlo.

Lo peor que le puede ocurrir a cualquiera de los servicios de inteligencia del mundo es no tener información alguna en el momento en que se la solicitan. Porque ¿para qué están, si no es para suministrar información? Su antecesor solía decirle: «Cuando suena el teléfono conviene que tengas todo lo que quieren oír; en caso contrario, más vale que poseas una imaginación fecunda».

En este caso, la imaginación no sirve de nada. No se puede inventar que se ha liquidado un objetivo cuando el hecho no ha ocurrido en realidad. La muerte no se inventa, o sucede o no sucede. Da igual que estuviera a punto de suceder.

—Ya va —grita hacia el teléfono, mientras levanta el auricular. Saluda en italiano, porque el interlocutor sólo habla el idioma de Dante y unas cuantas lenguas muertas que para Barnes no cuentan.

Se desarrolla entonces una tensa conversación, en la que Barnes intenta justificar la falta de información por elementos externos que provocaron una baja en la agencia justo cuando el agente desaparecido iba a llevar a cabo su misión. Todo eso provocó una confusión momentánea, que permitió la fuga del objetivo. El rostro de Barnes echa humo.

—Tenemos movimiento —comunica Staughton desde la puerta del despacho.

«Justo a tiempo», piensa la mole humana.

—¿De qué se trata?

—Movimiento de una tarjeta de crédito en la estación Victoria, en el MacDonald's.

—¿Avisaste al personal?

—Están sobre el terreno en este preciso momento.

—Conforme —responde, e informa de lo ocurrido a la persona que aguarda al otro lado de la línea telefónica. Poco después cuelga. Está nervioso—. Staughton, ordena a los nuestros que permanezcan en la retaguardia. Van a actuar ellos, con su gente.

—¿Qué? —pregunta Staughton con aire desconcertado—. ¿Está seguro, señor?

La mirada fulminante de Barnes es respuesta más que suficiente.

—De inmediato lo ordeno, señor.

—Ah, Staughton, de paso di que me traigan una hamburguesa.

Capítulo

14

E L VIEJO CUELGA EL TELÉFONO, VISIBLEMENTE IRRITADO. «Malditos americanos. Qué inútiles», dice para sus adentros, mientras se levanta del sofá con la ayuda del bastón y camina lentamente hasta el pequeño mueble repleto de botellas y copas. Echa dos cubitos de hielo en un vaso y luego vierte sobre ellos el líquido dorado. La muerte de un agente americano en pleno cumplimiento de una misión plantea muchos interrogantes de todo tipo, además de problemas de orden logístico. ¿Quién tiene conocimiento de los procedimientos previa y secretamente planeados? ¿Cómo consigue información suficiente para llegar a tiempo de salvar a la víctima? Un intruso ha entrado en el juego sin avisar. A partir de ahí se plantea un segundo escenario: ¿quién tiene interés en interferir en sus negocios? ¿Cómo han podido tener conocimiento previo del plan? Una respuesta contesta a estas dos preguntas: hay un infiltrado. Un traidor en las huestes de la CIA, que es, en este momento, la agencia responsable del trabajo en la vieja Albión.

No cabe duda: la mejor manera de resolver esta situación es hacer que intervenga la guardia. La guardia es un grupo perteneciente a su organización, con bien ganada reputación de infalible. En las presentes circunstancias es más prudente poner en marcha a este equipo selecto y ordenar a Geoffrey Barnes que se mantenga en la retaguardia, hasta que dé nuevas órdenes desde su villa italiana, el cuartel general de operaciones.

El anciano siempre fue hombre de acción y de decisiones rápidas, pero desde hace algún tiempo le complace conversar con su asistente en momentos críticos. Toda su vida escogió bien a sus colaboradores, pero éste fue un verdadero hallazgo. Diligente, competente, obstinado y dispuesto a servirlo las veinticuatro horas, todos los días del año. Sin hijos ni familiares de ninguna clase, para el viejo contar con alguien como su asistente es tranquilizador de cara al futuro. Cuando deje este mundo, quedará alguien para velar por los intereses de la organización. Es el sucesor natural, pues comparte sus ideas sobre la evolución de la empresa en los próximos años.

El asistente surca los aires en avión privado. Una hora lo separa de la villa. Ambos, el asistente y el anciano, disponen de terminales telefónicas vía satélite, para estar en permanente contacto, incluso en el aire; pero no hay necesidad de consultarlo en este caso. Sin duda estará de acuerdo con su decisión. Además, el asistente podría interpretar la llamada del viejo como un gesto de flaqueza, una petición de consejo. Si los dos estuviesen en la villa sería diferente, iniciaría una conversación casual con él y así sabría lo que piensa de la situación.

«La edad es una carga», medita. Durante muchos años siempre tomó solo todas las decisiones importantes, pero ahora se siente inquieto por un objetivo tan sencillo como es la eliminación de una mujer. Hay que admitir que, en condiciones normales, ya estaría muerta. Pero un topo es un problema muy grave. Una hora será más que suficiente para que la guardia resuelva el problema. En cuanto al infiltrado, tras la neutralización del objetivo tratará el asunto con Barnes.

Ya casi ha vaciado el vaso. Lo deja sobre la mesa y descuelga el teléfono. Es hora de comenzar a mover las piezas.

—Jack, los yanquis han metido la pata. Tendremos que resolver la cuestión por nuestra cuenta. —Vuelve a tomar el vaso de whisky y se lo lleva a la boca para humedecerse los labios—. Liquídenla.

P OR LA ESTACIÓN VICTORIA PASAN TRES LÍNEAS DE
metro. La Circular y la District Line, que discurren juntas desde Tower Hill —zona de la famosa Torre, del
Tower Bridge y del corazón financiero de Londres— hasta
Edgware Road, separándose luego hacia otros destinos más
lejanos; y la Victoria Line, que une Brixton y Walthamstow
Central. Para quien quiera huir, la District y la Victoria podrían ser las más adecuadas, dado que la Circular, como su
propio nombre indica, siempre regresa al lugar del cual partió.

No obstante, para la agitada mente de Sarah Monteiro
es difícil razonar con claridad. El mejor medio de fuga es
el primero que encuentre, aunque tenga como destino las
puertas del mismísimo infierno. Cualquier cosa es mejor que
dejarse atrapar por una organización desconocida, al parecer
peor que las peores que conoce...

Compra un boleto en las máquinas automáticas. El
boleto le permitirá moverse por cualquiera de las doscientas
setenta y cuatro estaciones de los cuatrocientos kilómetros
del metro durante todo el día. Quien quiera seguirla de-
berá desplegar muchos medios, además de tener mucha
suerte.

Pero aun así, Sarah no está tranquila. En última instancia, siempre sabrán el punto de partida. Y en su momento podrían localizar también el de destino. Su padre la asustó al describir la organización que anda tras sus pasos. ¿Estaría exagerando? ¿Cuánto tiempo les llevará localizarla y atraparla?

Mientras piensa en qué especie de peligrosos documentos serán los que han caído en sus manos, decide lanzarse a la aventura. No tiene más remedio.

Introduce el boleto en la ranura. El torno se abre, para volverse a cerrar en cuanto pasa. No hay vuelta atrás. Ha elegido las líneas Circular y District, y que sea lo que Dios quiera. Baja las escaleras hasta un andén. Un tren que se dirige hacia Tower Hill llegará a la estación dentro de dos minutos. Otro, con destino a Upminster, aparecerá en tres. Es la District Line, una de las más extensas y antiguas de la ciudad, abierta al público en el siglo XIX.

En esta parte del recorrido las líneas de ida y vuelta discurren una junto a la otra, lo que permite ver la plataforma opuesta al otro lado de las vías. En ella, en ese preciso momento, acaba de hacer entrada un tren con destino a Wimbledon.

En la plataforma donde se encuentra Sarah no hay mucha gente. Un hombre mayor lee *The Times* y dos muchachas jóvenes cotorrean quitándose la palabra la una a la otra.

El tren que se había detenido en la plataforma opuesta arranca. Sarah observa las luces rojas del convoy que se encamina hacia Wimbledon en medio de la oscuridad del túnel.

Mira el panel. Queda un minuto para que el tren redentor le abra las puertas. Un aire frío que no se sabe de dónde viene le llega hasta los huesos, volviendo la situación aún más incómoda. Está cansada y tiene sueño, pero el miedo relega esas sensaciones a un segundo plano. Cuando todo acabe, tal desgaste pasará factura a una mujer acostumbrada a dormir ocho horas diarias. La falta de sueño suele ponerla de muy mal humor, como bien saben sus compañeros de redacción. No obstante, ahora sólo le preocupa escapar. No sabe que quienes la persiguen están en un lugar en el que tienen a su disposición sofisticados aparatos que emiten una alarma cada vez que identifican un movimiento suyo, como por ejemplo el pago de una hamburguesa, una llamada efectuada desde una cabina telefónica o la compra de un boleto.

Un zumbido resuena en su mente, devolviéndola a la realidad. Al fondo del túnel, en el mismo lugar en que se habían desvanecido las luces rojas del tren anterior, ve otras amarillas que aumentan de intensidad. Ahí viene el tren.

Las puertas se abren para permitir la salida de los pasajeros. En el vagón no hay mucha gente. Un joven duerme, despatarrado.

A primera vista, los hombres que acaban de llegar a la plataforma de enfrente, la de los trenes que van a Wimbledon, son sólo dos ejecutivos. Pero en su actitud hay algo que no cuadra con los ejecutivos londinenses habituales. Es la inquietud con que miran en todas direcciones. Sarah, que los observa desde su vagón, todavía inmóvil, se hunde en su asiento, escondiéndose. Los ejecutivos consultan un papel, quizá la foto de alguien a quien persiguen. Por suerte están al otro lado y no la ven.

«Cierra las malditas puertas y arranca», murmura Sarah, dirigiéndose imaginariamente al maquinista.

Unos pitidos intermitentes anuncian el cierre de las puertas. Pocos segundos después, el tren acelera en dirección a Tower Hill. Sarah suspira aliviada y, una vez que el convoy se interna por completo en el túnel, se endereza en el banco. Nunca pensó que le agradaría tanto el monótono traqueteo de las ruedas del metro.

A través de los vidrios de las puertas, Sarah observa a las personas que van en los otros vagones. En el de atrás logra distinguir a dos hombres y una mujer. Un joven ve una película en un DVD portátil.

Y entonces lo ve. Va vestido con un traje oscuro, similar al de los otros dos personajes de la estación Victoria.

Está de pie y compara el rostro de Sarah con el de la fotografía que tiene en la mano... No cabe la menor duda, acaba de reconocerla.

El hombre se lleva el dedo índice a los labios, para que se mantenga callada, y camina hacia ella. Sarah también se mueve, pero en sentido contrario. Corre hacia la parte delantera del tren. Cuando llega al final del vagón, abre la puerta de forma atropellada. Los demás pasajeros observan ese abrir y cerrar de puertas, pero enseguida pierden interés.

El tren empieza a frenar en la estación de Saint James's Park. El hombre permanece atento a cualquier indicio que pueda delatar a la mujer que persigue, que se ha escabullido en los vagones delanteros.

Todo ocurre en un instante. Es un estallido, una brutal descarga de adrenalina provocada por el miedo. En esas circunstancias se triplican las fuerzas y el instinto nos guía hacia la salvación. Sarah está acurrucada en el suelo, apoyada contra uno de los asientos situados frente a la puerta. Una décima de segundo después se lanza fuera del convoy hacia el andén y corre a toda velocidad.

El ejecutivo salta velozmente del tren y ve a Sarah alejarse, a tres vagones de distancia. No vale la pena cansarse corriendo tras ella. Saca el arma y apunta con la pericia de un profesional. Una sonrisa se dibuja en el rostro: qué blanco tan fácil.

El hombre aprieta el gatillo. Justo en ese instante, Sarah salta hacia uno de los vagones. El disparo se pierde en la oscuridad del túnel.

Hay que volver a subir lo más rápido posible, pero las puertas ya están cerradas y el tren se pone en marcha. Cuando el tren deja definitivamente atrás la estación de Saint James's Park, el hombre tiene un gesto agrio en el rostro. Segundos después, acerca la mano a la boca y murmura algo. Está hablando con la central.

Las lágrimas corren por las mejillas de Sarah, aún no repuesta del susto. No se atreve a mirar a los rostros de los otros pasajeros. El tren se detiene de nuevo. En cuanto se abren las puertas, Sarah sale disparada.

Lucía
11 de julio de 1977

TRAS LAS PUERTAS VERDES DE MADERA Y LOS ADORNOS cincelados en la piedra de la fachada, reinaban secretos y devociones.

Proyectado por fray Pedro de Encarnación, el convento carmelita de Santa Teresa, en Coimbra, abrió sus puertas el 23 de junio de 1744, tal vez bajo un calor tan intenso como el de aquel día de julio de 1977, cuando dos hombres esperaban pacientemente que alguien les abriera.

Cuando los goznes del portón giraron, apareció ante ellos la figura de una *teresinha*, así llaman los portugueses a las siervas del Carmelo. La monja los acogió efusivamente. Era muy agradable constatar que aquellos dos hombres por fin habían decidido visitar su convento. El hábito blanco y la toca oscura que le ocultaba el pelo conferían a la hermana un aire benigno y maternal, propio de las santas mujeres entregadas desde la más tierna edad a las cosas de Dios.

—¡Señor Patriarca, qué alegría tenerlo aquí!

—Muchísimas gracias, hermana. El placer es mío... Le presento a mi asistente: el padre Diego Lorenzi.

—¿Cómo está, padre Lorenzi? Hagan el favor de pasar. Adelante, no se queden ahí...

El patriarca de Venecia iba a celebrar misa en la iglesia de las carmelitas. Era un compromiso y un deseo que uno y otras habían manifestado reiteradamente. Aquélla era una buena oportunidad, dado que el cardenal veneciano se encontraba en Portugal esos días.

La amable madre abadesa salió al encuentro de los dos visitantes.

—Señor Patriarca, no imagina cuánto nos honra con su visita —dijo la carmelita, cuyos pasos lentos y premiosos auguraban que jamás llegaría a estrechar la mano del invitado—. La hermana Lucía lo espera. Me ha confesado que le agradaría conversar con usted y pedirle la bendición, al finalizar la misa.

—Por supuesto. Será un honor para mí, hermana.

Y así fue cómo, una vez celebrada la misa, Albino Luciani y Diego Lorenzi recorrieron los pasillos del convento, guiados por la misma hermana que les había abierto la puerta. Cruzaron una enorme reja que cerraba el claustro, desde el suelo hasta el techo. En aquella cárcel fingida, las hermanas carmelitas recibían las visitas de sus familiares y amigos. No obstante, el patriarca de Venecia y su asistente no tendrían su encuentro con la hermana Lucía con rejas por medio: don Albino Luciani hablaría con la hermana que deseaba verlo sin el estorbo de hierros que apenas dejan ver los rostros de los interlocutores y que confieren más amargura y compasión que piedad religiosa a un encuentro entre cristianos. Don Albino Luciani y el padre Lorenzi entraron en el discreto claustro carmelita, bajo cuyos arcos se mitigaba el calor estival.

—Barroco, don Albino —afirmó Lorenzi, intentando zafarse del abrumador silencio de aquellos corredores.

—Sí —confirmó Luciani con una sonrisa—. No se trajeron arquitectos para construir este lugar: un padre carmelita descalzo lo imaginó hace más de dos siglos.

—Así es —confirmó la hermana—. Me complace que Su Eminencia nos honre con su erudición acerca de nuestro modesto convento.

—Por favor, hermana. No exagere...

—¡Ah, señor Patriarca...! También por aquí es bien conocida la extrema humildad de Su Eminencia —dijo la hermana agitando la mano con un gesto sincero y afable.

—No me haga ruborizar, hermana.

—Nada más lejos de mi intención, Su Eminencia. Pero es cierto que este convento tiene más de doscientos años. Desgraciadamente, esta casa no ha tenido una vida fácil y sólo ahora permanece activa y con proyectos de futuro.

—La república —aclaró don Albino a su acompañante.

—¿Cómo? —preguntó Lorenzi, que intuyó que había perdido el hilo de la conversación.

—El señor Patriarca se refiere a la instauración de la república portuguesa en 1910. El 10 de octubre de aquel año entraron violentamente en el convento y expulsaron a las hermanas que aquí vivían —explicó la monja.

—¡No puedo creerlo...! —exclamó Lorenzi.

—En realidad, padre Lorenzi, los republicanos no hicieron más que continuar una despiadada tradición. La disolución de las órdenes religiosas se inició ya en tiempos de la monarquía, cuando triunfaron las políticas liberales. Este convento permaneció abierto gracias a una licencia especial concedida por la reina doña María II; esa licencia fue válida hasta 1910. No es que yo quiera enredarme en políticas, padre Lorenzi, pero eso es lo que tengo entendido.

Cuando ocurrieron aquellos desmanes, las monjas fueron acogidas por familiares y amigos, y más tarde comenzaron a ingresar en conventos de carmelitas españoles. Pero, en 1933, Portugal ya gozaba de cierto clima de paz y, sobre todo, la animosidad contra los religiosos había cesado un tanto. Entonces tres de las hermanas expulsadas regresaron a Coimbra, con el objetivo de restaurar la comunidad del Carmelo. Los militares ocupaban por aquella época el convento, así que las hermanas tuvieron que alquilar una casa y hacer frente a numerosas dificultades. En 1940 comenzó a correr el rumor de que los militares abandonarían el convento, y las hermanas hicieron todo lo posible para recuperarlo.

Y así ocurrió en 1947. Sólo dos religiosas de la época de la expulsión quedaban aún con vida. Una de ellas era la abadesa, a quien le fueron entregadas las llaves en su momento.

—Es una historia conmovedora, hermana —afirmó Luciani.

—Seguramente Su Eminencia ya la conocía...

—Es cierto, la conocía. Pero es la primera vez que la oigo de boca de una hermana del Carmelo de Coimbra. Eso tiene mucho valor para mí, hermana.

Más allá del claustro, los tres continuaron su camino por el interior del convento, entre muros que preservaban cierto frescor sombrío frente al implacable sol del exterior.

Entraron en una habitación no muy grande, decorada con piadosa austeridad: una sencilla mesa de roble y un estante con algunos libros, además de algunas sillas viejas y varios muebles que reflejaban el paso del tiempo y su vinculación a los comienzos de la comunidad, constituían todo el mobiliario de la sala. Los invitados también se detuvieron en la cruz que dominaba una de las paredes y rendía benéficos influjos a toda la sala. Eran dos toscas maderas cruzadas, y en ellas no aparecía la figura del Crucificado.

—La hermana Lucía vendrá enseguida. ¿Desean beber algo? Quizás un café o un refresco...

—Me agradaría tomar un café, hermana, si es tan amable... —respondió don Albino.

El padre Lorenzi se unió a la petición y ambos permanecieron sentados mientras esperaban la inminente llegada de sor Lucía.

—Vaya, don Albino: ¡vamos a encontrarnos con la hermana Lucía! He oído hablar tanto de ella... —dijo Lorenzi entre la admiración y el asombro.

—También yo, Lorenzi, también yo he oído hablar maravillas de esta mujer. Es una figura muy importante para la Iglesia. Fátima es muy importante para la Iglesia. Es difícil saber a ciencia cierta cómo ocurrió todo y por qué... pero sus visiones se ajustaron a acontecimientos decisivos. Y aún guarda otro secreto.

—El tercer secreto.

—Sí. El tercer secreto.

—¿Será el más importante?

—Los otros también fueron muy importantes. Éste seguro que también lo es. En realidad, padre Lorenzi, sólo hay un secreto, pero la hermana Lucía lo dividió en tres partes. En su momento reveló las dos primeras. La parte que aún no se conoce es la que se llama tercer secreto.

Las dos primeras partes del secreto de Fátima, según la propia sor Lucía había declarado en 1941, aludían a la Primera Guerra Mundial —una visión infernal— y a la conversión de Rusia al Sagrado Corazón de María. Sor Lucía no había querido decir a nadie en qué consistía su tercer secreto.

Sentían una curiosidad natural. ¿A quién no le habría gustado conocer el tercer secreto de Fátima? Se rumoreaba que aludía a enormes cataclismos, quizás al Apocalipsis, el fin del mundo o la extinción de la especie humana. Eran ficciones de los aficionados a los secretos religiosos: la Iglesia debía actuar con prudencia y no promover escándalos innecesarios.

—Sor Lucía vive en este convento desde hace treinta años —explicó el patriarca de Venecia.

—Una vida dedicada a Cristo.

—Como la nuestra. Como muchas. Es un gesto de deleznable vanidad pensar que merecemos más por estar entregados al Señor. Para comprenderlo, bastaría recordar que no importa el mal que recibamos o que nos hagan: sólo importa el bien que podamos hacer a los demás.

—Sabias palabras, Eminencia —oyeron decir a una voz femenina.

La anciana Lucía, a la que nadie había anunciado, vestida con el hábito de las *teresinhas,* entró caminando silenciosamente.

—¡Mi querida hermana...! ¿Cómo está usted?

—Bien, gracias a Dios, Eminencia.

Lucía se arrodilló para besar la mano del cardenal.

—Por favor, hermana... Somos nosotros quienes deberíamos arrodillarnos ante usted —dijo don Albino en un correcto portugués, la lengua materna de sor Lucía. Podrían haber hablado en italiano, en inglés, en francés o en español, pues todas estas lenguas hablaban ambos.

La hermana Lucía manifestaba un notable vigor para su edad. A ella le había sobrado la salud que les faltó a los otros dos niños, a quienes Nuestra Señora les auguró una corta vida. Francisco y Jacinta, siendo aún niños, murieron víctimas de una epidemia de gripe en los años 1919 y 1920 respectivamente. Lucía sobrevivió.

Había transcurrido mucho tiempo desde que «los tres pastorcitos» —así quiso la prensa que fueran conocidos—, como tantos días, llevaron su rebaño a pastar a un lugar llamado Cova da Iria. Hoy, en aquel recóndito lugar de Portugal, se alzan la basílica de Fátima y la capilla de las Aspiraciones. Y allí fue donde el día 13 de mayo de 1917 los tres niños vieron a Nuestra Señora, madre de Jesucristo. De los tres pastorcitos, sólo Lucía habló con la Señora. Jacinta pudo verla y oírla, pero Francisco sólo la vio. La Virgen les pidió que volvieran a ese lugar cada día 13 de los meses siguientes y que rezaran mucho. Y los pequeños así lo hicieron. Aquellos sucesos conmocionaron la región y se desató una gran polémica en torno a los tres muchachos que aseguraban haber visto a la Virgen. En el mes de agosto la aparición ocurrió en otro lugar y otro día, el 19, puesto que el día 13 los pastorcitos se encontraban retenidos por orden del escéptico alcalde de Vila Nova de Ourém. En septiembre, la Señora prometió un milagro que probaría a todos —incluso a la incrédula Iglesia— su aparición a los tres pastorcitos. Un mes después, el 13 de octubre, fecha del último prodigio, la Virgen se presentó como la Señora del Rosario y pidió que levantaran en aquel lugar una capilla en su honor. Afirmó también que la guerra que entonces tenía lugar, la Primera Guerra Mundial, acabaría pronto. Y, conforme a lo prometido, los miles de fervorosos fieles que acudieron a la cita semanal pudieron contemplar el maravilloso milagro: el Sol comenzó a girar sobre sí mismo y a ondular con movimientos inconcebibles. Quienes estuvieron allí dijeron que parecía como si el brillante astro quisiera precipitarse sobre la Tierra. Los setenta mil hombres y mujeres que se habían reunido allí se postraron ante semejante prodigio y borraron de sus espíritus todas las dudas. Aquel episodio, digno de un pasaje bíblico, se llamó «el Milagro del Sol» y fue una prueba irrefutable del poder de la Divinidad para los cristianos.

Meses después, efectivamente, la guerra concluyó, tal y como había sugerido Lucía, la visionaria muchacha de Fátima.

A medida que los prodigios acontecidos en Fátima extendían su fama por el mundo, Lucía de Jesús se mostraba cada vez más cauta. Después de ingresar en el colegio de las Hermanas Doroteas de Oporto en 1921, se dirigió a España, donde permaneció algunos años madurando su vocación religiosa. En 1946 ingresó en la orden de las carmelitas, para finalmente tomar los hábitos en 1949 en el convento de Santa Teresa.

Su encuentro con Albino Luciani debía ceñirse a unos minutos de amable conversación, pero se prolongó durante casi dos horas. En ningún momento se mencionaron las apariciones, ni las visiones, ni la tercera parte del secreto. Ante la serena presencia del padre Lorenzi, don Albino y sor Lucía prefirieron tratar asuntos variados e intrascendentes. Quizá no tenía mucho sentido ocuparse de las graves cuestiones religiosas, políticas, nacionales, internacionales en las que a menudo se había visto envuelta sor Lucía, apenas sin pretenderlo... La religiosa lamentó, ante la sonrisa benéfica de don Albino, la falta de fe que caracterizaba a las nuevas generaciones y que no parecía alarmar a las personas de más edad. El patriarca de Venecia admitió que el mundo estaba transitando un camino complejo, pero no quiso responsabilizar a los jóvenes del desapego y la indiferencia.

Tomaron café durante la amena conversación, y los minutos fueron transcurriendo en aquella apacible sala... De pronto, se hizo un silencio y pudo oírse una voz grave que casi hizo temblar los muros de la habitación. Un brillo sobrenatural hizo parpadear durante unas milésimas de segundo todos los objetos mientras se oía:

—Y en cuanto a usted, señor Patriarca, la corona de Cristo y los días de Cristo.

El padre Lorenzi, estremecido y aterrado, miró a sor Lucía. Habría jurado que aquellas palabras habían salido de su boca.

Don Albino observó con serenidad a su secretario y después volvió la mirada a la anciana sierva de Dios. En aquel momento fue consciente de que tan críptico mensaje estaba destinado a él, pero su carácter afable y tranquilo no se alteró en absoluto. Bien al contrario, cerró lentamente los ojos para intentar comprender en toda su extensión lo que había ocurrido...

—Don Albino... —dijo el padre Lorenzi, intentando recuperar el aliento.

Pero el patriarca levantó una mano para exigir silencio y no interrumpir el trance de la vidente. Don Albino no podía estar seguro de lo que estaba sucediendo. ¿Era una premonición? ¿Un aviso? ¿O se trataba de una mera sucesión de palabras proferidas por alguien sensible a extrañas energías?

En aquel momento, quien la hubiera visto habría pensado que se había adormecido, sentada en la silla, con una mano apoyada sobre la mesa. Pero ellos sabían que sor Lucía no estaba durmiendo. Era sor Lucía, y el Más Allá hablaba a través de ella. Lorenzi jamás había visto a nadie en trance; pero don Albino parecía acostumbrado a tales fenómenos y no mostraba ningún signo de perturbación. Continuaba con la mano levantada pidiendo silencio.

—Existe un secreto no revelado, que concierne a su muerte —continuó diciendo la extraña voz que salía de la boca de Lucía, con un timbre completamente diferente del suyo—. Dios perdonará, el Señor perdonará.

Lorenzi permaneció boquiabierto, atenazado entre el espanto y el fervor religioso.

Un instante después, sor Lucía abrió los ojos y recuperó la dulce expresión con la que la vieron aparecer en la sala.

—¿Desea más café, Eminencia? —preguntó.

—Sí, hermana —respondió Luciani, mirándola a los ojos sin el menor indicio de conmoción por lo que acababa de oír—. Ya sabe que me encanta el café.

Mientras caminaban en dirección al coche que los llevaría de regreso a Fátima, Lorenzi observaba al patriarca entre el asombro y la perplejidad. Finalmente, haciendo acopio de valor, no pudo contener la curiosidad e interpeló a monseñor Luciani:

—Don Albino... no sé qué se puede pensar de todo esto...

El patriarca Luciani se detuvo y puso una mano sobre el hombro de Lorenzi. Durante unos instantes, lo miró con la serenidad a la que lo tenía acostumbrado desde que era su asistente, hacía ya casi un año.

—Padre Lorenzi: tranquilícese. Yo diría que sor Lucía es una mujer muy interesante. ¿No le parece? —Y el prelado continuó la marcha, guardándose discretamente en el bolsillo un papelito doblado que le había dado la hermana Lucía.

Jamás volvieron a hablar del asunto.

E L AIRE DE LONDRES NO ES PRECISAMENTE EL DE LA selva amazónica, pero a Sarah así le parece en cuanto pone el pie en Bridge Street. Frente a ella, el Big Ben, el reloj más famoso del mundo, le anuncia que es casi medianoche. La joven gira a la izquierda, hacia Westminster Bridge, y corre. Hay algunas personas, no muchas, sobre el puente. Se siente más tranquila. Pero Londres es la ciudad con más cámaras de televisión por metro cuadrado del mundo. Resiste la tentación de tomar un taxi. Primero tiene que hacer otra cosa. La noria gigante del London Eye se alza como telón de fondo.

«Vamos, piensa, concéntrate en lo que tienes que hacer.» Termina de cruzar el puente y avanza unos metros más por Westminster Bridge Road, hasta doblar a la izquierda en Belvedere Road.

Su intención es entrar en la primera cabina telefónica que encuentre. Está dispuesta a caminar y caminar hasta dar con una. Al fin la localiza en una zona comercial, cerca de Waterloo Bridge.

Toma el auricular, pero esta vez no va a usar la tarjeta de crédito.

—Buenas noches. Quiero hacer una llamada por cobro revertido... ¿Mi nombre? Ah... Greg Saundres... —dice, con más tono de interrogación que de afirmación. Pero la telefonista no presta ninguna atención al hecho de que una voz femenina se atribuya un nombre de varón y le pide que aguarde un momento.

Instantes después se oyen tonos de llamada y una voz habla al otro lado de la línea.

—¿Greg?

—Natalie, no soy Greg. Soy yo, Sarah. Perdona por haber mentido, pero no tenía alternativa.

—¿Sarah? —pregunta su interlocutora con evidente sorpresa. En todos los años que lleva siendo su jefa, Natalie nunca ha visto a la tranquila Sarah tan nerviosa.

—Sí, soy yo. Necesito pedirte un favor enorme.

Sarah relata a su amiga y jefa, apresuradamente pero con la claridad y la capacidad de síntesis de un profesional de la comunicación, todo lo que le ha ocurrido desde su llegada a Londres.

—Deberías ir a la policía —dice Natalie, incapaz de asimilar la historia que acaba de escuchar.

—No, Natalie, no puedo hacerlo, no confío en nadie. Sólo necesito un favor. No tienes ni que salir de tu casa para hacerlo. Te lo suplico, Natalie, sólo tú puedes ayudarme.

Se produce un incómodo silencio, mientras Natalie considera la posibilidad. Es verdad que siempre se han ayudado la una a la otra. Aparte de los malhumorados arrebatos matutinos con que a veces la encuentra, Sarah es su amiga y una de las mejores periodistas de la agencia de noticias de prestigio internacional que ella dirige.

—De acuerdo. ¿Qué necesitas?

—Gracias, Natalie.

—No me lo agradezcas. Habla antes de que me arrepienta.

—Sólo necesito que me digas dónde está la plaza del Rey Guillermo IV.

—¿Sólo eso?

—Sí.

—Te lo digo enseguida. ¿Quieres que te llame luego o esperas al teléfono?

—Tú pagas la llamada. Lo hacemos como prefieras.

—De acuerdo. Entonces no cuelgues. —Sarah oye arrastrar una silla. Natalie se sienta frente al teclado de la computadora.

—Plaza del Rey Guillermo IV —repite, hablando más con las teclas que con Sarah.

—Sí.

—Espera un momento. —Pasan uno, dos, tres, cuatro, cinco segundos...—. ¿De verdad no sabes por qué te persiguen?

—No tengo la menor idea.

—A ver, prepárate. —Cambia el tono de curiosidad periodística por otro parecido al de una empleada del servicio de información telefónica—. Aquí está. Quiero decir, no está. Con el nombre del Rey Guillermo IV sólo aparecen los jardines que hay en la zona de Crystal Palace. Espera un poco... Ah. También hay una calle que lleva ese nombre... Está entre el Strand y Charing Cross Road. Debe de ser eso. No existe la plaza del Rey Guillermo IV.

—¿Estás segura?

—Sí. Debes de haberte confundido.

—No, en absoluto. Quien me dio el nombre me advirtió de que era imposible que yo hubiese oído hablar de esa plaza antes. Supuse que debía de ser porque se trataba de un lugar muy alejado del centro, no porque no existiese.

—Pero no existe. Déjame hacer una última búsqueda.

—Qué remedio.

—Bueno, si quieres puedes preguntarle a un policía.

—Eres muy graciosa, Natalie.

—Déjame ver. Guillermo IV. Nacido en 1765. Rey del Reino Unido y de Hannover entre 1830 y 1837. Hijo de Jorge III, sucedió a su hermano mayor, Jorge IV. Fue el penúltimo rey de la Casa de Hannover. Lo llamaban «el rey navegante». Reformó el sistema electoral, abolió la esclavitud y el trabajo infantil en el Imperio. Me está gustando este hombre.

—Ve al grano. No quiero una lección histórica. ¿No hay nada más?

—No. Lo sucedió la reina Victoria... Déjame ver en Google... —Se escucha un rápido teclear en la computadora—. Espera, un momento...

—¿Has encontrado algo?

—Curioso.

—¿Qué?

—Plaza del Rey Guillermo IV. Aquí está.

—Dime, rápido —acucia Sarah, sin poder controlar la ansiedad.

—Ése era el nombre original de Trafalgar Square.

—¿En serio?

—Sí. No hay duda. Trafalgar Square era la plaza del Rey Guillermo IV.

—Natalie, muchas gracias. Tal vez acabes de salvarme la vida.

—O no.

—Nos vemos.

—Por cierto... Sarah... —dice Natalie antes de que cuelgue.

—¿Sí?

—Si tienes alguna gran primicia, no te olvides de mí. Fin de la llamada.

TRAFALGAR SQUARE ES LA PLAZA MÁS VISITADA DE Londres. Punto de encuentro, de unión, de conmemoración, de júbilo, de exaltación nacional. No en vano lleva el nombre de una de las batallas navales más importantes de la historia, ocurrida frente al cabo de Trafalgar, en las costas de Cádiz, el 21 de octubre de 1805. En ella los ingleses destrozaron la flota combinada franco-española y se convirtieron en los amos indiscutidos de los mares.

Las grandes dimensiones del lugar, las dos fuentes laterales y la enorme columna corintia de granito, de cincuenta y seis metros de altura, rematada por la estatua del almirante Nelson, el héroe muerto durante la batalla, que observa desde su atalaya el palacio de Westminster, confieren a Trafalgar Square un encanto apreciado tanto por los residentes como por los turistas. Cuatro enormes leones de bronce, fabricados, según cuentan, con los cañones de la desafortunada flota francesa, flanquean la columna, dando una sensación de fuerza y dominio absolutos. Cuatro pedestales coronados por estatuas adornan los laterales de la plaza. Al noreste, la del rey Jorge IV. Al sureste está la del general sir Charles James Napier, conquistador de Pakistán. Al suroeste aparece la del general Henry Havelock. Y el cuarto pedestal alberga esculturas temporales, ya que jamás llegaron a ponerse de acuerdo sobre quién debía ser honrado allí. Originalmente estaba destinado a la estatua del rey Guillermo IV, pero la escasez de fondos públicos frustró el intento, por lo que el monarca con cuyo nombre planeaban bautizar la plaza quedó fuera del proyecto que él mismo había puesto en marcha.

A esta hora de la noche aún puede verse a mucha gente en la plaza, sobre todo grupos de turistas y algunas parejas. No hay nadie sospechoso, o quizá lo sean todos. El movimiento es constante. Coches, limusinas, taxis, ambulancias, autobuses, motos y bicicletas en permanente circulación alrededor de la plaza. Al fondo, el Arco del Almirantazgo, levantado en honor a la reina Victoria, abre paso a la enorme avenida que lleva al palacio de Buckingham. Al este, la iglesia de Saint Martin-in-the-Fields, la South Africa House y el Strand, que une Westminster con la City. Pero la calle que nos interesa es Charing Cross Road, más específicamente en la zona del Soho, la parte más bohemia de la ciudad de Londres, donde vemos detenerse un taxi en el cruce con Great Newport Street.

Sarah Monteiro baja de él. Después de la llamada, se había dirigido a la estación de Waterloo y se había arriesgado una vez más utilizando una tarjeta en un cajero automático para retirar trescientas libras con el fin de poder pagar en efectivo lo que fuera necesario. Hasta ahora todo va bien, tal como prueba su presencia en la concurrida Charing Cross Road. Se encamina a pie hacia la bendita, o maldita, plaza del Rey Guillermo IV. Ha preferido no meterse directamente en la boca del lobo y le ha pedido al taxista que la deje a eso de un kilómetro de su destino final.

Sarah rodea la plaza hacia el sur, desciende hacia Trafalgar por la Canada House, aminorando el paso cautelosamente. De vez en cuando mira aquí y allá, con disimulo. Cruza frente a la fachada de la National Gallery y avanza unos metros más hasta la escalinata central que lleva a la plaza. Sarah se detiene unos instantes para observar la plaza, las fuentes, la Columna de Nelson y, sobre todo, a las personas. Lo más importante de todo son las personas, pues entre ellas está el peligro. Observa las fachadas de los lejanos edificios en busca de ojos insidiosos. En cualquier lugar puede acechar un potencial asesino, con su arma silenciosa preparada para arrebatarle la vida.

Lo descubre al fin. Es barrendero, uno de los muchos que colorean el lugar con su vestimenta verde y amarilla fluorescente. Le recuerda al que vio desde la ventana de su casa hace unas horas. Lo más seguro, piensa, es que no haya motivo de temor. Ese tipo no se lleva la mano a la boca para comunicarse, como los agentes del metro, pero sí tiene un *walkie-talkie* común. Un barrendero no necesita un radiotransmisor para llevar a cabo su tarea. No. O aquel hombre es el tal Rafael del que le habló su padre o... mejor no pensarlo.

Sarah se pone de nuevo en marcha e intenta confundirse entre la gente. Con un rápido giro de cabeza, trata de localizar al barrendero. Examina a los restantes miembros del equipo de limpieza. Los que están a la vista no intentan disimular su presencia y, a decir verdad, tampoco parecen estar interesados en Sarah Monteiro, o en ningún otro transeúnte. Se limitan a limpiar desganadamente la zona que cada cual tiene asignada.

¿Quién de todos esos hombres será Rafael?

Teme que en cualquier momento pueda verse atrapada, arrastrada al interior de un automóvil. O simplemente que un disparo certero acabe con su errática huida. Tantas películas, tantas escenas, tantas hipótesis pasan como una vorágine por la imaginación de Sarah que el vértigo se apodera de ella y la hace aproximarse al tenebroso reino de la inconsciencia. Gente, gente y más gente por todas partes.

—¿Sarah Monteiro? —Oye que alguien la llama. Es el barrendero—. Venga conmigo. Confíe en mí.

Sin esperar su consentimiento, la toma de un brazo y la empuja entre la gente, hacia fuera de la plaza.

—¿Adónde vamos? —No hay respuesta—. ¿Eres Rafael? —insiste Sarah, sin salir del todo de la letárgica confusión en la que ha caído.

Oye una áspera señal acústica procedente de uno de los bolsillos del traje fluorescente del hombre y lo ve sacar el radiotransmisor y hablar en italiano:

—*La porto alla centrale... Sì, l'obiettivo è con me... Negativo. Non posso rifinirla qui... Benissimo.*

No entiende bien lo que dice. La voz incomprensible que sale de la radio es fuerte y cavernosa, sin duda la del jefe. ¿Será este hombre Rafael o uno de los que quieren matarla?

Ciertamente, su padre le habló de un tal Rafael, un hombre, sólo una persona. Intenta soltarse, pero el barrendero la sujeta con fuerza.

—No haga estupideces. No hay necesidad de apresurar lo inevitable. Pero si es necesario... —A buen entendedor, pocas palabras bastan.

Ha hecho todo lo que ha podido para que no la atrapen, pero, en realidad, ¿qué podía hacer ella? Su padre quizá debería haber elegido otro lugar. Es terrible morir sin ni siquiera saber por qué. Que así sea. Otra vez se siente sin fuerzas, entregada.

Pero su destino no está sellado aún. Un coche negro irrumpe desde una calle adyacente a la plaza, entre la estatua de sir Henry Havelock y la Columna de Nelson y frena con un chirrido.

—Yo me encargo de ella —comunica el hombre que baja del coche.

Sarah tiene una alarmante sensación de *déjà-vu*. Su instinto la pone sobre aviso. Enseguida recuerda: es el hombre que la persiguió y le disparó en el metro.

—*Va bene* —responde el barrendero.

Sin otras palabras, el ejecutivo empuja a Sarah hacia el coche, la instala en el asiento trasero y él se sienta adelante, junto al conductor. El vehículo arranca a toda velocidad, dejando atrás la tranquilidad de Trafalgar Square.

Mientras el automóvil avanza en dirección a Parliament Street, Sarah Monteiro observa al hombre que al parecer se ha hecho cargo de ella. Es de mediana edad y tiene un aire muy tranquilo. En el interior de la joven se desata un confuso torbellino de sensaciones, dudas y angustias.

—¿Quiénes son ustedes? —pregunta. Silencio. Ni siquiera una mirada por el espejo retrovisor—. ¿Quiénes son ustedes?

No hay respuesta.

Aproximadamente media hora después, según los cálculos algo inciertos de Sarah, el conductor detiene el coche y los dos hombres bajan y se colocan fuera del alcance de su vista. Sólo uno de ellos regresa al vehículo. Es el que la ha recibido de manos del barrendero, que esta vez se acomoda en el asiento del conductor. Unos veinte minutos más tarde, entran en un barrio residencial muy elegante y el automóvil aminora la velocidad. El corazón de Sarah se acelera a causa del miedo. La hora se acerca. Se abre el portón automático de un garaje y el vehículo entra y estaciona al lado de un Jaguar nuevo, resplandeciente.

Ambos descienden del automóvil.

—Venga. Acompáñeme —ordena con voz fría. Abre la puerta trasera del Jaguar y no necesita dar otra instrucción más. Sarah entra en el coche sin demora.

—¿Adónde vamos? —Él no responde—. Estoy harta. Ya no lo soporto más. ¿Qué va a hacer conmigo?

—No se preocupe, no voy a acabar con usted sin saber qué tesoros guarda. Ni pensarlo. —La voz del hombre ya no es fría, sino cálida—. Además, ¿qué clase de ayuda cree que le ha enviado su padre?

—¿Quién es usted? —Ahora sí que ya no entiende nada.

—Mi nombre es Rafael. Esta noche usted es mi huésped.

Y A ERA DE NOCHE, PERO CARMINE MINO PECORELLI aún se encontraba en su oficina, situada en la Via Orazio, resolviendo problemas de última hora en la edición del *Osservatorio Politico*. Pecorelli era consciente de que su semanario no era del agrado de las personas más circunspectas y de que con frecuencia le echaban en cara su tendencia a divulgar escándalos y tramas vergonzosas aderezadas con suposiciones y mentiras. Sin embargo, no era un asunto que preocupara en exceso a Pecorelli: él se debía a sus lectores y éstos estaban encantados con el panfleto que el periodista les endilgaba semanalmente. Sus páginas hablaban de insignes personalidades ligadas a organizaciones secretas, grandes desvíos de dinero del erario a través de actividades ilícitas, homicidios inexplicables y otros muchos asuntos escabrosos.

A sus cincuenta años, Pecorelli se vanagloriaba de tener acceso a primicias y exclusivas que ningún otro periodista era capaz de obtener. Sus éxitos se debían a sus presuntos contactos en las altas esferas: se decía que frecuentaba los círculos influyentes donde se originaban las noticias y procuraba relacionarse con personas poderosas. Su *Osservatorio*

Político recibía financiación de uno de aquellos personajes, un político de postín que manejaba buena parte de los negocios públicos italianos.

Aquel día, el abogado y periodista estaba sentado en su despacho, con los pies cruzados sobre la mesa y recostado en su sillón de oficina. Con el teléfono ajustado entre el hombro y la oreja, mantenía una conversación en tono formal, pero repleta de sugerencias, invitaciones, exclamaciones y sutiles gestos hirientes. Una leve sonrisa se dibujaba en sus labios, mientras se recostaba en la silla, visiblemente cómodo, o satisfecho, o ambas cosas a la vez...

Sin embargo, aquella llamada no tenía relación directa con su semanario. Trataba de un asunto privado. Pecorelli intentaba incrementar su peculio personal, coartando o, más bien, chantajeando al individuo que estaba al otro lado de la línea telefónica. Se valía para ello de informaciones que tenía en su poder y que, de hacerse públicas, podrían perjudicar a su interlocutor. El individuo con quien Mino Pecorelli hablaba no era un hombre cualquiera. Era el Gran Maestre de la logia masónica Propaganda Due, o P2: se llamaba Licio Gelli. Pecorelli era miembro de aquella misma logia.

—Lo mejor será que nos veamos personalmente para tratar este asunto —sugirió Gelli.

—Estoy de acuerdo.

—¿Qué te parece si cenamos mañana, allí, en Roma?

—Me parece una magnífica idea —respondió Pecorelli—. No te olvides de traer el dinero.

—¿Qué garantía tengo de que no volverás a usar esa información, Mino? ¿Te haces cargo de los problemas que causarías a nuestra organización publicando esa lista?

—Esto es periodismo, Licio. Puro periodismo.

—Ya sé qué significa para ti la palabra «periodismo». ¿Quién me garantiza que no intentarás hacer más «periodismo» en el futuro?

—Quince millones son garantía más que suficiente.

—¿Quince millones? —pronunció la cifra casi gritando. Siguieron algunos momentos de silencio, pero Gelli no estaba en posición de discutir—. No habíamos convenido esa cantidad, Mino.

—Sí, ya lo sé. Pero he llegado a la conclusión de que la información vale eso.

—La lista no vale quince millones.

—Pues claro que la lista de los miembros de la P2 no vale ese dinero. Pero tú sabes que los que aparecen en la nómina ultrasecreta que llamas P1, con anotaciones y ciertas explicaciones comprometedoras, sí lo vale. Y sabes, además, que el mundo que te sustenta se resquebrajaría si la hago pública —dijo Mino sin evitar que sus palabras sonaran como una dura amenaza—. Y el homicidio del papa Juan Pablo I y la ayuda que le brindaron tú y mi patrón a Mario para que le calzara las botas a Moro valen mucho más.

—Siempre usamos tu semanario para nuestros objetivos, Mino. ¿A qué se debe este súbito cambio de actitud? ¿No te parece suficiente el dinero que aportamos?

—Quince millones será una gratificación suficiente. Haré pública la lista de la P2... Al fin y al cabo, muchos ya la conocen. Cuando la veas en la prensa, sabrás que la otra está a punto de divulgarse. Piénsalo. Te conviene a ti y a muchos otros.

Gelli reflexionó unos instantes y su silencio al otro lado del teléfono significaba que estaba evaluando la intransigencia de Mino.

—Mañana hablaremos lo que sea necesario mientras cenamos. Tendrás que bajar el precio.

—No voy a bajar el precio. Trae el dinero y todo irá bien.

Quince millones era el precio, pero podía considerar la posibilidad de subirlo en cualquier momento, sobre todo si Gelli tardaba demasiado en pagar.

—Sí. No lo dudo. Todo irá bien. Hasta mañana —se despidió Gelli—. Nos vemos a las ocho en el lugar de costumbre. —Y colgó.

Con una sonrisa en el rostro, Mino Pecorelli apagó las luces de la oficina, cerró la puerta y salió a la calle en busca de su coche. Todo se estaba desarrollando favorablemente y según sus previsiones. No imaginaba que, en aquel preciso momento, Gelli telefoneaba a un importante miembro del gobierno italiano y le informaba sobre el resultado de la conversación.

—No hay modo de convencerlo. Mino se mantiene inflexible. O pagamos o lo publica todo —dijo Gelli.

—No entiendo qué le ocurre... ¿Por qué se le habrá metido esta idea en la cabeza? —se preguntó su interlocutor en tono de queja.

—Si pagamos esta vez, volverá a hacerlo. Y ya no podemos confiar en él. Sabe demasiado.

—No te preocupes, Licio. Ya está todo arreglado. No nos molestará más. Le hemos ofrecido muchas oportunidades... quizá demasiadas, y no nos ha querido escuchar. En fin, es lo que ha elegido.

—*Ciao*, Giulio.

—*Ciao*, Licio.

Era tal la alegría de Carmine Mino Pecarelli que sintió unos incontenibles deseos de silbar mientras recorría la Via Orazio, completamente vacía, al tiempo que intentaba recordar dónde había estacionado su automóvil.

La vida era así. El periodismo ofrecía esas ventajas. En su caso, le había ofrecido la posibilidad de ganar un dinero fácil. Era estúpido detenerse en remordimientos y cargos de conciencia, especialmente cuando aquellas cantidades provenían de gente que no las necesitaba. Puede que fuese un hombre sin escrúpulos, pero aún le quedaban algunos débiles rastros de sentido de la justicia: jamás se le ocurriría explotar a quien no pudiera pagar. No obstante, un rufián como Gelli, que siempre andaba metido en oscuras transacciones y negocios dudosos, robando a uno para beneficiar a otro y enriquecerse a sí mismo, capaz de cualquier cosa para llevar a cabo sus propósitos, merecía ser humillado por hombres como Carmine Pecorelli.

Al fondo de la calle, casi junto a la esquina, estaba su automóvil. Abrió el coche y se acomodó en el asiento. Una mano impidió que cerrase la puerta. Vio a dos hombres de pie junto al vehículo. Uno de ellos, el que bloqueaba la puerta, lo agarró del pelo y lo empujó hacia atrás. Enseguida soltó la puerta y sacó un revólver, introdujo el cañón en la boca de Pecorelli y disparó dos veces.

El problema de Licio Gelli estaba resuelto.

E L QUE DICE LLAMARSE RAFAEL CONDUCE A UNA VE-
locidad prudente, para no levantar sospechas. Parece
que sabe lo que hace. Toma un paquete que está sobre el
asiento del copiloto y se lo entrega a Sarah, que viaja detrás.

—¿Qué es esto? —pregunta ella.

—Comida.

—No tengo hambre.

—Si yo fuese usted, comería algo. Una hamburguesa
y una Coca-Cola en toda la noche no son suficientes.

—¿Cómo sabe que...? —Se interrumpe a mitad de la
frase, porque encuentra la respuesta a su propia pregunta—.
Olvídelo.

La confusión se abate sobre Sarah. Es el hombre que
la persiguió en el metro y disparó contra ella, no cabe la
menor duda, y ahora resulta ser Rafael, aquel en el que su
padre le había dicho que confiase. ¿La estará engañando de
alguna forma? Sí. Debe de ser eso. Debe de estar esperando
a que aparezca algún miembro superior de la organización
y la interrogue con métodos atroces, para terminar matán-
dola, satisfaga o no sus deseos. Tiene en su poder una lista
sobre la cual ellos saben más que ella.

—Me imagino que debe de tener muchas preguntas que hacerme —dice Rafael con tono cordial.

—¿Eh? —Sarah está desconcertada por la nueva actitud de su interlocutor.

Hay un silencio, que no parece incomodar lo más mínimo al hombre, que sigue conduciendo con calma. Emana de él cierto aire de satisfacción, como si le divirtiese el tormento de Sarah; pero también puede tratarse de su estado natural. La imaginación de la joven trabaja a toda velocidad.

—Estoy a su disposición —reitera Rafael, empeñado al parecer en que se sienta más cómoda. Sin embargo, la entonación de la frase, pronunciada en un perfecto inglés, le suena como una orden.

—La primera pregunta que se me ocurre es sencilla: ¿por qué intentó matarme en el metro?

—¿Que intenté matarla?

—Sí. Sabe muy bien a lo que me refiero.

—Humm...

—¿Es capaz de negarlo?

—Le estoy diciendo, para que no haya más confusiones al respecto, que si realmente le hubiese disparado con ánimo de matarla, en este momento no estaríamos manteniendo esta conversación.

—¿Y qué demonios pasó en mi casa? ¿Puede explicarme qué está pasando?

—Poder, puedo. La cuestión es si usted está preparada para escuchar —responde el hombre con suma seriedad.

—Preparada o no, tengo que saber. Qué remedio.

—Es cierto —admite Rafael, forzando una sonrisa. Luego la mira con aire reflexivo—. ¿Alguna vez ha oído hablar de Albino Luciani?

—Sí, por supuesto. —A Sarah le fastidia el tono condescendiente que emplea Rafael, como si creyera que ella es una ignorante.

—Albino Luciani fue mundialmente conocido como Juan Pablo I, también llamado, de forma popular, el «Papa de la sonrisa».

Sarah recuerda el pontificado de Juan Pablo I. Aunque nunca ha estado especialmente interesada en los asuntos religiosos sí sabe que aquel papa había permanecido muy poco tiempo en el Trono de San Pedro.

—Estuvo sólo unos meses en el cargo... —dice.

—No —la corrige Rafael—. Albino Luciani ocupó el cargo durante treinta y tres días, entre agosto y septiembre de 1978.

—¿Sólo treinta y tres días?

—Muy poco tiempo para unos y demasiado para otros. La muerte de Juan Pablo I está envuelta en un gran misterio. La versión oficial del Vaticano habló de un simple ataque cardíaco, pero hay quienes piensan que fue un asesinato.

—Bueno, siempre habrá locos que apoyen la teoría de la conspiración...

—Dígaselo al fiscal Pietro Saviotti, de la fiscalía de Roma. Por lo visto, es uno de esos «locos» que piensan que aún quedan sombras sin esclarecer en aquella historia.

—¿Pero quién lo iba a matar?

—La pregunta más pertinente no es quién, sino más bien por qué. El móvil del crimen es más importante que la identidad del criminal...

—Muy bien. Entonces, ¿por qué?

—Permítame que le responda con otra pregunta: ¿ha oído alguna vez hablar de la P2?

—Vagamente, creo que era una sociedad secreta o algo así...

—Algo así... Son las siglas de Propaganda Due, una logia masónica cuyo objetivo es conquistar el poder político, militar, religioso y financiero de todas las comunidades en las que penetra.

Rafael le cuenta brevemente a Sarah la historia de esta organización, que nació en 1877, subordinada al Gran Oriente de Italia, formada por personas que no tenían posibilidad de crear sus propias logias. En 1960 apenas contaba con catorce miembros, o eso se decía. Cuando un hombre llamado Licio Gelli se convirtió en su Gran Maestre, el número ascendió a mil en un año. Y, más tarde, en el momento de su apogeo, tenía 2.400 miembros en su seno, incluidos generales, políticos, jueces, directivos de televisión, banqueros, profesores, sacerdotes, obispos, cardenales y muchas otras personas, de diferentes profesiones y grados de poder. En 1976, el Gran Oriente de Italia rompió su vinculación con Licio Gelli y la P2. Así fue como esta organización se convirtió en una logia independiente y ajena a la masonería italiana.

—Sin embargo —sigue relatando Rafael—, Gelli no abandonó sus objetivos y continuó trazando redes para apoderarse subrepticiamente del gobierno italiano. Para ello, diseñó el «Plan de renacimiento democrático de la logia P2». Conociendo los antecedentes de Gelli, vinculado al fascismo europeo, es fácil imaginar que su proyecto trataba de implantar un sistema totalitario, no una democracia. Casi logró sus objetivos a finales de la década de los setenta, a juzgar por lo que proclamaban buena parte de los medios de comunicación. Los métodos de Gelli no eran muy diferentes de los que utilizan las organizaciones mafiosas de todo el mundo. Si alguien se interponía en su camino, corría el riesgo de visitar al Altísimo antes de tiempo. Muchos crímenes, atentados y masacres de aquella época llevaban el sello de la logia P2.

—En fin —dedujo Sarah—, si lo he entendido bien, está sugiriendo que esa organización estaba muy interesada en asesinar a Juan Pablo I. Muy bien, pero ¿qué ocurre conmigo? ¿Son los hombres de la P2 los que me acosan? ¿Por qué?

—Porque Dios ha querido que usted haya sido favorecida con la posesión de una lista muy valiosa con los nombres de los miembros de la organización. Una lista antigua; tiene más de veinticinco años y hasta ahora no ha visto la luz. Muchos de los que figuran en ella ya han muerto; pero otros no, y si algún día se divulgara podría provocar muchos disgustos a mucha gente. Vale la pena matar a quien sea para evitar su publicación.

Pero Sarah ha dejado de prestarle atención. Lo que ha dicho ese hombre hace que su mente navegue por aguas turbulentas. La lista. La lista que lleva consigo contiene los nombres de los miembros muertos y vivos de la P2, Propaganda Due. En ella aparece el nombre que oprime su corazón y la sumerge en la incertidumbre y la perplejidad: el de su padre, Raúl Brandao Monteiro. ¿Cómo es posible?

Rafael le lee el pensamiento, pero no dice nada. Es un camino que tiene que recorrer ella sola.

—¿Usted pertenece a la P2?

Rafael reflexiona unos instantes antes de responder.

—Pertenezco a una entidad superior. Me guía un plan y en él entra, por casualidad, la P2.

—No entiendo. —La chica suspira. Es consciente de que entra en asuntos muy complejos. Lo mejor será descubrir la verdad directamente, sin rodeos.

—La P2 anda detrás de usted —continúa Rafael—. Ahora bien, en cuanto a mi relación con la P2, conviene aclarar que terminó hace muy poco, cuando usted entró en este coche. En realidad, era un infiltrado.

—¿Un infiltrado?

—Si no puedes con tus enemigos, únete a ellos y destrúyelos desde adentro. Está claro que mi trabajo está comprometido a partir de ahora. La P2 ya no anda sólo tras usted, también me persigue a mí. Y créame que tarde o temprano nos van a encontrar...

—Entonces, ¿de qué sirve esta conversación? Si es para morir...

—Todo depende de las cartas que tengamos para jugar en ese momento —concluye Rafael con una pequeña sonrisa—. ¿Lleva la lista encima?

Sarah saca los papeles del bolsillo de la chaqueta, toma los dos que componen la lista y se los entrega a Rafael. Éste los analiza en silencio, sin por ello reducir la velocidad del automóvil. Tras unos instantes, vuelve a entregárselos a Sarah.

—¿Conoce algún nombre, además del de su padre?

—Bueno, después de lo que me ha dicho, estoy segura de que todos estos nombres aparecerán en Google, probablemente descritos como grandes personajes.

—Quizá tenga razón. Pero mírela más detenidamente.

Sarah recorre las columnas de la primera hoja, línea por línea, con suma atención. Ahora que sabe mucho más, no le extraña la preponderancia de nombres italianos. Se da cuenta de que los números que preceden a cada nombre son aleatorios y no obedecen a ningún orden reconocible. A cada número le sigue una letra, y en algunos casos dos o tres.

—Los números no están por orden. Y las letras no parecen tener ninguna lógica.

—Ésos son los números de registro de cada uno dentro de la organización y las letras hablan de su lugar de origen. Por ejemplo —toma nuevamente los papeles que Sarah tiene en la mano—, veamos éste, que viene muy al caso, el Gran Maestre: «440ARZ Licio Gelli». Su número de registro es el 440 y es natural de Arezzo. ¿Comprende?

—Sí —responde Sarah, mientras sus ojos descienden rápidamente hacia el nombre que más le importa: «843PRT Raúl Brandao Monteiro»—. PRT. Portugal.

—Sarah, usted ni siquiera había nacido en esa época.

—Usted tampoco.

Rafael sonríe por el comentario.

—Tal vez tuviera cinco o seis años.

La chica sigue mirando los papeles con la máxima atención, hasta que da con otro nombre conocido.

—Este nombre y este «MIL» ¿es de...?

—Milán. Pero no se engañe. En esa época aún no era político. Y actualmente ya no es miembro de la P2.

—Sí, pero lo fue. ¿Hasta un primer ministro italiano? La dimensión de esto... quiero decir... no sé qué pensar.

—No piense.

Sarah vuelve a enfrascarse en la lista. La horroriza la magnitud de todo lo que acaba de oír. Pero además está su padre. ¿Hasta dónde fue, y a lo mejor todavía es capaz de llegar, el capitán Raúl Brandao Monteiro?

—¿Qué son estos garabatos escritos a mano? —pregunta, intentando alejar los pensamientos más dolorosos.

—Lo que confiere un valor incalculable a esta lista. Anotaciones de puño y letra de Juan Pablo I.

—¿En serio?

—Sí.

—¿Y qué dicen?

—Es una clasificación. Subrayó los nombres y las ocupaciones de los que conocía. Por ejemplo, lea éste de aquí, Jean-Marie Villot: *cardinal segretario di Stato.* O sea, cardenal secretario de Estado del Vaticano.

—¿También era miembro de la P2?

—Claro.

—¿Y lo de este papel también son apuntes del Papa? ¿Y esta clave?

Sarah le pasa la hoja con los garabatos escritos apresuradamente. Rafael lee con atención.

18, 15 - 34, H, 2, 23, V, 11
Dio Bisogno e IO fare lo. Suo augurio Y mio comando
GCT (15) - 9, 30 - 31, 15, 16, 2, 21, 6 - 14, 11, 18, 18, 2, 20

—¿Qué dice?

—«Dios lo solicita y yo lo hago.» «Su deseo es mi orden.» En un italiano más bien incorrecto.

Segundos más tarde, Rafael da un volantazo de ciento ochenta grados.

—¿Qué pasa? —pregunta Sarah.

—Vamos a ver a alguien.

—¿A quién?

—A alguien que sepa.

—¿Que sepa qué? —Rafael conduce a gran velocidad por una calle angosta. No parece tener intención de responder a su pregunta—. ¿Que sepa qué? ¿Qué más ha visto en el papel?

El coche entra en una calle más ancha y gira hacia el este. Rafael acelera, sin importarle que pueda verlo la policía, uno de cuyos coches acaba de pasar junto a ellos instantes antes.

—Sí —dice finalmente, sin entrar en detalles, como si esa única palabra bastase como explicación. Después se dispone a usar el celular.

—¿Qué ha visto? —insiste Sarah, alarmada.

—Un código.

21

E L BENTLEY SE DESPLAZA A POCA VELOCIDAD POR
un sendero de tierra apisonada, flanqueado por
setos regulares. Comunica alguna finca privada con la carretera principal.

El automóvil recorre los casi tres kilómetros que separan la carretera de los grandes portones de hierro auto-
matizados. Se abren inmediatamente para que pase el Bentley, lo que demuestra que adentro viaja alguien muy cercano
al dueño de la casa. El chofer no tiene que detener el coche
por completo, ni tampoco anunciar al pasajero que ocupa el
asiento de atrás.

Se detiene junto a los tres escalones que dan acceso al
rellano de la entrada. El pasajero no espera a que el chofer
le abra la puerta, como manda la etiqueta, y baja del vehículo
con un enérgico movimiento. Tampoco toca el timbre; marca
un código de seis dígitos en un panel de la pared. Antes de
entrar en la vivienda, se sacude todo vestigio de polvo del
elegante traje de Armani y se arregla el cuello de la chaqueta.

El señor, o tal vez sea más correcto decir el Gran Maestre, está esperándolo en la sala, no porque sea lo acostumbrado o convenido, sino porque las operaciones que se

131

llevan a cabo esa noche así lo exigen. En la amplia estancia el viejo escucha, con la cara lívida, algo que le dicen por teléfono.

No se necesita mucha experiencia para percibir que las cosas no marchan bien. Si son ciertos sus datos sobre el desarrollo de la misión, recogidos antes del viaje de regreso, Geoffrey Barnes ha cometido algún error.

El asistente se anuncia con un carraspeo. El viejo alza los ojos y saluda con un movimiento de cabeza. El recién llegado aguza el oído mientras prepara dos vodkas. Cuando el viejo cuelga el teléfono el asistente le tiende el vaso y se sienta.

—Entiendo que las cosas han cambiado desde nuestra última conversación —afirma.

También el viejo se sienta, y suspira. Es muy raro verlo suspirar así, profundamente, aunque en los últimos tiempos lo hace con más frecuencia que antes. El asistente cae en la cuenta de que hace más de quince años que acompaña a ese hombre. Y durante ese tiempo ha contemplado su progresiva decadencia, una experiencia dolorosa para quien lo conoció en pleno vigor físico y mental.

—Se han alterado de una manera increíble —responde después de beber dos sorbos de vodka—. Ha ocurrido lo que nunca se imagina uno cuando traza un plan.

—Lo he oído mencionar a un infiltrado. —Entre los dos no hay secretos—. ¿Geoffrey Barnes tiene un traidor en sus filas?

El viejo bebe hasta vaciar el vaso.

—Eso sería preferible —balbucea.

—¿Cómo? —La mirada del asistente rebosa incredulidad y ansiedad. La respuesta es obvia.

—Pasa lo que jamás debió pasar.

—¿Un infiltrado aquí, entre nosotros? No puedo creerlo.

—Créelo.

—¿Pero dónde? ¿Aquí, en Italia? ¿Entre los nuevos miembros?

—No. En la guardia.

—¿En la guardia? Grandísimo hijo de puta. ¿Tiene idea de quién puede ser?

El viejo asiente.

—Él mismo se ha delatado.

—¿Quién es? —pregunta el asistente, ansioso—. Lo eliminaré con mis propias manos, pero antes me encargaré de que sepa por qué lo mando al infierno.

—Jack —responde el viejo con frialdad.

—¿Jack? ¿Qué Jack?

—Jack Payne —añade el Maestre, y calla unos segundos para que el asistente digiera la información.

—¿Y quién es en realidad?

—He mandado que lo averigüen, pero no llegarán a ninguna parte. Su verdadera identidad debe de estar muy bien camuflada.

—De no ser así, ya lo habríamos descubierto.

El viejo suspira otra vez.

—Es una situación imprevista, que tenemos que afrontar con rapidez.

El asistente se levanta, ya recuperado de la fuerte impresión que le ha causado la noticia. Ahora sí pueden tomar decisiones con la cabeza fría.

—De todos modos, primero debemos concentrarnos en la eliminación del blanco, tal como lo planeamos. ¿Cómo va eso?

—No lo entiendes. Ella está con él. Si atrapamos a uno, damos con el otro —dice el viejo mientras se pone de pie.

—¿Cree que esto requiere una visita a Londres?

—No me parece necesario. Vamos a mantenernos fieles al plan, pero en estado de máxima alerta, porque la entrada en escena de un infiltrado hace muy posibles las sorpresas. Tarde o temprano, la CIA los encontrará.

—Pero pueden tardar.

—De cualquier forma, ir allí sólo serviría para presionar a Barnes y ponerlo nervioso.

—¿Qué sugiere, entonces?

—Manda preparar el avión para el viaje que tenemos previsto; dejaremos que Barnes haga su trabajo. Paciencia, aparecerán. Nadie puede vivir sin que algo lo delate.

—En especial en Londres. Pero no olvide que ella está acompañada por una persona que sabe cómo burlar nuestra vigilancia.

—Sí, ya lo sé. Pero si conoces a Jack tan bien como yo, sabrás que, aunque se haya cambiado de bando, no es hombre que evite la lucha. No creo que quiera convertirse en un proscrito el resto de su vida.

—Voy a dar las órdenes a la tripulación.

En el momento en que su protegido sale de la sala, comienza a sonar el fax. Al cabo de unos segundos, la máquina engulle una hoja blanca, que sale por el otro extremo con un texto y una fotografía. El viejo toma el papel y contempla la imagen de Jack Payne, el mismo que se hace llamar Rafael ante Sarah Monteiro. Al pie de la hoja hay una frase escrita en letras mayúsculas:

«NO DATA AVAILABLE.»

Estruja el papel, cerrando la mano con fuerza; pero al cabo de un instante la ira inicial disminuye.

—No te escaparás, Jack. —Lo dice con seguridad, mientras un golpe firme del bastón ayuda a la pierna lesionada a salir de la sala. Hay otras cosas de las que ocuparse. Vuelve a mirar el papel arrugado y, antes de arrojarlo al suelo, murmura—: Ella te traerá a mí.

Capítulo

22

AQUÍ SE ALZA EL FAMOSO MUSEO BRITÁNICO, CUS-
todio de grandes e importantes vestigios de la historia y la cultura de la humanidad. Hay más de siete millones
de piezas que atestiguan el paso del género humano por la
faz de la tierra. Se abrió al público en el lejano año de 1759,
y desde entonces lo visitan cada año millones de personas.
Las estrellas del museo son, sin duda, las momias egipcias y
la Piedra Rosetta, presente en el lugar desde 1802.

El Jaguar estaciona frente al enorme edificio, en Great
Russell Street. Rafael y Sarah se dirigen a la enorme verja,
coronada por flechas doradas. El hombre se acerca a una pequeña puerta situada junto al gran portón. Hay una garita con
un guardia.

—Buenas noches —saluda Rafael.

—Buenas noches —contesta el otro, que masca chicle.
Es un hombre joven, vestido con el uniforme de una empresa de seguridad.

—Quiero hablar con el profesor Joseph Margulies, por
favor.

—¿Con el profesor Joseph Margulies? —Su expresión
no es nada amable.

—Sí. Nos está esperando.

—Un momento. —El hombre entra en la garita para hacer una llamada. No aparta los ojos de Sarah.

Rafael había telefoneado al profesor desde su coche para comunicarle su urgente necesidad de verlo. Aunque se había mostrado renuente, al final el científico había aceptado. Como se hallaba trabajando día y noche en una exposición temporal en el Museo Británico, podían ir a verlo allí.

Para Sarah, la espera en silencio da lugar a pensamientos dolorosos. Es un asunto difícil de abordar, pero inevitable. Se decide a hablar con su acompañante, al que después de unas horas tan intensas ya tutea.

—Dime. ¿Cómo encaja mi padre en todo esto? ¿Cuál es su posición en la organización?

—Eso debe decírtelo él, no yo.

El guardia, celoso de su deber, confirma la cita y les permite pasar al interior del recinto.

—El profesor Margulies vendrá a buscarlos en un momento.

—Muchas gracias.

—No es la primera vez que viene usted a verlo, ¿verdad?

—No. Pero nunca a una hora tan intempestiva —afirma Rafael con una sonrisa falsamente tímida. El vigilante ha cambiado su hostilidad inicial, que probablemente formaba parte de su trabajo, por una actitud mucho más abierta.

Caminan hacia la entrada principal del museo, situada en el centro; las partes laterales, que sobresalen, dan al edificio la forma de una U trazada con líneas rectas. Cuarenta y cinco columnas corintias flanquean la fachada, otorgándole un aire imperial. Unas cariátides sostienen el frontispicio triangular de la imponente entrada. Sarah tropieza en los escalones de acceso al gran rellano.

—Si viniéramos en misión secreta ya nos habríamos delatado —proclama Rafael con tono serio, aunque en el fondo divertido.

—Si viniéramos en misión secreta no nos habríamos presentado al vigilante. Ni entraríamos por la puerta principal.

—Tienes razón.

—¿Y el Papa, Luciani, qué tiene que ver en todo esto?

—Es el catalizador.

—¿Catalizador? ¿Qué quieres decir?

—Esa lista que recibiste estaba en sus manos la noche de su muerte. Se la envió un alto miembro de la P2, llamado Carmine Pecorelli, abogado y periodista.

»Aquel Pecorelli dirigía un semanario en el que divulgaba toda clase de escándalos. Hasta tal punto era intrincada la red de favores y servidumbres —añade Rafael— que el periódico de aquel tipo, *Osservatorio Politico,* era en realidad una publicación financiada por un antiguo primer ministro, amigo íntimo de Licio Gelli, el revitalizador de la P2 durante los años sesenta y setenta.

»El Gran Maestre era un auténtico camaleón, un manipulador, y los escrúpulos no eran su debilidad precisamente. Podía apoyar a la extrema derecha o a la extrema izquierda si ello contribuía a sus intereses, y se asegura que tuvo relación con todos los partidos políticos según su conveniencia y el momento político concreto. Por ejemplo, en teoría, la logia P2 combatía todas las políticas de la izquierda y, sin embargo, Gelli contribuyó a la fundación del grupo terrorista llamado Brigadas Rojas.

—Sí. Entonces, ¿por qué ese Pecorelli envió la lista al Papa? —Sarah no termina de entender aquel vaivén de nombres, fechas y oscuros intereses.

—Aunque no lo creas —responde Rafael—, porque quería ganar dinero. Era una forma de chantajear a Gelli para que pagara.

»Todo había sido una historia de ambiciones y avaricias: en principio, *Osservatorio Politico* servía a los propósitos de Gelli, pero, en un momento dado, Pecorelli entendió que su propio patrón era susceptible de ser chantajeado. Gelli no calculó que Pecorelli era un hombre que, si podía, sólo se servía a sí mismo. Y tenía muchos datos para extorsionar a Gelli, sobre todo en lo referente a los escándalos financieros. Finalmente, el periodista publicó parte de la lista de los integrantes de la P2, pero probablemente contaba con un listado aún más peligroso y comprometido».

Hasta donde Rafael sabe, aquella malhadada lista estuvo alguna vez en manos de Pablo VI y, si no causó extraordinarios trastornos, fue porque, para entonces, el Pontífice ya estaba muy enfermo y, seguramente, sin fuerzas para atacar un virus que se había infiltrado hasta el tuétano de la Santa Sede.

Cuando Juan Pablo I accedió al Trono de San Pedro, tuvo en su despacho la lista de la P2. Hizo las consultas pertinentes para certificar la veracidad de aquella información y, al parecer, estaba dispuesto a cortar de raíz aquel desmán. Es sabido que los cargos eclesiásticos son incompatibles con la pertenencia a sociedades secretas ajenas a la Iglesia y, concretamente, a organizaciones de raigambre masónica. Cuando encontraron muerto al papa Luciani, en sus manos tenía la lista de la P2.

—Quizá Juan Pablo I —concluye Rafael— quiso solventar el asunto discretamente, como se hace todo en el Vaticano. Tal vez sólo pretendía apartar del poder eclesiástico a las personas que estuvieran inmersas en la logia sin mayor escándalo. Quizá redactó una copia para los Archivos Secretos del Vaticano y tal vez fue allí donde los encontró casualmente Firenzi. No estoy seguro de cómo se ha desenvuelto la trama de todo este asunto. Si tienes más preguntas, tendrás que hacérselas a tu padre.

—¿A mi padre? ¿Pero cuál es su papel en todo esto?

La conversación se corta, sólo se oye el ruido de pisadas en un pasillo contiguo. Sarah mira a Rafael con expresión interrogadora.

—¿A qué hemos venido aquí? —pregunta en voz baja.

—A descifrar el código.

Un hombre gordo, con guardapolvo, de unos sesenta años, sale y se acerca a ellos. Rafael reconoce a su amigo.

—Profesor Margulies.

—Hola, muchacho. ¿Te parece que son horas de importunar a un hombre de Dios?

—Todas las horas son horas de Dios.

—¿Quién es esta mujer?

El profesor Joseph Margulies no tiene pelos en la lengua.

—Es una amiga. Sharon... eh... Stone. Sharon Stone.

—¿Sharon Stone? —exclama Sarah, asombrada.

—Mucho gusto, señorita Sharon. —La mira con aire presumido—. Disculpe, pero no me he lavado las manos.

—No hay problema.

La joven observa al profesor y trata de adivinar a qué se dedica.

—Estamos metidos en asuntos secretos, de interés nacional —dice Rafael medio en serio medio en broma—. No podemos decirte de qué se trata. Pero tengo aquí una especie de enigma y quisiera saber si puedes ayudarme. —Saca el papel del bolsillo y se lo entrega a Margulies.

El hombrón emite un gruñido. Al cabo de cinco minutos sale del trance.

—Voy a ver qué puedo hacer. Síganme.

Entran en el museo propiamente dicho y, tras subir una gran escalinata y doblar a derecha e izquierda en varios sitios, enfilan por un corredor oscuro y muy largo.

—No hagan ruido, podrían despertar a las momias —advierte Margulies en voz alta, sin el menor cuidado—. ¿Dónde encontraste a este chiflado delirante? —pregunta dirigiéndose a Sarah.

—Él no... —intenta aclarar la joven.

—En Río de Janeiro, en un convento... —interrumpe Rafael.

—Una monja, ¿eh? —El profesor lo mira con sorna.

—No fue así... —intenta aclarar Sarah, pero Rafael le aprieta el brazo.

—Hemos llegado —anuncia Margulies, al tiempo que abre la puerta de doble hoja que da a una gran sala llena de estantes con libros y varias mesas dispuestas en fila. Todo esto sólo se hace visible cuando Margulies enciende dos tristes lámparas que dan un tono lúgubre al lugar. Deja el papel en una mesa y se encamina hacia un estante—. A ver. Aquí está: criptografía.

—¿Necesitas ayuda?

—No. Siéntate con tu novia.

Rafael vuelve la vista hacia Sarah y los dos se miran un instante.

—¿Por qué le has contado esa sarta de bobadas? —pregunta ella en voz baja.

—Le dije lo que él quería oír.

—¿Y era eso lo que él quería oír? ¿Que te has ligado a una monja brasileña llamada Sharon Stone?

—No te preocupes. El fin justifica los medios. ¿O crees que a él iba a gustarle la verdad?

—Mira, yo ya no sé ni cómo me llamo.

Rafael agarra a Sarah por los hombros y presiona con cierta fuerza, para que le preste atención.

—La verdad puede matarnos a todos. Tú eres la prueba de ello... aunque todavía estés viva. No lo olvides.

La chica se estremece. Rafael la suelta y observa a Margulies, sentado frente a tres libros abiertos y con el papel en las manos.

—¿De dónde lo conoces? —pregunta Sarah.

—¿A Margulies? Fue mi profesor hace muchos años. Aunque quizá no lo parezca, es muy serio. Estudió en el Vaticano y tiene profundos conocimientos de criptografía. Si eso es de verdad un código, lo descifrará.

—¿De qué te dio clase?

—¿Esto es un interrogatorio?

—No. Sólo intento pasar el rato.

—De teología.

—¿Teología? ¿Es teólogo?

—Entre otras cosas.

Margulies levanta la vista del papel.

—Querido muchacho, esto nos va a llevar unas horas. Tengo que hacer diversas pruebas para descubrir qué tipo de patrón se ha usado. No sé si es un código o una cifra. ¿No tienes nada que hacer?

Rafael piensa un instante.

—Sí. ¿Puedo copiarlo en un papel?

—Claro.

Sarah se acerca a Rafael intrigada.

—¿Adónde vamos ahora?

—¿Sabes salir de aquí? —pregunta el doctor Margulies.

—Sí, no te preocupes. En cuanto averigües algo, llámame a este número.

Cuando termina de copiar las enigmáticas palabras y cifras, le entrega a Margulies un papel con su número de teléfono y se dirige a la salida, seguido por Sarah.

—¿Adónde vamos?

—A cortarnos el pelo.

—¿Cómo? ¿A estas horas?

Recorren el largo pasillo y deshacen el camino que lleva a la puerta, que a su vez conduce al recinto frontal del edificio. Cincuenta metros hasta los portones y la garita donde el guardia mira un monitor en blanco y negro. A continuación salen a Great Russell Street.

—Si hemos visitado a un prestigioso profesor en el Museo Británico a las dos y media de la mañana, bien podemos despertar a un peluquero a las tres y pico.

—¿Pero es necesario?

—No estamos hablando de mi pelo, querida mía. Es el tuyo el que está demasiado largo.

Capítulo

23

H AY ENCUENTROS QUE TIENEN QUE OCURRIR TARDE
o temprano. Los seres humanos no siempre son
dueños de su destino.

Un hombre de edad avanzada camina con desenvol-
tura, sin titubeos, en medio de la multitud de desconocidos.
Aunque puede que él no sea desconocido para todos los tran-
seúntes. Todavía no ha advertido, en medio de tanta gente,
que alguien lo sigue. Desde luego, quien lo hace es muy competente en ese trabajo. Acaban de salir del Hilton Theatre,
donde han visto el excelente musical *Chitty Chitty Bang
Bang*, y ahora bajan por la Avenida de las Américas, o Sexta
Avenida, hacia el sur. Unos metros después, continuando
por el cruce con la calle 38, el viejo entra en un edificio residencial. Un portero uniformado lo saluda con una reverencia.

El perseguidor se limita a observar desde una prudente
distancia. Mira el número del portal y lo coteja con las informaciones de que dispone. Confirma que es el domicilio
del viejo.

En cuanto el anciano desaparece en la casa, hace una
llamada con su celular. Momentos después, una furgoneta

negra se detiene a su lado. Sube. El vehículo permanece estacionado. Hay que tener paciencia.

—¿Vive aquí? —pregunta el conductor de la furgoneta en un idioma de Europa del Este, tal vez polaco, y después lanza un silbido, asombrado por lo lujoso de la residencia.

El hombre del abrigo negro se limita a hacer un gesto afirmativo, sin apartar los ojos de la entrada del opulento edificio.

—¿El asunto salió mal en Londres? —pregunta el conductor.

—Sí.

—Dime una cosa: ¿por qué no podemos entrar y liquidar a ese tipo de una vez?

El hombre se toma su tiempo para contestar, como si estuviera sopesando varias respuestas a la vez.

—Porque él es la clave.

Observa atentamente durante un rato más. Al fin, pide al polaco que permanezca pendiente de la entrada, mientras saca un retrato del bolsillo. Es un retrato conocido, el de Benedicto XVI, Papa en ejercicio. A continuación saca una pequeña linterna de luz negra e ilumina de cerca la fotografía: miles de filamentos conforman con nitidez el retrato del viejo al que vigilan, mientras el papa Ratzinger parece desvanecerse. Cuando apaga la luz ultravioleta, como ocurre en los billetes de banco, la imagen oculta desaparece y muestra al mismo Papa, sonriente, que saluda con la mano a los fieles.

—Él es la clave.

Capítulo

24

Aldo Moro
9 de mayo de 1978

ALDO MORO ESTABA ESCRIBIENDO UNA CARTA A su familia. Era una más entre las muchas que había enviado, algunas dirigidas incluso al papa Pablo VI y a los principales dirigentes de su partido, en los cincuenta y cinco días que llevaba en poder de las Brigadas Rojas.

Aunque su aspecto pudiera revelar que se trataba de un mendigo, aquel hombre de aspecto tranquilo y sereno había sido cinco veces primer ministro de Italia. El Gobierno, encabezado por Giulio Andreotti, no había aceptado negociar con una organización terrorista como las Brigadas Rojas, que exigía la liberación de un cierto número de presos. Dado que eso no estaba en cuestión y el primer ministro aducía que el propio secuestrado era opuesto a cualquier acuerdo con ese tipo de criminales, resultaba difícil prever lo que sucedería con Aldo Moro, líder de la Democracia Cristiana en el momento de su secuestro, el 16 de marzo de aquel año, 1978.

Desde aquel día, Moro no había visto ni hablado con nadie más que Mario, su custodio, su guardián y su secuestrador. Al principio, Mario se comportaba con él como si tratara de someterlo a duros interrogatorios y a Aldo Moro le pareció que su vigilante intentaba conseguir información de algún tipo, pero pronto aquellos encuentros se convirtieron en largas conversaciones cara a cara. A ojos de Mario, Moro se reveló como un hombre admirable y, a pesar de la situación, se ganó su respeto.

La posición del Ejecutivo y de los militantes de su propio partido decepcionó profundamente al secuestrado. Nadie movió un dedo para ayudarlo, a pesar de que, en las cartas que había enviado, les explicaba que el Gobierno debía poner en primer lugar la vida de las personas. La mayoría de los miembros de la Democracia Cristiana y del Gobierno, incluido el propio primer ministro, creían que Moro había sido obligado a escribir esas cartas y que, por tanto, no reflejaban su parecer sobre el tema. Nada más errado.

Mario, como líder de las Brigadas Rojas en aquella situación, podía abandonar sus pretensiones o sus exigencias, pero también hacer una demostración de fuerza y matar a Moro, para asegurar el éxito de futuros secuestros. O quizás aquel joven no pasara de ser un mero peón en un tablero de ajedrez y no tuviese ningún poder para hacer nada ni para decidir nada. Puede que fuera un simple ejecutor. Sea como fuere, Moro estaba convencido de que no saldría de allí con vida.

En otra estancia del mismo piso de la Via Gradoli donde Aldo Moro escribía su carta, Mario respondía una llamada telefónica. Había otros tres hombres con él. Dos veían la televisión y el otro leía el periódico.

—¿Diga?

—Hoy —dijo una voz masculina al otro lado de la línea—. Sigan con lo planeado.

—De acuerdo —asintió Mario.

—Volveré a llamar dentro de una hora. El americano quiere que esto se resuelva cuanto antes.

—De acuerdo —repitió Mario, y colgó el auricular—. Vamos a terminar con esta historia —anunció a sus camaradas.

—¿Crees que es lo mejor? —interpeló el que leía el periódico, vacilante.

—No está en nuestras manos. No podemos dar marcha atrás.

—Sigo pensando que lo mejor es liberarlo. Ya hemos ido demasiado lejos, más allá de lo que jamás pensamos. Ellos han entendido nuestro mensaje: lo han entendido. Ya saben que no pueden sentirse seguros —dijo el terrorista, plegando el periódico.

—No es nuestra lucha, Mario. No queríamos esto —aseguró uno de los camaradas que veía la televisión.

—Cuando empezamos, sabíamos que esto podía ocurrir. Y aceptamos —alegó Mario.

—No cuentes conmigo para apretar el gatillo.

—Ni conmigo —advirtió el que compartía el sofá, atento también a la televisión, y que había permanecido en silencio hasta ese momento.

—Deberíamos liberarlo. No somos sirvientes de nadie.

—Ni pensarlo. Todo se termina hoy. No vamos a echarnos atrás —afirmó Mario, intentando convencerse de que se trataba de una decisión política. Ni siquiera estaba dispuesto a imaginar que la vida de Aldo Moro podía depender de él. El destino de Moro ya estaba trazado el 16 de marzo: era una cuestión de tiempo. Ahora había llegado el momento de cumplir.

Mario se dirigió a la habitación e hizo girar la llave de la puerta. Aldo Moro aún se hallaba sentado, escribiendo la carta para sus seres queridos.

—Levántese. Nos vamos —ordenó el cabecilla de las Brigadas Rojas, disimulando cierto nerviosismo.

—¿Adónde? —preguntó el secuestrado, mientras concluía apresuradamente su carta.

—Lo trasladamos a otro lugar —respondió Mario, que se dedicó a doblar una manta, sin mirar a los ojos a su víctima.

—¿Le importaría enviar esta carta?

—Se enviará. —Mario guardó la misiva y se puso la manta bajo el brazo.

Los dos hombres se miraron durante unos instantes. Mario no soportó los ojos cristalinos y francos de Moro y fue el primero en apartar la mirada. No hacía falta decir ni una palabra más. El prisionero sabía perfectamente qué iba a ocurrir a continuación.

Bajaron en busca del coche estacionado en el garaje. Moro, con los ojos vendados, iba adelante, sujeto por Mario, y los otros tres avanzaban detrás, incómodos y asqueados ante una decisión que ni siquiera guardaba relación con las tesis políticas de las Brigadas Rojas. Cuando llegaron al garaje, le ordenaron meterse en el maletero de un Renault 4 de color rojo.

—Tápese con esto —ordenó su guardián.

Aldo Moro se cubrió con la manta que le ofrecía. Mario permaneció con los ojos cerrados durante unos instantes que se convirtieron en toda una eternidad. El terrorista intentaba convencer a su conciencia de que aquello era inevitable: no había otro camino. Nada estaba en sus manos.

Mario sacó el arma y descargó once balas sobre aquella manta. Ninguno de sus camaradas disparó.

El plan se había cumplido.

EL PROPIO RAFAEL ES QUIEN CORTA EL PELO DE-
masiado largo de Sarah, transformándola casi en
otra mujer. Lo hace en una habitación de hotel. Sarah se
sienta en el borde de la cama y suspira. Es un suspiro angustiado, de cansancio, de desaliento, de frustración. Todo
aquello por culpa de una siniestra y desconocida organización que había acabado con cualquier rastro de normalidad
en su vida, pelo incluido.

—Creo que estoy más confusa que cuando no sabía
nada.

Rafael esboza una sonrisa.

—Es natural.

Hay unos instantes de silencio. Rafael y Sarah respetan
el acuerdo implícito de no hablar de sus asuntos personales.
Tienen demasiadas cosas en que pensar, en especial Sarah. Nombres extraños, nombres familiares, personalidades políticas,
religiosas y de otros ámbitos, historias mal contadas, revelaciones horribles, logias masónicas, grandes maestres, asesi-
natos. Y, en medio, su padre. ¿Qué mundo es éste en el que ni
siquiera inspiran confianza los hombres que custodian nuestra
fe, y son mezquinos y mentirosos y se matan entre ellos?

—Está claro. Ese Pecorelli envió la lista al Papa, y por eso lo mataron.

—No permitas que el espíritu periodístico te domine. Eso lo estropea todo. Nunca dije que él muriese a causa de la lista.

—¿No?

—No.

Efectivamente, Rafael no había dicho que Juan Pablo I hubiera sido asesinado porque estuviera en posesión de una lista que, en el fondo, era bastante conocida. Lo único que había aseverado es que aquella lista estaba en sus manos cuando murió. Eran las consecuencias de aquel listado, probablemente, las que condujeron al Pontífice a la muerte.

—Las suposiciones erradas siempre causan problemas —sentencia Rafael misteriosamente.

Las organizaciones vinculadas a la P2, y la propia logia, sabían que Pecorelli había divulgado aquel listado o, al menos, le atribuyeron a él semejante acción. Con seguridad, Pecorelli había tratado de extorsionar a Gelli y, con Gelli, efectivamente, ese juego era demasiado peligroso.

Encontraron al periodista en marzo de 1979 con dos tiros en la boca. Era relativamente fácil atribuir a Gelli aquel asesinato, pero era muy difícil probarlo. Además, era aún más complejo saber quién fue el verdadero *capo* que ordenó el crimen. Rafael sólo podía sugerir que detrás de aquel entramado se encontraba la mano de un ex primer ministro.

—¿Un primer ministro? —se asombra Sarah—. ¿Qué país es ése?

—Un país como los demás —replica Rafael—. Si supieras la mitad de lo que pasa en el tuyo o en cualquier otro lugar del globo, te quedarías horrorizada. Los listados de la P2 no son peligrosos en sí mismos —continúa explicándole—, salvo por lo que revelan o lo que sugieren o lo que prueban en relación con la política de Italia, de Europa y del mundo en los últimos treinta años.

En todo caso, parece claro que Pecorelli sabía demasiado. Sabía, por ejemplo, que aquel oscuro primer ministro estaba involucrado en la Operación Gladio, una estructura paramilitar y terrorista implantada por la CIA y el MI6 tras la Segunda Guerra Mundial cuyo objetivo era prepararse para una eventual invasión de la URSS sobre Europa. Posteriormente, ya en los años sesenta, la organización se centró en impedir que los partidos comunistas y socialistas accedieran al poder en los países de Europa occidental y América del Sur. Durante muchos años, esa red fue sostenida y financiada por la CIA, por la OTAN, por los servicios secretos británicos y por otras instituciones occidentales.

En Italia, Gladio llevó a cabo una operación de largo alcance que se denominó «estrategia de la tensión». Consistía básicamente en financiar a grupos terroristas de izquierda para que los partidos democráticos comunista y socialista sufrieran democráticamente el odio de los ciudadanos. En esa estrategia de la tensión, Gladio apoyó, financió y llevó a cabo los atentados de la Piazza Fontana en 1969 y Peteano en 1972.

Respecto a su estructura europea, Gladio actuó en Grecia, en Turquía, en España, en la Argentina, en Francia y en Alemania, entre otros muchos lugares. El objetivo era siempre el mismo: difundir el terror presuntamente comunista y favorecer un clima favorable al conservadurismo e, incluso, a la extrema derecha.

Giulio Andreotti descubrió esta trama en 1990 y la estructura fue juzgada, sentenciada y fulminada en muchos aspectos. Durante las vistas judiciales salió a relucir también la P2, al parecer profundamente implicada en aquella trama. Era lógico: la P2 y Gladio compartían las mismas raíces fascistas.

Uno de los detalles peligrosos que conocía el periodista Pecorelli se refería a la vinculación de Gladio, la P2, las Brigadas Rojas y el asesinato de Aldo Moro, primer ministro italiano y perteneciente a la Democracia Cristiana. Según Pecorelli, las Brigadas Rojas eran un grupo terrorista de izquierda, sí, pero manipulado —e incluso creado— por Gladio y la P2. Algunos pensaban que estaba profundamente infiltrado por agentes de la CIA. De acuerdo con su estrategia, todas estas organizaciones promovieron el secuestro de Aldo Moro en 1978. Quizá, pensó Rafael, sería necesario recordar que Aldo Moro había llegado a un «compromiso histórico» para colaborar con el Partido Comunista de Italia, que ocupaba la presidencia de Italia en la figura de Giulio Andreotti.

—En fin —dijo Rafael—, ¿quién crees que secuestró y asesinó a Aldo Moro en 1978?

Sarah vuelve a sentarse en el borde de la cama, abrumada ante la intrincada red de conspiraciones, corrupciones y manipulaciones que le había relatado su compañero de habitación. Mira absorta a Rafael, entrelazando las manos nerviosamente.

—¿Me traes algo de beber?

—Claro.

Se levanta y se dirige al minibar, situado junto a la puerta de la habitación. Regresa con una botella de agua y un refresco.

—Si la P2 también participaba en la Operación Gladio, además de la CIA y los demás —Sarah intenta atar cabos en toda aquella maraña—, eso quiere decir que los servicios de inteligencia mundiales no sólo tenían conocimiento de la existencia de la P2, sino que se relacionaban con ella, ¿no?

—Exacto. Pero el tiempo verbal apropiado es «relacionan», no «relacionaban». Para que te hagas una idea, la CIA financia a la P2 con once millones de dólares al mes. Siguen gastando mucha pasta en ellos.

—¿Siguen pagando hoy?

—Hasta el día de hoy.

Toda esta trama de mentiras y manipulaciones derivaba de la Segunda Guerra Mundial. Tras el fin de la misma, se generó un clima de desconfianza absoluta: la antigua Unión Soviética se encapsuló y se cerró al mundo junto a sus países satélites del Pacto de Varsovia, siempre temerosos de una actuación desestabilizadora de Occidente. Los países democráticos, por su parte, también temían las argucias de la KGB y los servicios secretos rusos.

La Unión Soviética y sus agencias propias o adyacentes pagaban enormes sumas para financiar a los partidos comunistas e, incluso, a grupos terroristas en Occidente. Los servicios secretos de Estados Unidos, de Inglaterra y de otros países democráticos hacían lo propio para impedir que los partidos de izquierda accedieran al poder; y para ello no dudaron en aliarse con logias masónicas, grupos violentos, asociaciones fascistas o lo que fuera necesario.

—Logias masónicas, políticos, militares, servicios secretos... ¿Quién nos gobierna en realidad?

—En teoría, somos ciudadanos libres.

—Sí, ¿pero quién manda? Los gobiernos que elegimos con nuestro voto son manipulados por organizaciones secretas.

—Es una buena tesis.

—Quiere ser una pregunta.

—Una pregunta y una respuesta.

—Esto es aterrador.

—Entonces no lo pienses.

—Como si fuera fácil no pensar en ello.

—Lo es —dice Rafael—. Procura pensar en cosas menos repugnantes.

Sarah deja la botella y se frota las manos con impaciencia. Qué inmensa cantidad de mentiras.

—Esto es aterrador —repite—. ¿Qué hacemos ahora?

—Vamos a ver a tu padre.

—¿Adónde? ¿Está en Londres?

Rafael se levanta y saca un celular del bolsillo de la chaqueta. Marca un número y aguarda. Cuando responden, habla en alemán fluido.

—*Hallo. Ich benötige einige Päse* [Hola, necesito unos pasaportes]. *Ich bin dort in fünf Minuten* [Estaré allí dentro de cinco minutos].

A QUIÉN LLAMASTE HACE UN MOMENTO? —PREgunta Sarah, de nuevo en el Jaguar, ahora sentada junto al conductor.

—A un alemán que va a hacerte un pasaporte.

—¿Sólo a mí?

—Sí. Yo tengo varios.

—¿Es de confianza?

—No.

—¿Cómo dices?

—Que no; quiero decir que no. Estos falsificadores sólo funcionan por dinero; es lo que mantiene en marcha su negocio. Por ganar dinero contará lo que sea.

—Pero...

—Pero sólo hablará cuando le paguen. Si piensas que va a salir corriendo a delatarnos, te equivocas. Puedes estar tranquila.

—Sí, me quedo mucho más tranquila —ironiza la joven.

—Así me gusta.

El viaje es corto, ni cinco minutos, incluido el tiempo que tardan en estacionar frente a un pub concurrido y ruidoso. Al lado hay una puerta entreabierta. Suben las escaleras hasta el tercer piso. Rafael toca el timbre. La puerta se abre de golpe.

—Hola, ¿cómo estás? —saluda efusivamente el alemán.

—Muy bien. ¿Y tú?

—De maravilla. Pasen.

—Creo que eres el mejor —dice Rafael, guiñando un ojo al alemán cuando entra.

Hans es un joven de poco más de veinte años. Sus falsificaciones, además de rápidas, son limpias y no despiertan sospechas en ningún puesto fronterizo, al menos que se sepa.

—Y bien, cuéntame qué es lo que necesitas.

—Necesito que le hagas un pasaporte a esta señora.

—Para esta *señora*. Vaya tono, amigo.

El joven toma una cámara de fotos y sujeta a Sarah por un brazo.

—Apóyate ahí.

Es una pared preparada para hacer fotografías tipo carné, con un fondo neutro de color azul.

—No sonrías.

—¿Qué?

—Que no sonrías. En las fotos de los pasaportes no hay que sonreír.

—De acuerdo.

Sarah se pone seria, quizá demasiado seria, mientras Rafael mira una pared cubierta de fotografías.

—¿Quién es toda esta gente?

—Todos los que han pasado por aquí.

—Tienes una amplia cartera de clientes.

—No puedo quejarme. —Conecta la cámara de fotos a una computadora y comienza el trabajo propiamente dicho—. ¿Prefieres algún país en particular, algún nombre en especial?

Sarah se turba. No ha pensado en eso.

—Sharon Stone —contesta Rafael.

—Me gusta ese nombre. Incluso me parece que conozco a alguien que se llama así.

«Vaya elemento», piensa Sarah.

—En cuanto al país, cualquiera de la zona de Schengen.

—*Okay, man.* ¿Tienes cinco mil?

Sarah vuelve junto a Rafael.

—¿De dónde conoces a este personaje? —pregunta en voz baja.

—No lo conozco. Conozco a alguien que lo conoce.

—Cualquiera diría que son amigos desde hace años.

—Pues no lo somos.

Hans trabaja en la falsificación del pasaporte, tecleando en la computadora y retocando la fotografía que acaba de descargar. Poco después se levanta y abre la puerta de un armario. Piensa unos segundos y saca varios pasaportes en blanco de diferentes nacionalidades.

—¿Vas a andar por Europa solamente?

—Buena pregunta. Puede que tengamos que ir a América —interviene Rafael, pensativo.

Sarah lo mira intrigada.

—¿América?

—Muy bien, amigo. Entonces voy a hacer uno francés y otro estadounidense. El francés para usarlo en Europa y el otro, al otro lado del charco, ¿de acuerdo?

—Perfecto.

Sarah observa mientras Hans saca del armario dos pasaportes en blanco, uno estadounidense y otro francés.

—¿Esos pasaportes son auténticos?

—¿Por qué crees que no los detectan nunca? —replica Hans, como si la pregunta fuera una estupidez.

—Venir aquí es casi como ir a la embajada, con la ventaja de que puedes elegir país e inventarte un nombre —dice Rafael—. Eso sí, es más caro.

—Calidad, amigo. La calidad se paga —puntualiza Hans.

Suena el celular de Rafael.

—¿Diga?... Todo marcha bien... No hay problema... ¿Dónde?... Aún nos queda ir a otro sitio, y luego vamos para allá.

—¿Quién era? —pregunta Sarah.

—¿Por qué crees que debo darte constantes explicaciones?

—Mi amigo, eres mi héroe —interrumpe Hans, maravillado con la respuesta de Rafael. Aprovecha para colocar los dos pasaportes en una imprenta especial. Los pone en una especie de escáner y cierra la tapa—. Diez segundos y listo, colegas.

G EOFFREY BARNES CONTINÚA HABLANDO POR TE-
léfono. Esta vez lo hace en inglés, y el tono imperativo deja entrever que no se dirige a un superior. No usa
el teléfono rojo, el del presidente de los Estados Unidos,
ni tampoco el segundo, el que utilizó para hablar con el italiano. Es el aparato a través del cual suele dar sus órdenes
y controlar sus operaciones. Veintisiete años de servicio y
un historial impecable proporcionan ciertas comodidades.
No obstante, su primera pasión es el trabajo. Sin duda, una
de las grandes ventajas de su posición es no tener que estar
en el terreno y poder mover las piezas a su antojo desde
un lugar con aire acondicionado y sin mayores riesgos.

Habla con el jefe de las operaciones. Comentan los
avances y retrocesos de la operación.

—¿Desapareció? —Barnes no quiere ni puede transmitir a sus agentes una sensación de descontrol, pero lo cierto
es que, en su interior, va ganando terreno la idea de que esa
misión es un inútil dolor de cabeza. Se entera de que la mujer
se había esfumado cuando sus agentes le seguían el rastro en
una de las plazas más concurridas de Londres, algo de lo más
sorprendente. El italiano le había ordenado que mantuviera

a sus hombres en reserva, mientras el grupo especial neutralizaba el objetivo. Con toda certeza, este fracaso tendrá consecuencias. Además, pone en cuestión la famosa infalibilidad de sus agentes.

—¿Un infiltrado? ¿Un agente doble? —«Santo cielo», piensa—. De acuerdo, sigan buscando. No pueden haberse vuelto invisibles.

Cuelga el auricular y se reclina en la silla, con las manos detrás de la cabeza. Respira hondo. «Si no aparecen estamos jodidos», se dice.

—¿Señor? —dice Staughton, que entra precipitadamente en el despacho.

—Diga, Staughton.

—Señor, ¿todavía estamos en reserva o tenemos autorización para actuar?

Barnes piensa durante un instante, aunque no mucho, para no reflejar indecisión. Aquí todo se interpreta, incluso los silencios.

—En este momento, los dos tenemos la caña. El primero que vea el pez, lo pesca.

—Entendido —responde Staughton—. Interceptamos una interesante llamada telefónica del Museo Británico a la policía local.

E L JAGUAR CIRCULA A BUENA VELOCIDAD, DE RE-
greso al Museo Británico. Sarah mira hacia adelante, pensativa, irritada.

—No esperes que te pida disculpas —dice Rafael, quizás
arrepentido por la frase que había soltado en el departamento
de Hans. Si trata de calmar los ánimos, no ha elegido la mejor
manera, porque no es eso lo que Sarah espera oír.

—Te equivocas —responde la joven mirándolo directamente, de forma tan intensa que él gira la cabeza hacia la
carretera.

—¿Me equivoco?

—No estoy esperando que me pidas disculpas.

—¿No?

—No. Lo que quiero son explicaciones.

—Ya lo sé.

—¿Lo sabes?

—Sí. Te respondí de aquella manera sólo porque el
antro de un falsificador no es el lugar indicado para trazar
planes y hacer revelaciones.

—¿Me dirás, entonces, quién te llamó?

—Tu padre.

—¿Mi padre? ¿Y qué quería? —La necesidad de saber es tan intensa que se enoja consigo misma.

—Quería saber cómo marchan las cosas.

—¿Y cómo marchan las cosas?

—Bien, dentro de lo que cabe —responde Rafael sin apartar los ojos de la carretera.

Sarah mira también la línea de asfalto, en silencio. ¿Cómo es posible que se destroce una vida en horas, o en segundos? Ayer tenía una existencia normal y hoy ni siquiera sabe adónde ir.

—Si la CIA financia a la P2, es de suponer que conocía el plan para matar al Papa. ¿O es una suposición periodística?

—Es una buena suposición.

—¿Y qué interés tendrían los de la CIA en suprimir al Papa?

—Eso exige una respuesta muy complicada.

—Ya me doy cuenta de que todo es muy complicado. Haz un esfuerzo.

Rafael la mira unos segundos; después suspira y vuelve a centrarse en el camino y la conducción del coche. Luego habla.

—Si analizas el mapa geopolítico mundial de los últimos sesenta años, no podrás encontrar un solo cambio en el que no haya participado la CIA y, en consecuencia, Estados Unidos. En todo ese tiempo no ha habido revolución, golpe de Estado o magnicidio en que no haya metido mano la CIA.

—Dame un ejemplo.

—Los que quieras. Salvador Allende en Chile. Muerto en un golpe de Estado ejecutado por Pinochet, que, a su vez, estaba totalmente financiado por la CIA. Sukarno, en Indonesia, desalojado del poder por su relación con los comunistas. Los estadounidenses ayudaron a los militares, a través de Suharto, a derrocarlo. Más de un millón de supuestos comunistas fueron asesinados en una operación de limpieza financiada por ellos. En el Zaire pusieron a Mobutu en el poder; en Irán la Operación Ajax derrocó al primer ministro Mohammed Mosadegh, elegido democráticamente, y repuso al sha en el trono; en Arabia Saudita manipularon el mapa como se les antojó.

—Y está Irak —completa Sarah.

—Sí, es demasiado obvio. La CIA confirmaba la existencia de armas de destrucción masiva. Al menos podrían haberlas colocado allí para después fingir encontrarlas. Es lo que habría hecho yo.

—Ahora están recibiendo su merecido.

—No. Ahora gente inocente está pagando los errores colosales de organizaciones que actúan por cuenta propia, sin el aval de los ciudadanos de su país. Sólo se representan a sí mismas.

—Todos somos potenciales víctimas del terrorismo.

—El terrorismo lo inventaron ellos. Ahora son y somos víctimas de las armas que crearon ellos mismos.

Sarah se revuelve inquieta en el asiento.

—Entonces el Papa fue una víctima más.

—Sí. La P2 lo necesitaba y a la CIA no le importaba. Lo mismo que ocurrió con Aldo Moro.

—Sólo ha habido una persona en el mundo a la que la CIA nunca ha logrado neutralizar, a pesar de haber hecho innumerables tentativas.

Sarah escucha con la máxima atención.

—Se llama Fidel Castro.

COMO SABEMOS, EN GENERAL GEOFFREY BARNES mueve las piezas en el terreno desde su despacho, en el tercer piso de un edificio del centro de Londres. Sin embargo, una comunicación telefónica con cierta casa de Roma, para más exactitud de la Via Veneto, le hace levantar el culo de la silla y andar bastante más que de costumbre. En realidad, tiene que subir a uno de los coches de la agencia y hacerse acompañar por otros tres vehículos para unirse a los agentes que ya se encuentran recorriendo la zona crítica.

—Estoy saliendo —le había dicho la voz—. Y quiero esto solucionado antes de llegar. Encárguese personalmente o no volverá a sentarse en esa silla. Muévase.

Muy pocas personas pueden hablarle así. Las que lo hacen tienen tanto poder que Barnes nada puede contra ellas. Se limita a afirmar con la cabeza o a balbucear un «sí, señor», para dejar claro que cumplirá cualquier orden.

—Tiene carta blanca —fueron las palabras con que se despidió la voz. Está autorizado a hacer lo que le parezca, a mover sus piezas como quiera, para conseguir dar jaque mate cuanto antes.

Por eso encontramos a Geoffrey Barnes con el arma en la funda, en el asiento de atrás del potente automóvil, mirando las luces exteriores. ¿Cómo es posible que haya un infiltrado en un nivel tan alto?

«Esto va a terminar mal», piensa. Luego trata de ahuyentar los malos espíritus. Se hará lo que se tenga que hacer. No serán una mujer ni un agente doble, por peligroso que éste sea, quienes lo hagan fracasar ante sus superiores. Esto va a terminar mal, con certeza, para el blanco, conocido como Sarah Monteiro, y también para su salvador. «Maldito seas. ¿Cómo has podido hacer algo así?», se lamenta en silencio. Toma el aparato de radio y se inclina en el asiento trasero del coche, en actitud dominante. Ya se acercan al punto de destino, y es necesario colocar correctamente las piezas, esta vez incluyéndose a sí mismo en el tablero.

—Paren los coches a una distancia prudente. No podemos delatarnos.

—*Roger that* —se oye por el aparato.

Capítulo

30

E L SUJETO ESTÁ SENTADO EN UNA CAMIONETA NEGRA, en plena avenida de las Américas, en Nueva York. Cuando suena su celular siempre responde: puede ser una llamada del hombre que llama ahora, y nunca se debe dejar esperando a ese interlocutor. De nuevo la conversación se desarrolla en italiano; sin embargo no se trata exactamente de un diálogo, ya que el individuo del abrigo negro se limita a emitir parcas interjecciones y afirmaciones, mientras escucha con suma atención el mensaje, la orden, la información y la noticia.

La capacidad de síntesis es también una cualidad intrínseca de la voz que en pocos segundos proporciona toda la información, perfectamente comprensible, sin despertar la menor duda en quien la oye. El que escucha ahora lo considera un león, alguien nacido para dominar a los hombres. Aunque le gustaría verlo en persona, sólo con pensar en él se estremece hasta la raíz del cabello. No hay muchas cosas más que logren el mismo efecto.

Cuelga el teléfono sumido en una especie de éxtasis, como si acabara de hablar con Dios. Pero enseguida vuelve al gesto serio, pues no quiere que sus colegas, en este caso el conductor de la furgoneta, lo sorprendan con esta actitud.

—¿Hay novedades? —El conductor siente un inmenso respeto por el Maestre, con el que nunca ha hablado. El respeto se convierte en temor cuando constata la increíble veneración que su superior, sentado a su lado, hombre de pocos sentimientos, demuestra por esa figura—. ¿Hay novedades? —repite.

—Las cosas han vuelto a salir mal en Londres.

—¿Tan difícil es matar a esa desgraciada? Y, encima, con la ayuda de la CIA.

—Teníamos un infiltrado.

—¿Quién? ¿Entre nosotros, en la guardia?

El hombre del abrigo no responde de inmediato. Observa el tráfico fluido de la ciudad que nunca duerme, las luces de neón intermitentes, con sus anuncios, sus invitaciones a consumir, es decir, a pagar. Todo se hace por dinero. También trabajan por dinero los que vigilan la entrada del edificio. Hasta el secuestro en Roma se pagó, lo mismo que la eliminación del padre Pablo en Buenos Aires. Nada se hace gratis, y los ideales no llenan el estómago de nadie.

—Jack —responde al fin.

—¿Jack? ¿Está seguro?

—Huyó con ella. No volvió a aparecer y mató a Sevchenko.

—¿El chofer?

El otro se limita a confirmar con un gesto.

—Hijo de la gran puta —maldice el hombre del volante.

—Jack. Quién lo habría dicho. Esto complica mucho las cosas.

—Muchísimo. Tanto que el Maestre viene para acá.

Capítulo

Capítulo

31

Q UEREMOS HABLAR CON EL PROFESOR MARGU-
lies —dice el hombre al vigilante que está en la
garita que se alza junto a los portones del Museo Británico.

—El profesor Margulies está ocupado. ¿Quién desea
verlo?

—Somos de la policía y hemos recibido una llamada...

—Ah, sí. Los llamé yo. Pasen, pasen. —Ufano, abre la
entrada al hombre de la corbata y a los cinco individuos que
lo acompañan—. Han sido rápidos. No hace ni diez minutos
que llamé. ¿Cómo es que no van de uniforme?

—No somos agentes uniformados —responde el más
gordo, mostrando su placa con un movimiento rápido, pero
suficiente para satisfacer al vigilante, que masca chicle—.
Sabemos que han estado aquí dos personas a las que bus-
camos, dos presuntos delincuentes.

—Por eso los llamé —dice el vigilante—. Es decir, en
cuanto al hombre, no sé si es delincuente; no es la primera
vez que viene. Pero la mujer sí. La reconocí nada más verla,
por el adelanto de las noticias del noticiero local. Es la portuguesa que mató al tipo ese.

—Cuando llamó usted, dijo que vinieron a buscar a un tal profesor Margulies, ¿no?

—Así es. Uno de los principales conservadores del museo.

—¿Sabe para qué lo buscaban? —Siempre es el más gordo el que pregunta.

—No tengo ni idea.

—Bien. ¿Puede llevarnos hasta su despacho?

—Claro. Síganme.

Avanzan los seis en fila india, el guardia de seguridad delante, el gordo tras él y luego los demás. Recorren el camino hasta el lugar donde se encuentra Joseph Margulies, inmerso en sus labores criptográficas. La sonrisa del vigilante, celoso de su deber, expresa la satisfacción que siente. Fue una buena acción la de llamar a las autoridades, al número que aparecía al pie de la pantalla del televisor.

«La Policía Metropolitana pide a todos los que vean a la persona de la foto que llamen al 0202...» Se buscaba a una joven periodista como testigo de un tiroteo. La chica tenía un rostro tan angelical que se le había grabado su cara. No podía imaginar que la vería poco después. Se quedó literalmente pasmado. Sin embargo, no se apresuró; al principio, hasta temió por la seguridad del profesor Margulies, así que optó por vigilarlos con prudencia. Un rato después los vio salir. Maldición. Oportunidad perdida. A continuación fue a ver al director, para averiguar qué se proponían. El profesor estaba ceñudo, en medio de los libros, entregado a sus razonamientos.

—¿Todo bien, profesor Margulies?

—Perfecto, Dobins.

—¿Necesita algo?

—No. Puede regresar a su puesto. Sólo estoy viendo unas cosas, para un amigo —responde Margulies, sin apartar los ojos de los libros y el papel—. Volverán dentro de un rato, así que déjelos pasar de nuevo.

Música para sus oídos. La sospechosa iba a regresar. Era su oportunidad. Iba a tener sus quince minutos de gloria. Ya se veía entrevistado por todas las cadenas de televisión. Quizá sus superiores lo premiaran con un ascenso y todo.

Así se hizo la llamada a la Policía Metropolitana interceptada por quienes buscan a Sarah.

El guardia celoso de su deber se detiene frente a la puerta de la sala donde se encuentra Joseph Margulies.

—Es aquí.

Sin esperar más, el gordo apunta al vigilante con una pistola con silenciador y dispara dos veces.

—Llévenselo —ordena. Después abre la puerta y entra en la sala—. ¿Profesor Margulies? Me llamo Geoffrey Barnes.

TODO ESTÁ TRANQUILO EN LAS INMEDIACIONES DEL Museo Británico; Rafael estaciona en el mismo lugar que la primera vez. Vuelven a recorrer el trayecto que los lleva por Great Russell Street hasta los portones. En la garita de seguridad no hay nadie. Toca un timbre. Aguardan.

Sarah está sumida en sus pensamientos. A Rafael no le cuesta adivinar lo que la obsesiona: todavía está asimilando la conversación que han mantenido.

Por fin aparece un vigilante, que viene corriendo desde el edificio, un hombre calvo.

—¿Qué pasa?

—El profesor Margulies nos espera —afirma Rafael.

El hombre los mira durante unos segundos con expresión gélida.

—Entren ustedes, por favor.

A Sarah no le gusta el comportamiento del individuo, que acaba de echar por tierra su teoría de que todos los calvos son buenas personas. Un mito más que se cae, en una noche en la que todo lo que daba por seguro ha pasado a mejor vida. Todo por culpa de ese tal Firenzi, al que, por cierto, sigue sin saber de dónde conoce.

Rafael avanza con paso vigoroso hacia la sala donde Margulies todavía debe de estar trabajando.

—¿El profesor habrá descifrado el mensaje? —pregunta Sarah, en voz baja para no perturbar el solemne silencio reinante.

—No.

—Si lo hubiera descifrado nos habría llamado.

—¿Tan complicado será?

—No lo sé.

—Parecían garabatos escritos a las apuradas, como los que hacemos los periodistas en las ruedas de prensa. El que lo escribió tenía prisa.

En ese momento abren la puerta de la sala en la que dejaron a Margulies sin imaginar que se enfrentarían a la escena que los aguarda. Tres hombres sentados, vestidos de negro, igual que Rafael, los aguardan. El profesor Margulies está entre ellos, con la cara cubierta de hematomas y sangre.

—Jack —dice el gordo.

—Barnes —dice Rafael, con calma.

«¿Jack?», piensa Sarah, confundida ante el nuevo nombre, pero deja de pensar en ello al instante al ver que Rafael recibe un golpe en la nuca, asestado por uno de los dos hombres trajeados que surgen detrás de ellos, salidos de la nada.

Rafael cae, pero no pierde el conocimiento. Se lleva una mano a la zona donde fue golpeado, en un acto instintivo, automático.

—Y la muchacha sólo puede ser la famosa Sarah Monteiro —afirma Geoffrey Barnes, cómodamente sentado.

Sarah se sobresalta al ver que es el centro de atención, y de una persona muy poco amistosa.

«¿Geoffrey Barnes?» El miedo se apodera de ella. Recuerda las palabras de Rafael: «Créeme que tarde o temprano nos van a encontrar; todo depende de las cartas que tengamos para jugar en ese momento». El miedo es paralizante, impide razonar. Tal vez por eso le parece a Sarah que no dispone de ninguna carta para jugar con esos hombres.

174

—¿No es Sharon Stone? —pregunta el profesor Margulies, que jadea de dolor.

Geoffrey Barnes suelta una fuerte carcajada, que a Sarah le parece terrorífica, propia de los peores villanos.

—¿Sharon Stone? Puedo asegurarle que no es Sharon Stone. Deme los papeles —ordena acto seguido.

«¿Los papeles?» Sarah mira a Rafael, que se levanta con dificultad. Uno de los hombres, el que lo ha golpeado, aprovecha la ocasión para sujetarlo por el cuello del abrigo, mientras otro lo registra. Le quitan dos armas provistas de silenciador y le dan un nuevo golpe en la cabeza, que lo devuelve al suelo.

Geoffrey Barnes vuelve a mirar a Sarah.

—¿Y los papeles?

Ella vislumbra una luz al fondo del túnel. Sí tiene una carta. Pronto se verá si sirve de algo.

—Están en un lugar seguro. —La voz no le sale tan firme como quisiera; un leve temblor anuncia la fragilidad de la carta que tiene en las manos.

—No me haga reír. Y sobre todo, no me haga perder tiempo.

—¿Cree que yo vendría aquí con esa lista por delante para entregársela al primero que me la pida? ¿Por quién me toma?

—Usted no sabía que nosotros estaríamos aquí. No me haga perder la paciencia.

—No me la haga perder usted.

«Te estás cavando tu propia tumba, pero ahora no puedes volver atrás», se dice, angustiada, pero firme en su decisión de resistir. Y sigue discutiendo.

—¿Cómo se atreve a subestimarme de ese modo? Yo sabía... —comienzan a faltarle las palabras—, yo sabía que tarde o temprano iban a encontrarnos. No era más que cuestión de tiempo.

Rafael la mira, fuera de juego por el momento. Barnes tiene una expresión pensativa. No desvía ni un instante los ojos de Sarah. Ella, por su parte, preferiría responder de igual manera, sin traslucir el miedo que la devora por dentro, miedo a él, miedo a todos, a todo.

Barnes mueve la cabeza en dirección a uno de los hombres que están detrás de Sarah y Rafael vigilando para evitar una posible fuga.

—Regístrela.

«Se acabó», piensa Rafael, medio apoyado en la pata de una de las varias mesas que hay en la sala.

Uno de los sujetos, el que había golpeado a Rafael, se acerca a Sarah, que se yergue y abre los brazos, preparada para el cacheo. El hombre usa las manos a su antojo, palpando el cuerpo de la joven con total libertad. Sólo falta que meta las manos entre la ropa interior. No tarda en hacerlo.

—Nada —informa el agente, al tiempo que se aparta con actitud profesional.

Rafael mira a Sarah, intrigado. «¿Nada?», se pregunta a sí mismo.

Barnes se para a reflexionar sobre el próximo paso que ha de dar.

La joven continúa nerviosa; han llegado a la encrucijada decisiva, al punto sin retorno.

Barnes decide optar por un camino diferente, dar una especie de rodeo que le permita alcanzar el mismo objetivo. Hay que dar un respiro a la mujer, que se relaje unos momentos.

—Vamos a olvidarnos de los papeles por ahora.

Sarah intenta serenarse. Lleva toda la noche al borde del derrumbamiento, y ahora es el peor momento para rendirse. Hay que aguantar.

—Aquí el amigo Margulies estaba dedicado a una tarea que le pidieron ustedes. Sabemos que él no tiene los papeles, pero estos libros de criptografía ofrecen ciertos indicios. ¿Sabe para qué sirven los libros de criptografía? —La pregunta es para Sarah.

—¿Para estudiar criptas? —Geoffrey Barnes se enciende de ira al oír la respuesta desafiante de Sarah. Por primera vez, se levanta y con dos pasos rápidos llega junto a la chica. Ésta recibe un fuerte golpe en la cara. El dolor es inmediato, y poco después la lengua identifica el sabor de la sangre. Un hilo rojo le corre por una de las comisuras de la boca.

«Imbécil.» Al instante se le humedecen los ojos, pero no suelta ni una lágrima. No quiere dar muestras de debilidad.

—A una cripta irás tú, y sin demora —afirma Barnes, mirándola con la misma frialdad de antes. Después regresa a su silla y se acomoda de nuevo—. Ahora que hemos aclarado este punto, déjame explicarte lo que creo que ha sucedido. Tú recibiste algo más que los papeles. Un mensaje cifrado que, según creo, tu limitada cabecita no logra resolver. Por eso acudieron al profesor Margulies. ¿Estoy en lo cierto?

—Si estás en lo cierto, él debe de tener el mensaje —dice Rafael, tratando de llamar la atención.

—Correcto —aprueba Barnes—. Pero, por desgracia, tu fiel amigo se lo tragó antes de que pudiéramos leerlo. Y, como pueden ver por su estado, tratamos de que nos dijera lo que había descubierto. Al parecer, no se ha hecho ningún progreso.

Grande, Margulies. Lo hizo. Se tragó el mensaje cifrado. Qué admirable.

—Por lo tanto, ya no nos sirve para nada —concluye Barnes. Dirige un gesto al hombre que está detrás de Rafael. El sujeto se acerca a Margulies, lo arrastra hacia el centro de la habitación y le ordena arrodillarse. El profesor tiene las manos atadas a la espalda.

Sarah no quiere ni pensar lo que está a punto de ocurrir y gira la cabeza para no mirar. Nunca ha visto morir a nadie, ni siquiera de muerte natural. Al sentir la presencia de Margulies a dos o tres pasos, arrodillado ante un destino inevitable, no consigue contener las lágrimas. Siente un dolor insoportable.

—Así que ahora Sarah no quiere ver el espectáculo que le preparamos —exclama Barnes, disgustado—. Eso no puede ser.

El hombre que la registró vuelve a acercarse. Una mano fuerte la sujeta por la nuca y la obliga a presenciar la escena.

—No —protesta ella.

—Sí —le contesta al oído el hombre que le sujeta la cabeza—. Disfruta de la bella experiencia de ver cómo un cuerpo abandona la vida. Es el espectáculo más hermoso.
—Una risita sarcástica le perfora el oído, haciéndole sentir náuseas.

El profesor, de rodillas, murmura una letanía para sí mismo. Es la despedida, la entrega de su espíritu al Creador, para que éste lo reciba en las mejores condiciones. La forma de afrontar el último suspiro hace a los humanos más o menos dignos. Y Margulies lo hace con entereza.

Rafael lo mira muy serio. No demuestra ningún sentimiento por el profesor. Parece asistir impasible, sin sentimientos, al drama que se desarrolla ante él.

La cabeza de Margulies se inclina hacia adelante, ofreciéndose a su verdugo para que apriete el gatillo. El silenciador se apoya contra la nuca. Margulies mira a Rafael por última vez.

—Cuenta las letras —susurra el criptógrafo.

Sarah no oye lo que el profesor le dice a Rafael. Está a punto de hundirse en el abismo. Podrán obligarla a estar de cara a Margulies, pero no pueden forzarla a mantener los ojos abiertos. Ciérralos deprisa, Sarah. Cierra los ojos. Defiéndete de la violencia, no dejes que te torturen.

Un sonido sordo marca el desenlace. El cuerpo cae al suelo, inerte, en medio de un charco de sangre que Sarah no ve, pero imagina. Las lágrimas le resbalan por la cara, descontroladas. Al fin abre los ojos y se enfrenta a la dura realidad. Margulies está tumbado, boca abajo, con la cara vuelta hacia Rafael y un agujero rojo en la parte superior de la nuca.

«Hijos de puta», piensa Sarah, consciente, por primera vez, de que, haga lo que haga, no saldrá viva de allí.

—Ahora volvamos al paradero de los papeles —dice Barnes—. Estoy seguro de que estás más dispuesta a revelarlo que hace un momento.

El agente acaba de asesinar al profesor Joseph Margulies. Tiene todavía el arma en la mano. Está listo para matar al siguiente, al hombre que conoce como Jack y que ha resultado ser un agente doble, un agente que ha cometido la más alta traición, castigada siempre con la muerte. Una vez muerto Jack, la mujer dirá dónde están los papeles, y después...

Y después nada. Una tremenda patada le rompe la rodilla y lo hace caer gritando. Antes de darse cuenta de lo que le ha ocurrido, yace muerto por un disparo de su propia arma, que Rafael le ha arrebatado en un abrir y cerrar de ojos.

Rafael dispara ahora a la cabeza del hombre situado a la derecha de Barnes. El agente de su izquierda y el propio Barnes reaccionan parapetándose tras lo primero que encuentran. Entretanto, el agente que sujetaba la cabeza de Sarah intenta utilizar como protección el cuerpo de la joven, pero ella le propinó un poderoso codazo en el pecho, que lo hizo doblarse. Al segundo el agente es neutralizado por Rafael de un tiro certero.

—¡Vete! ¡Deprisa! —grita Rafael a Sarah—. ¡Huye! ¡No pueden dispararte!

Sarah corre hacia la puerta. Barnes y el otro apuntan a Rafael, pero éste se protege con el cuerpo de uno de los agentes caídos. Hace fuego para cubrirse y se lanza fuera del despacho.

Barnes grita:

—¡A la mujer hay que capturarla viva!

—Hijo de puta —exclama.

33

RAFAEL VUELA POR EL PASILLO, SIN SABER DÓNDE se está metiendo, abriendo puertas al azar. Su prioridad es encontrar a Sarah. El encuentro se produce antes de lo previsto, en un recodo del pasillo.

—Te dije que huyeras. Si hubieran sido ellos, ahora te encontrarías en una situación muy jodida.

Corren sin saber hacia dónde. La luz es escasa, pero los ojos ya se han habituado y pueden ver lo suficiente. El interior del Museo Británico es un inmenso laberinto que los protege.

—¿Dónde escondiste los papeles? —pregunta Rafael, ansioso. El pasillo se acaba. Una puerta da acceso a unas escaleras. La abre, escudriña y bajan hasta el piso inferior.

En cuanto alcanzan el rellano inferior, Rafael abre una puerta y se asoma con cautela.

—Adelante. Ahora camina pegada a mí. No te separes por nada del mundo.

Apenas se ven los carteles que señalan la salida de emergencia.

Llegan a un enorme salón, la King's Library.

Se detienen junto a una puerta enorme, que da al gran atrio cubierto del museo. Es una construcción anexa, reciente, muy amplia, con un edificio redondo en el centro, que alberga la Reading Room, varias tiendas en el piso inferior y un restaurante en el de arriba. En el lado opuesto a la salida del museo, en cada rincón, hay numerosas mesas y sillas, fijas al suelo, pertenecientes a los bares que ofrecen comidas rápidas a los miles de visitantes diarios. Por supuesto, en este momento están cerrados.

Se pegan a la pared del gran atrio y avanzan con rapidez, en dirección a la salida. El tramo que les falta es como un campo desnudo, aunque una cúpula de vidrio lo proteja de la intemperie.

La luz de la luna, ahora perceptible, matiza la zona de un blanco grisáceo.

Un fogonazo rasga las sombras y Rafael es impulsado por una fuerza desconocida contra la pared: le dieron. Sin pensarlo dos veces, Sarah trata de levantarlo. Él gime, pero la herida no parece revestir excesiva gravedad.

Al fondo, en la zona de los bares, surgen dos sombras que se aproximan.

—Toma la pistola.

—¿Estás loco?

—Dispara dos o tres tiros al azar, deprisa —insiste Rafael.

Sarah mira hacia atrás. Las sombras ganan terreno. Decidida al fin, toma el arma que le ofrece Rafael y dispara tres veces, sin volver la cabeza para apuntar.

Ambos se protegen tras el mostrador de la recepción del museo. Rafael se quita el abrigo y se rasga la ropa en el punto donde le rozó la bala, casi junto al hombro.

—He tenido suerte.

—¿Sí? ¿Entonces es un rasguño sin importancia? Creí que ibas a morir en mis brazos.

—Todavía puede ocurrir.

—Jack —grita una voz en algún lugar del atrio. Es Barnes.

Rafael se levanta y atrae a Sarah hacia sí, con violencia.

—¿Qué vas a hacer? —pregunta la chica en voz baja. Siente como si tuviera el corazón en la garganta.

—No puedes matarla ni permitir que muera, porque no sabes en qué manos dejó los papeles. Como ella es el único eslabón que te lleva a ellos, ¿qué crees que puede suceder si muere ahora? —Alza el arma y apunta a una de las sienes de Sarah.

—¿Qué vas a hacer? —Sarah siente que está a punto de desfallecer.

Las cartas se están volviendo contra Barnes.

—Vamos, Jack, ¿eres capaz de atentar contra la vida de un inocente?

—Barnes, me conoces muy bien. Estoy hecho de la misma mierda que tú.

—¿Qué quieres? —pregunta, adivinando la respuesta.

—Presta atención. Voy a salir de aquí con ella, y tú vas a decir a tus hombres que guarden las armas y no se muevan mientras pasamos. A los que están contigo y a los que están apostados ahí afuera.

—Vamos a ser razonables, Jack.

—¿Más razonables todavía? —replica Rafael con tono sarcástico.

A Barnes no le queda más remedio que aceptar.

—Aborten la operación. Bajen las armas. Déjenlos pasar —dice volviendo la cara hacia el minúsculo micrófono que lleva en la solapa del saco.

Rafael arrastra a Sarah más allá de la protección del mostrador, retrocediendo en dirección a la salida.

El aire frío de la noche los envuelve. Bajan las escaleras y recorren el espacio que los separa de los portones adornados con el blasón de la reina Isabel II. El arma permanece pegada a la sien de Sarah. De allí al coche casi no hay nada.

Poco después arrancan en dirección a Bloomsbury Street.

C UÁL ERA TU IDEA? —PREGUNTA SARAH A GRITOS, mientras el coche dobla a gran velocidad hacia Bloomsbury Street.

—Salvarnos —responde Rafael sin mirarla.

—¿Salvarnos?

—Deja de hacer preguntas. Nos siguen y no va a ser fácil despistarlos. Aunque no creo que intenten nada ahora.

Giran a la derecha en New Oxford Street. Una mueca en la cara de Rafael permite adivinar el dolor que le produce la herida. En el cruce con Tottenham Court Road los semáforos se ponen en rojo y el Jaguar se detiene.

—Cambiemos de lugar —pide Rafael.

—¿Qué?

—Conduce tú. Yo no estoy en condiciones.

Sarah prosigue por Oxford Street, la mayor vía comercial de Londres. Se inclina para abrir la guantera y saca de allí la lista, que arroja en el regazo de Rafael.

—Ahí tienes. La había dejado aquí y la olvidé cuando bajamos del coche.

—Tu olvido fue nuestra salvación... por esta vez.

Prosiguen la marcha durante varios minutos, sin hablar.

—No sé adónde voy —dice al fin Sarah.

—No importa. Sigue adelante. Da igual que pases varias veces por el mismo sitio.

—¿De verdad pensabas disparar? Si las cosas hubieran salido mal, ¿habrías sido capaz de matarme?

—Sí —responde Rafael sin pensarlo dos veces—. Y a continuación me habría matado yo. Créeme que te habría hecho un favor si las cosas hubieran salido mal. Es mejor estar muerta que en sus manos. No llevar encima la lista, la hayas olvidado o no, ha sido lo mejor que podía ocurrir. Fue maravilloso.

—Eso quiere decir que, si volvemos a encontrarnos en la misma situación, pero ya sin cartas en la mano, tú no dudarás en apretar el gatillo, primero contra mí y después contra ti.

—Exacto —afirma Rafael, sin dejar traslucir emoción alguna.

—¿Mi padre te dio esa orden?

Rafael mira a la joven, que le devuelve la mirada, apartando por un momento los ojos de la calle.

—No. Pero estoy seguro de que, si se diera el caso, lo aprobaría.

—Claro. —Sarah vuelve a mirar hacia adelante—. Claro, Jack. —Pronuncia con deliberado énfasis el nombre, como si fuera la clave de todas las mentiras, las dudas y las frustraciones que la atormentan—. ¿Tu verdadero nombre es Rafael?

—Quién sabe.

—¿Jack?

—No.

—¿Entonces?

—Es mejor que no lo sepas. Mira, Rafael es el nombre de tu salvador, que no se ha desenvuelto mal hasta ahora. Con altibajos, sí, pero con cierto éxito. Jack es el alias de John Payne, miembro de la P2 que hoy ha sido desenmascarado como agente doble. Por eso, técnicamente John Payne ha muerto.

—Ese Geoffrey Barnes, ¿quién es?

—Un director de la CIA. Un inmoral y un corrupto. Realicé algunas misiones a sus órdenes, y te aseguro que si ha salido de su despacho y ha venido por nosotros en persona es porque estamos dándoles un trabajo de mil demonios.

—Muy bien, Jack Payne o arcángel Rafael, insisto: ¿cuál es tu verdadero nombre?

Rafael se ríe por primera vez desde que se conocen.

—Buen intento.

—Por probar no se pierde nada. —Sarah aparta unos momentos los ojos del camino—. Rafael Jack Payne, ¿qué hacemos ahora?

Él la mira con atención antes de responder.

—¿Ahora? Vamos a desaparecer.

Al César lo que es del César
Septiembre de 1978

E
L SANTO PADRE HABÍA FRUNCIDO EL CEÑO CUANDO,
al revisar la agenda y comprobar las audiencias y los
contactos que debía mantener aquella mañana, se había topado
con una comisión del Departamento de Justicia de la ciudad
de Nueva York. En días posteriores se había añadido una nota
en la que se anunciaba que dicha comisión vendría acompañada por miembros del FBI y del Banco Nacional de Italia.

La solicitud se había cursado meses antes, cuando aún
vivía Pablo VI. Seguramente la enfermedad del Papa impidió
que se celebrara esa reunión tan extraña. En las anotaciones
de agosto, además de suspender indefinidamente el encuentro, se había especificado que los miembros de dicha
comisión serían recibidos en audiencia pública, entre un
grupo de religiosas belgas de Lieja y un grupo de niños huér-
fanos procedente de Génova.

La última nota no suspendía el encuentro, pero lo in-
crustaba entre una representación de piadosas viudas del Pia-
monte y un colegio religioso español.

El papa Juan Pablo I entró en uno de los despachos
auxiliares y observó detenidamente a los dos sacerdotes que
ejercían de secretarios particulares.

—Estos señores se encontrarán incómodos en la audiencia. Llámenlos y díganles que vengan a mi despacho ahora, cuanto antes... ¡Ah! Es una visita de cortesía. No es necesario que informen al cardenal Villot. Gracias.

Pocos minutos después, don Albino Luciani se estaba preparando un café cuando uno de los jóvenes secretarios entró para avisarle. Había seis hombres esperando en la sala inmediata. El Papa se sintió un tanto intimidado ante la imponente presencia de aquellos caballeros. Sin embargo, todos ellos inclinaron humildemente la cabeza cuando estrecharon las manos del Pontífice. Horas más tarde no podía recordar exactamente los nombres de todos ellos: los dos italianos eran inspectores y auditores del Banco de Italia, y los cuatro americanos pertenecían al FBI y al Departamento de Justicia, pero todos aseguraron que trabajaban para oficinas y secciones relacionadas con los delitos financieros.

—Señor —dijo uno de los americanos, seguramente poco acostumbrado a los protocolos vaticanos—, le agradecemos enormemente que nos haya permitido...

—¡Oh...! —interrumpió Juan Pablo I con una sonrisa y en un aceptable inglés—. ¡Se están perdiendo las buenas costumbres en la Casa del Señor! ¿Desean un café? Me temo que yo, al menos, lo necesitaré...

Se sentaron en torno a una mesita baja que ocupaba un lateral del despacho, con cómodos asientos y un sencillo crucifijo de plata en el centro. Juan Pablo I parecía dispuesto a escuchar a aquellos hombres, un tanto azorados ante la presencia de un clérigo al que seguían miles de millones de fieles en todo el mundo. Uno de los agentes del FBI, temiendo que la reunión se diluyera en el café que estaban tomando, rompió todas las barreras:

—Señor, le traemos un informe conjunto sobre indicios delictivos en las actividades de las instituciones financieras ligadas a la Santa Sede.

Albino Luciani observó al agente con gesto profundamente serio.

—Dígame qué dice ese informe. El Señor, como usted dice, los está escuchando.

—Las finanzas del Vaticano —dijo el agente, sin percatarse de la broma del Pontífice— están ligadas al IOR y éste al Banco Ambrosiano de Roberto Calvi, y éste, a su vez, a los negocios de Michele Sindona y su Banca Privada. Sabemos que Sindona es el enlace entre Roberto Calvi y el obispo Marcinkus. Le recuerdo que a Sindona se lo llama «el banquero de la mafia» y se ha emitido una orden de busca y captura contra él en Estados Unidos por fraude fiscal, por delitos financieros y por crímenes en organizaciones mafiosas. Y, si me permite, le recuerdo también que Roberto Calvi pertenece a la logia masónica P2, dirigida por el fascista Gelli e instigadora de la Operación Gladio. Seguramente no habrá olvidado las bombas de la Piazza Fontana de 1969.

—¿Me está diciendo que con el dinero del Vaticano se ponen bombas en Roma?

—No. Le estoy diciendo que se ponen bombas en Roma y en muchos otros lugares del mundo. Desde Polonia a Nicaragua.

Don Albino Luciani no movió ni un músculo del rostro, aunque tal vez el fuego que ardía en su garganta podría haber bastado para incendiar el Palacio Apostólico.

El agente del FBI, con los continuos asentimientos de los comisionados del Departamento de Justicia, no estaba dispuesto a detenerse:

—Roberto Calvi y Paul Marcinkus fundaron en 1971 el Cisalpine Overseas Bank, en Nassau, en las Bahamas. Le diré para qué sirve ese banco: para blanquear el dinero procedente del tráfico de drogas, para blanquear el dinero procedente del tráfico de armas, para encubrir especulaciones inmobiliarias fraudulentas, para blanquear dinero procedente de la prostitución, la pornografía y otras actividades semejantes. Desde allí, por medio de una red de sociedades interpuestas que aparecen claramente en el informe, se desvían fondos a distintos lugares. Por ejemplo, a las organizaciones obreras de Polonia, a gobiernos dictatoriales como el de Somoza o a organizaciones revolucionarias o terroristas.

—¿No le resulta extraño que financiemos a fascistas y a revolucionarios a un tiempo? —preguntó el papa Luciani.

—No financian políticas: financian delitos. En Italia están sobornando y chantajeando a políticos de todos los colores. Si lee el *Corriere della Sera* con atención, podrá verlo claramente. Al fin y al cabo, es el periódico oficial de los Gelli, los Sindona, los Calvi y los Marcinkus.

—Santo Padre —dijo uno de los auditores del Banco de Italia—, el Banco Ambrosiano tiene un déficit de 1.400 millones de dólares. Y, como sabe, la Banca Vaticana tiene un veinte por ciento de las acciones del Banco Ambrosiano. Debe tomar medidas, porque el Banco de Italia no puede arriesgar...

—Señor —interrumpió un comisionado del Departamento de Justicia estadounidense—, la Administración norteamericana va a actuar de todos modos. Hemos venido para comunicarle que será difícil que este escándalo no salpique a la Santa Sede. Cumplo órdenes superiores al entregarle este informe. Puede que tardemos uno o dos años en sacarlo a la luz, pero lo sacaremos. Durante ese tiempo, señor, podrá maniobrar para intentar que la Santa Sede permanezca alejada de esta red mafiosa.

—Sí, hijo mío. Pero no sé si dispongo de tanto tiempo.

—¡Santidad —exclamó uno de los auditores italianos—, apártese de Marcinkus, de De Bonis, de Calvi...!

Albino Luciani se levantó del sillón con el rostro visiblemente abatido. Desde hacía muchos años, cuando presidía la Banca Católica del Véneto, sabía que Marcinkus y los suyos no estaban dirigiendo las finanzas de la Iglesia conforme a los dictados de Dios, sino según las artimañas de Wall Street.

El Papa abrió la puerta del despacho y salió sin despedirse.

Frente a un espejo, en una de las estancias privadas, apoyado sobre una mesa de mármol repleta de cajitas de ébano, pequeñas custodias de plata, bolas de cristal y marcos de fotografías, don Albino Luciani apretó los dientes con furia. En aquella soledad, barrió la mesa con su antebrazo y todos los objetos salieron despedidos por el aire, rompiéndose en mil añicos y desperdigándose por la sala.

—¡Yo los maldigo! ¡Han convertido la Casa del Padre en una cueva de ladrones!

C ÓMO PUEDE DERRUMBARSE DE ESA MANERA UN PLAN que estaba saliendo tan bien hasta hacía muy poco?

—Todavía estamos a tiempo de dirigirnos a Londres, señor —avisa el asistente al oído del viejo, cómodamente sentado en la butaca de su avión privado—. Considérelo como un pequeño desvío.

—Ni pensarlo —niega con vehemencia—. Respetaremos el plan hasta el final.

—¿No corremos el riesgo de que ellos alteren el plan de manera irremediable?

—Ten fe, querido amigo. Al final las cosas van a resolverse.

—Acostumbramos dejar la fe a los creyentes —argumenta el asistente, convencido de que ese cambio de destino puede marcar la diferencia entre el éxito y el fracaso—. Es importante que recuperemos los documentos.

—Los documentos son la razón de todo esto. Este viaje lo hacemos por ellos; no es necesario que me lo recuerdes. Además, nuestra presencia en Londres no sirve de nada. Las cosas marchan bien.

—¿Cómo? Ellos siguen libres y haciéndonos perder tiempo.

—Pero están a nuestro alcance.

El asistente no había caído en la cuenta: el Maestre tiene un plan que todavía no le ha contado.

—¿Quiere compartir conmigo sus intenciones? —pregunta, para demostrar que lo comprende.

—Ya lo verás. Tienes acceso a más información que la mayoría de los hombres; en breve reunirás las piezas y lo entenderás todo.

—Como usted quiera —responde el asistente, que regresa a su lugar, no sin cierta irritación. Al viejo le encanta guardar secretos, mantener la información en su poder hasta que se torne inútil; y cuando alcanza la inutilidad es porque ya ha cumplido su objetivo. La información privilegiada es útil, pero odia que la use con él. Si no lo conociera bien, podría pensar que no se fía, pero sabe que no se trata de eso. La explicación es bien simple: quiere enviar un mensaje a sus propios fantasmas: «Aquí sigo, soy el mismo, aún mando y decido el destino de todos».

El viejo levanta el auricular vía satélite que hay en el brazo izquierdo de su butaca y marca una secuencia de números. Al cabo de unos instantes, alguien responde.

—*Ciao*, Francesco —saluda con una sonrisa fría—. Me he enterado de que hace poco has perdido a un colega tuyo. —Da tiempo a que la frase surta efecto en el interlocutor—. Considérala una noticia de primera mano. El cuerpo aparecerá a su debido tiempo. —Vuelve a dejar que Francesco digiera lo que le dice—. Pero no te llamo por eso. Podría llegar a necesitar tus servicios... ¿Cuándo? Ayer... Quiero que te embarques en el próximo avión... En el aeropuerto te darán toda la información necesaria y después esperarás a que te llame. —Corta sin decir más—. En breve ambos estarán en mi presencia —murmura para sí, con los ojos fijos en la ventanilla—. Y veremos quién es el más listo.

En ese momento de meditación en voz alta, el asistente vuelve a acercarse a él. Al menos en apariencia, su irritación ha pasado.

—Han llamado de Londres —anuncia en voz baja—. Ha sucedido lo peor.

G EOFFREY BARNES NO HA PEGADO UN OJO EN TODA la noche. Pese a que, en este caso, el que manda es un italiano, o al menos ése es el idioma en que habla, Geoffrey Barnes está más preocupado que si el que impartiera las órdenes fuera el propio presidente de los Estados Unidos de América, a quien se maneja mejor que a este tipo de la P2.

Ha hablado con él dos veces, a pesar de que el italiano se hallaba en pleno vuelo. En la primera ocasión, Barnes le explica las razones que lo llevaron a tomar las decisiones que tomó. El hombre no reacciona ni bien ni mal; no deja entrever ningún tipo de sentimiento. Apenas se limita a decir:

—Lo fundamental es recuperar esos papeles. Por lo visto, hemos subestimado a nuestros adversarios, pero no volverá a suceder. Utilice todos los medios necesarios. En cuanto tenga los papeles en su poder, elimine a todos los testigos. ¿Comprendido?

—Por supuesto, señor —afirma Barnes.

La segunda llamada fue para recordarle que no debía perderlos de vista en ningún momento, pasara lo que pasara. Debía cumplir las órdenes al precio que fuera.

—De producirse daños colaterales, echen la culpa a cualquier grupo árabe. Al día siguiente, se hacen unos desfiles, se rinde homenaje a las víctimas, se condena el terrorismo y el problema queda solucionado —dijo el italiano, sin el menor rastro de ironía.

—Así se hará —asiente el agente de la CIA. Barnes sabe que en el curso de las operaciones se puede perder una bala o varias. Una bomba puede estallar en el momento equivocado o los blancos pueden ir acompañados. Así son las cosas.

—Otra cosa: espere mis instrucciones. No haga nada sin que yo lo autorice.

Y el italiano corta la llamada en la forma brusca a la que Barnes ya se ha acostumbrado. Son las cinco de la mañana.

Sarah y Jack dan vueltas por Londres, obligando a los agentes que los siguen a realizar una visita turística por el centro histórico de la ciudad. Han pasado varias veces junto al palacio de Buckingham, para seguir por el Mall hasta Trafalgar. Vuelven a enfilar Charing Cross Road u otra calle cualquiera. Y luego vuelta a empezar. Todo despacio, como requiere un buen paseo turístico. Los informes que Barnes recibe cada diez minutos del metódico Staughton así lo señalan.

—Es extraño que ni siquiera intenten huir —piensa Barnes en voz alta, solo en el despacho—. No se han detenido a cagar gasolina. En algún momento tendrán que hacerlo —continúa el soliloquio, mientras espera nuevas informaciones—. Necesito comer algo decente.

Jack Payne era una leyenda en la logia P2, tanto que la CIA lo reclutaba para sus trabajos más delicados. Su nombre era sinónimo de competencia, de trabajo bien hecho. La P2 es una organización egoísta. No duda en exigir que algunos efectivos de la CIA sirvan a sus propósitos —una forma inteligente de aprovechar la tecnología estadounidense y encima cobrar una cantidad mensual—, pero ni veía ni ve con buenos ojos el préstamo de sus miembros a la agencia del Tío Sam, en especial si se trata de los mejores, como el célebre Jack. Pero a veces, cuando la organización masónica considera que puede ganar algo con ello, autoriza sin problemas el uso de algunos de sus miembros, como sucedió con Jack en tres o cuatro misiones, que desempeñó a las órdenes de Barnes. Jack Payne era el tipo de hombre que a un director le gusta tener en sus filas. Barnes incluso había llegado a proponerle el ingreso en la CIA.

«Qué enorme estupidez. Va a significar mi fin en la agencia», reflexiona Barnes, apoyado contra el respaldo de su silla, agotado por lo ocurrido durante la larga noche. Piensa que se queda sin ese despacho, conquistado con mucho sudor, trabajo y entrega. *No pain, no gain*, acostumbran decir los estadounidenses, con mucha razón. Su posición en la agencia es el resultado de mucho esfuerzo, mucho dolor, muchas horas sin dormir y sin ingerir una comida decente, como hoy. Si hay algo que le recuerda esta noche, son los tiempos inciertos de la guerra fría, cuando el mundo estaba loco.

«Debías de estar loco cuando decidiste meterte conmigo, Jack», murmura el hombrón con resentimiento.

De repente se abre la puerta y aparece un Staughton jadeante, que pone súbito fin a los pensamientos de Geoffrey Barnes.

—Señor...

—Staughton...

—Han desaparecido.

A HORA VAMOS A DESAPARECER», FUE LO QUE RA-
fael le dijo a Sarah, todavía dentro del coche.

Prolongan un rato más el paseo turístico por la capital
británica, mientras la ciudad empieza a despertarse lentamente. Están casi sin gasolina. Rafael pide a Sarah que gire
a la izquierda en el cruce de la estación de King's Cross y re-
duzca la velocidad. Entonces el doble agente pasa al asiento
de atrás, bajo la mirada escrutadora de Sarah.

Jack baja el asiento posterior para tener acceso al baúl
y saca de éste una caja verde de madera. Vuelve a colocar el
asiento en la posición correcta, se incorpora y baja todas las
ventanillas. A continuación abre la caja de madera, saca las
pequeñas bolas que contiene y las arroja a uno y otro lado
de la calle, de forma sistemática, casi cadenciosa. Las bolas
ruedan hacia los automóviles que están estacionados junto
a las aceras.

—Pase lo que pase, no pares hasta que yo te lo diga.

El coche está ya a unos cien metros de la estación de
Euston.

—Ahora acelera y detente frente a la estación —dice
Rafael, mientras lanza la última bola.

—¿Qué haces? —pregunta Sarah.

—Ya falta poco —es su respuesta.

Entonces, cuando el coche se halla en las inmediaciones de la estación de Euston, sucede lo inesperado.

—Muy bien, apaga el motor.

Sarah obedece y enseguida se desata el infierno en la tierra. Una sucesión de pequeñas explosiones se acerca desde el cruce de King's Cross, avanzando hacia ellos, a los dos lados de Euston Road. Una espesa nube de gases lacrimógenos invade la calle. Se oyen gritos. Los vecinos de la zona se despiertan aterrorizados.

Amparados por la barrera de gas que queda a sus espaldas, Rafael y Sarah corren hacia la estación de Euston.

Sin cruzar palabra, llegan a la parada de taxis del piso inferior. A partir de allí, todo es mucho más simple. Dan orden al taxista de dirigirse a Waterloo, a la estación internacional, adonde llegan a tiempo de tomar el Eurostar con destino a París.

Aprovechan el confortable viaje en el TGV para descansar un poco. Sarah duerme durante casi todo el trayecto; Rafael se recuesta sobre el asiento tras recorrer dos veces los vagones. Nadie los sigue. Han logrado desaparecer.

Dos horas y treinta y siete minutos después llegan a la histórica Gare du Nord, en el centro de París. Desde allí se trasladan a Orly.

Capítulo

39

E L AIRBUS A320 SE ESTABILIZA A ONCE MIL METROS de altitud y vuela a una velocidad de novecientos kilómetros por hora. Dentro de aproximadamente dos horas aterrizará en el aeropuerto de Portela, en Lisboa, destino de los ciento once pasajeros, entre los que se encuentran Sarah Monteiro, ahora oficialmente Sharon Stone, ciudadana francesa, y Rafael, cuyo nombre oficial es John Doe, natural del Reino Unido. El vuelo TP433 despegó del aeropuerto de Orly hace poco más de veinte minutos, con retraso, para variar. Como ambos están despiertos, Rafael tiene que afrontar preguntas y más preguntas de la periodista que lo acompaña.

Rafael había oído decir alguna vez que «los padres estaban en Jerusalén». Probablemente, la frase se refería a los míticos constructores del Templo de Salomón. Aquellos venerables arquitectos habían transmitido sus conocimientos a los carpinteros y picapedreros de Occidente, los mismos que en la Edad Media levantaron las catedrales. Eran los *maçones:* los que utilizaban la maza, el escoplo, la escuadra, el compás y la plomada. Aquellos poderosos gremios conocían los secretos de Dios: incluso hoy, en Notre Dame o en Reims o en Amiens, puede comprobarse que aquellos hombres verdaderamente conocían los secretos de Dios y sabían qué deseaba Dios para el mundo. Jesucristo Nuestro Señor lo advirtió: «Dar al César lo que es del César y a Dios lo que es de Dios». Eso lo sabía todo el mundo: políticos, profesores universitarios, médicos, banqueros, funcionarios, militares, escritores y periodistas. Incluso el Papa lo sabía. «Dios se encuentra en todas partes, hijo, incluso en las cajas de seguridad de los bancos y en las fábricas de armas».

Desde luego, por lo que Rafael había oído, los masones habían estado en los cadalsos de la Francia revolucionaria, cuando las cabezas de los nobles y los reyes rodaron ensangrentadas. Y después estuvieron detrás de las guerras y los violentos cambios de régimen de Europa y América. Los compañeros de la P2 podían estar satisfechos: pertenecían a la misma saga de muchos presidentes de Estados Unidos y de Europa.

En Roma, el Gran Oriente de Italia comenzó a sufrir escisiones internas a principios del siglo XX. Fue entonces cuando se fundó Propaganda Due. Aquellos que manejaban los hilos del mundo lamentaban que la masonería estuviera en boca de la gente, que sus nombres aparecieran en la prensa y que sus actividades fueran controladas por políticos ineptos y soberbios. El número 2 les conferiría las sombras que buscaban. Se acabaron las filtraciones, las declaraciones y las fotografías. La P2 no existía. Nadie debería saber nada de ella. La *loggia copperta* acogió a todos aquellos que, coronados por el conocimiento de Dios, dedicaban todos sus esfuerzos a levantar el Reino de los Cielos en la Tierra.

—Fueron tiempos muy amargos para ellos —va relatando Rafael a una Sarah que lo escucha con avidez—. Estaban fascinados con Hitler y Mussolini, pero, según ellos, éstos traicionaron su espíritu...

Licio Gelli, que dirigió la masonería italiana a mediados del siglo XX, fue el verdadero impulsor de la logia P2. «Gelli tenía más ideas que facultades para llevar a cabo sus proyectos», le dice a Sarah. El Gran Maestre del Gran Oriente de Italia le confirió poderes que estaban muy por encima de sus capacidades: era un pequeño empresario de la Toscana que veneraba al Führer, al Duce y al Generalísimo. De hecho, se alistó voluntario para luchar contra los republicanos en la Guerra Civil española. También fue espía nazi en los Balcanes, colaboró activamente con la CIA y promovió algunos golpes de Estado en Sudamérica.

—El ascenso de Gelli en la organización es un misterio —continúa Rafael—. Los caminos del Señor son inescrutables: por eso resulta sorprendente la cantidad de necios que alcanzan el poder, la gloria o la fama.

Pero lo cierto es que Licio Gelli estaba en la cúspide de la logia P2 al comienzo de los años setenta y en 1971 se convirtió en uno de los hombres más poderosos del mundo en la sombra. Gelli, siempre dispuesto a conspirar, fundó la logia P1, aún más secreta que la P2, destinada exclusivamente a encubrir a presidentes, altos dignatarios, secretarios generales y directores.

A Rafael, sus compañeros de más edad le habían hablado de aquellas reuniones: hasta veinte vehículos blindados, negros, brillantes y con vidrios polarizados, se citaban en un hotel de lujo cerca del lago Como, o en Ginebra, o en Baden Baden. Allí permanecían durante dos o tres horas y después salían y sus coches desfilaban por carreteras secundarias hasta perderse en la red vial de Europa.

Probablemente fue Gelli quien convenció a muchos de los masones de la organización Giustizia e Libertá para que engrosaran las filas de la P2. Allí había políticos de todos los colores, militares y banqueros, y todos se mostraron encantados de pertenecer a tan selecta sociedad.

—La vanidad es el gran error, Sarah. Gelli no pudo evitar el placer de retratarse con Juan Domingo Perón en la Casa Rosada.

Cuando Gelli se vio acosado por los jueces, a mediados de los años setenta, encapsuló su organización y se desvinculó de cualquier otra institución masónica. Así fue como la P2 se convirtió en una entidad ultrasecreta y el propio Gelli ostentó el cargo de Gran Maestre. Aquellos tiempos habían sido «los años de la familia». La P2 operaba exactamente igual que la mafia o la camorra —los Gelli, se los llamaba— y los ideales neofascistas de Gelli impedían que la organización avanzara en el Gran Plan Divino. No obstante, su trabajo resultó altamente constructivo desde otro punto de vista, porque sus colaboradores se infiltraron en todas las instituciones del Estado italiano, en el Vaticano y en diversas agencias de seguridad extranjeras.

Muchos políticos pensaban en aquella época que el verdadero presidente del país era Licio Gelli, que manipulaba los medios de comunicación, las encuestas, las votaciones y las campañas electorales para que al frente del Estado se colocara una persona designada previamente por él.

Rafael observa a Sarah.

—Gelli se acabó cuando aquel desgraciado... ¿cómo se llamaba? ¡Pecorelli! Los Gelli cavaron su tumba cuando permitieron que la lista de los miembros de la organización cayera en manos de aquel periodista.

Los jueces comenzaron a hacer preguntas y el viejo Gelli se vio obligado a ocultarse en Uruguay.

—Entonces llegó la actual dirección de la logia —continúa Rafael—. Apartaron a Gelli y se ocuparon de dirigir a la organización por el buen camino. Fueron años de mucho trabajo: había que modificar la Constitución, reformular la judicatura y la universidad y convencer a algunos... hombres. Craxi, Andreotti, Bisaglia... No importaba mucho a qué partido pertenecieran. Lo decisivo era que «colaboraran»... incluso aunque no supieran que estaban colaborando. Los periodistas, en general, fueron buenos chicos. Les gusta el dinero —concluye.

La logia es actualmente un cuerpo de sombras que nadie puede descubrir. Son una fantasía de aficionados a las conspiraciones, una leyenda urbana sin sentido, una organización que sólo infunde temor a los investigadores solitarios de internet. Ellos no existen. Y no existir es muy recomendable cuando se pretende llevar a cabo un plan como el suyo.

Sarah empieza a comprender que la organización tendía y tiende sus redes por todo el mundo. Incluso en el Vaticano, donde la logia P2 se llamaba Logia Ecclesia. Cuando murió súbitamente el papa Juan Pablo I, la logia contaba con numerosos miembros que ejercían sus funciones en los palacios de la Santa Sede.

—Roma era en aquellos años el mejor lugar del mundo. El obispo Marcinkus se ocupaba de las finanzas y todo cuanto pasaba por sus manos se convertía en oro —continúa contando Rafael—. Cierto que invertían en editoriales de pornografía, en laboratorios que fabricaban anticonceptivos o en otros negocios poco adecuados para la imagen de la Iglesia; pero las inversiones en fábricas de armas, en infiltraciones políticas, en sobornos, en chantajes o en blanqueo de capitales resultan mucho más productivas a largo plazo.

—No sé si pretendes mostrarme la verdad o aterrorizarme —dice Sarah.

La joven se queda pensativa y Rafael opta por sumirse también en sus propias refexiones. Un silencio apacible se instala entre los dos.

La azafata les entrega a ambos la bandeja con el refrigerio. Comen en silencio, entregados a sus meditaciones.

—Lo que necesitaría ahora es una ducha. —Sarah se revuelve en la butaca para desentumecer los brazos y las piernas.

—Eso podemos arreglarlo —asegura Rafael—. Cuando aterricemos nos encargaremos de eso.

—¿Es una promesa? —pregunta la joven, con un amago de sonrisa.

—No. Nunca hago promesas. Pero cumplo mi palabra.

Guardan silencio unos instantes más. El ruido de los motores del avión se sobrepone a los murmullos y conversaciones de los pasajeros. Sarah se dirige de nuevo a él.

—¿Crees que mi padre estará bien?

—Sí. No temas. —La seguridad de su voz le infunde confianza.

—Mi temor en este momento es que nos apresen en el aeropuerto —contesta Sarah.

—Puedes estar tranquila. Eso no va a suceder.

—¿Cómo puedes estar tan seguro?

—Es una de las ventajas de mi posición. Podremos tener a medio mundo detrás de nosotros, pero sabemos cómo piensan. Vamos siempre un paso por delante. Y lo importante es que sigamos así. Tenemos que mantener la iniciativa.

—¿Y cómo piensan ellos?

—Lo primero que van a hacer es limpiar la escena del tiroteo y la calle donde lancé los gases lacrimógenos.

La voz de Rafael consigue calmarla de un modo inexplicable. A Sarah le consta que es la voz de un hombre sin escrúpulos, de un asesino, pero le resulta tranquilizadora.

—¿Qué haremos después de hablar con mi padre?

—Ya veremos. Hay que ir paso a paso.

—Te guardas constantemente información.

—Es cierto. Pero en este caso no tengo mucho más que decirte. El objetivo es que te reúnas con tu padre. Eso es lo fundamental; después iremos viendo qué hacemos.

—¿Y no corremos el riesgo de que, cuando lleguemos a Lisboa, nuestras fotografías aparezcan en algún periódico? Es posible que las autoridades nos busquen.

—No, en absoluto. A ellos les interesa que pasemos desapercibidos. Su objetivo es vernos dos metros bajo tierra o sumergidos en un río lastrados por los pies. Además, mientras tengamos la lista nadie va a permitir que aparezcamos en los periódicos. Si lo hicieran, lo echarían todo a perder.

«Espero que no se equivoque», piensa Sarah.

—Firenzi. ¿Cómo tenía mi dirección? —se pregunta en voz alta—. Claro que, teniendo en cuenta que mi padre es miembro de la organización, hasta puedo llegar a entender que conocieran mi domicilio, o que lo averiguaran de algún modo. Lo que no termina de entrarme en la cabeza es por qué me escribió a mí.

Rafael ni siquiera hace ademán de responder. Se lleva otra vez la mano al brazo herido.

—¿Te duele?

—Sí —responde mientras se da un masaje suave. Horas antes, en el tren, se lo había vendado en el cuarto de baño. El dolor había remitido un poco, pero ahora vuelve a sentirlo con fuerza.

—¿Necesitas algo? ¿Puedo ayudarte?

—No, gracias; lo aguanto bien —contesta Rafael.

A medida que se acercan al aeropuerto, cuando sobrevuelan el norte de la tierra natal de Sarah, en su pecho aumenta la sensación de angustia. Se le hace difícil respirar.

—¿Sabes quién es el hombre que entró en mi casa?

—Sí.

Rafael guarda de nuevo silencio y se limita a desviar la mirada hacia la ventanilla.

—¿Y quién era? —insiste Sarah.

—Era un agente secreto estadounidense. En realidad era checo, nacionalizado estadounidense, aunque eso es irrelevante. Pero hay otras personas relacionadas contigo que han muerto recientemente: un sacerdote español llamado Felipe Aragón y otro argentino, Pablo Rincón. Ambos recibieron información concerniente a los papeles de Juan Pablo I.

—¿Papeles como los míos?

—En la noche de su muerte, el Papa tenía varios papeles consigo. Esa lista que recibiste es sólo una parte de la documentación que obraba en su poder. —Rafael parece decidido a hablar.

—¿Y ellos también recibieron papeles?

—Probablemente, pero tuvieron peor suerte que tú: Pablo no logró escapar. Y, desgraciadamente, Felipe murió de un infarto casi al mismo tiempo.

—Si Pablo recibió algún papel, ahora debe de estar en manos de la P2. Si, por otro lado, sólo recibió información sobre, digamos, la localización de los restantes documentos, la P2 también debe de haber conseguido esa información antes de matarlo —razona Sarah.

—Puede que sí; no lo sé. Es posible que tu padre pueda aclararnos todo eso.

—¿Cómo puedes actuar así, tomar tus decisiones sin disponer de información suficiente?

—En mi trabajo no somos más que pequeñas piezas de un gran engranaje. Lo que importa es que conozcamos nuestra parte y la desempeñemos bien. En cuanto al rompecabezas, en su totalidad sólo lo conoce el que lo arma.

—¿Y no sientes curiosidad?

—La curiosidad es muy peligrosa.

El avión realiza las maniobras de aproximación a la pista y al cabo de unos minutos toca tierra sin problemas.

—Acabamos de aterrizar en el aeropuerto de Portela, Lisboa... —informa la azafata repitiendo el discurso de rutina.

—Por lo menos no han atentado contra nosotros con misiles mientras estábamos en el aire —bromea Sarah para sacudirse la tensión que la atenaza.

Jardines del Vaticano
Septiembre de 1978

S OR VINCENZA HABÍA ESTADO BUSCANDO A DON AL-
bino durante toda la tarde. Mientras recorría los pasillos del Palacio Apostólico con una pequeña bandeja —un
vaso de agua y una pastilla en un platito—, se detuvo en una
ventana y lo vio sentado en un banco de los jardines. El Santo
Padre se sujetaba la cabeza con las dos manos y parecía abismado en dolorosos pensamientos.

—Getsemaní —dijo sor Vincenza casi sin querer.

La anciana descendió las escaleras que conducían a los
maravillosos jardines y avanzó por uno de los caminos de
grava que conducen a la rotonda. Un poco más allá estaba
don Albino, con su sotana blanca impoluta, sentado, mirándose los zapatos.

Sor Vincenza se plantó frente a él.

—Los médicos le han recomendado que *pasee* por los
jardines, Santo Padre; no le han dicho que se *siente* en los jardines.

Don Albino observó a su ama fiel con una sonrisa bon-
dadosa en los labios.

—Sí. Me han recomendado que pasee para que me desaparezca esta hinchazón de los pies. Pero ocurre que, con

los pies hinchados, no puedo caminar. ¿Qué puedo hacer entonces?

Sor Vincenza, acostumbrada a la lógica implacable de don Albino, reconoció que los médicos no habían estado especialmente hábiles en su prescripción.

Sin intercambiar palabras, el Papa tomó la pastilla y el vaso que le ofrecía la religiosa y, tras observar la medicina con un gesto de resignación, la ingirió, deleitándose más en el frescor del agua que en las prometidas facultades benéficas de la pastilla.

—¿Usted conoció a mi padre, sor Vincenza? —preguntó don Albino a su aya, que aún permanecía de pie frente a él—. Cuando entré en el seminario, a los once años, mi padre estuvo dos meses sin dirigirle la palabra a mi madre. Ella era una mujer muy devota, como sabe; pero mi padre...

—Don Giovanni era un rebelde —dijo sor Vincenza.

—No. Don Giovanni, como dice usted, era socialista. Aunque, a la vista de lo que está ocurriendo, no sé si un emigrante, un subocupado y un obrero que ha vivido siempre en la miseria puede ser otra cosa. El caso es que cuando entré en el seminario, mi padre dijo: «En fin, habrá que hacer un sacrificio». Yo diría que, para ser un ferviente anticlerical, tuvo una premonición cercana a la visión espiritual. Estaba pensando en ello cuando llegó usted.

—Dios lo ayudará a sobrellevar esta carga, Santo Padre.

Don Albino observó a la hermana Vincenza con benevolencia. De nada valía entrar en una conversación sobre los modos con que se habían conducido los directores de la Banca Vaticana. ¿Qué podría pensar aquella ingenua monja si se le aseguraba que el dinero de la mafia se blanqueaba mediante empresas interpuestas en las bolsas de Zurich, Londres y Nueva York? ¿En qué estado quedaría la sencilla fe de sor Vincenza si supiera que el afable cardenal Villot aparecía con el número 041/3 en los archivos de la logia P2 desde el 6 de agosto de 1966? ¿Cómo podría dormir aquella venerable anciana sabiendo que su don Albino no dirigía la Iglesia de Jesús, sino un conglomerado económico que acabaría estallando en sus manos si no lo remediaba? Y, respecto a él, ¿cómo podría mirar a los ojos de aquella buena mujer sabiendo que su Iglesia se había convertido en una «cueva de ladrones»?

—Yo podría soportar esta carga, sor Vincenza —dijo al fin—. Pero no sé si otros están dispuestos a soportarme a mí.

—Confianza en Dios, don Albino —decía la entrañable anciana mientras regresaba al Palacio Apostólico por el camino de grava—. Confianza en Dios...

Juan Pablo I permaneció aún algunos minutos en aquel banco de la rotonda, abismado en sus pensamientos y mirándose los pies hinchados. Era hora de volver al despacho. ¡Tenía tanto que hacer! Con un gesto de resignación, se levantó y en sus labios se reflejó el dolor de sus tobillos al incorporarse.

—En fin, como dijo el viejo don Giovanni... habrá que hacer un sacrificio.

Y volvió a su despacho caminando lentamente, con las manos a la espalda.

STAUGHTON SE ESFUERZA AL MÁXIMO POR CUMPLIR LAS órdenes de su director. El mal humor del hombrón es evidente. Staughton no puede permitirse esos lujos. Aunque también haya pasado la noche en blanco, no tiene subalternos con quienes desahogarse. Tampoco hay familia a mano para buscar consuelo. Sus padres disfrutan de la jubilación en Boston, Massachusetts, y las mujeres nunca aguantaron su ritmo laboral. Cualquiera que trabaje en la agencia está tan comprometido que el deber lo devora poco a poco y acaba impidiendo los lazos familiares, e incluso las amistades profundas. Un verdadero agente secreto carece de relación con el mundo exterior, lo que facilita el desempeño de sus misiones.

Staughton no es muy diferente de los demás en este aspecto, aun cuando mantenga algunos lazos con sus progenitores y otros familiares. Hace poco que se ha puesto en contacto con su madre para decirle que se encuentra bien. Para ella, Staughton es técnico de informática en la sucursal londinense de una empresa norteamericana, lo cual no deja de tener un fondo de verdad. Los amigos de la infancia fueron desapareciendo con el tiempo. En cuanto a las mujeres, Staughton lo intentó, hay que reconocerlo. Dos veces estuvo cerca de ponerse un anillo en el dedo, con el consiguiente compromiso matrimonial ante Dios y la justicia. El 11 de septiembre de 2001 echó por tierra el primer intento. No se puede culpar a la novia, porque Staughton estuvo tres meses sin volver a su país después del atentado contra las Torres Gemelas, limitándose a efectuar una parca llamada telefónica semanal, siempre para asegurar que regresaría a la semana siguiente. Lo mismo habría de ocurrir con otra mujer, en 2003, antes y después de la segunda guerra del Golfo. La boda fue concertada para el 9 de abril, el mismo día de la llegada a Bagdad de las tropas aliadas. Staughton permaneció incomunicado durante cinco meses, enviando algún esporádico mensaje por correo, para informar de su buen estado físico y psicológico y anunciar que regresaría el mes siguiente.

Cuando al fin volvió de verdad, la novia se había mudado a otra ciudad, tan dolida que no respondió ninguna de sus muchas llamadas. Entonces decidió acabar con las relaciones duraderas, y hoy, a los treinta y dos años, vive para el trabajo, con la esperanza de que llegue un día en que pueda tener una familia y tiempo para amarla y cuidarla. Lo aterroriza convertirse en una especie de Geoffrey Barnes, sin vida afectiva, sin otro interés, después del trabajo, que llenarse la barriga en cualquier restaurante donde se coma bien. Además, para Staughton, Geoffrey Barnes es un hijo de puta, insensible y sin escrúpulos.

—¿Está listo? —dice Barnes, inclinado sobre la pantalla de la computadora que maneja Staughton.

—Todavía no. Pero casi.

—¿Ya tienes algo?

—Lo que tengo está en la impresora.

Barnes se dirige a la impresora, que está apoyada contra la ventana, y toma el manojo de papeles depositado en la bandeja. Hay mucha información. Harán falta horas para procesarla. Mira hacia la sala, que bulle en movimiento. Hombres y mujeres van de un lado a otro. Hay gritos, órdenes, llamadas telefónicas. Tres jóvenes agentes charlan muy animados.

—Eh, ustedes tres —los llama Barnes—. Quiero que esto se analice con todo detalle. Y, cuando terminen, habrá más.

Las sonrisas se desvanecen, pero obedecen prestos la orden.

—Informen a Staughton de cualquier cosa que encuentren.

—Sí, señor —responde uno de ellos.

Barnes se retira a su despacho; el día avanza y no hay novedades.

Los jóvenes se sientan frente a una mesa para hacer el trabajo ordenado. Uno, el más desenvuelto, se dirige a Staughton.

—¿Hoy no ha comido?

—No ha comido, ni bebido, ni dormido, ni cogido —escupe Staughton, sin apartar los ojos de la pantalla de la computadora.

—Estamos fritos.

—Reza para que los encontremos enseguida, porque si no, no te imaginas hasta qué punto estamos fritos.

El agente se inclina hacia Staughton, como para contarle un secreto.

—He llegado hoy. No tengo ni idea de lo que estamos buscando.

—A Jack Payne, un traidor, y a Sarah Monteiro, una periodista muy hábil. Los quieren vivos.

—¿Jack Payne? ¿El famoso Jack Payne?

—El mismo.

—Una vez trabajé con él. Me salvó la vida.

—Ahora seguramente ya no haría lo mismo. Anda, Thompson, no hay tiempo que perder —lo despacha Staughton.

—¿Qué estás haciendo?

—Busco las listas de pasajeros que dejaron el país esta mañana. Un trabajo interminable.

—Como buscar una aguja en un pajar. Llevarán documentación falsa.

—Ya lo sé. Pero, por el momento, es nuestra única posibilidad. Tenemos que encontrar esa aguja como sea.

—Déjame hacer una llamada. Enseguida vuelvo —dice Thompson, y se aleja en dirección a una secretaria que no está usando el teléfono.

Sentado en su silla, Barnes observa la sala exterior a través de los cristales. Necesitaría que toda esa gente trabajara en el caso, pero, por desgracia, no es posible. El mundo es grande, y para los Estados Unidos las prioridades son otras, o al menos eso es lo que piensa el gabinete del presidente. Considera la posibilidad de pedir a Langley más efectivos; no se los negarán, pero equivaldría a darse por vencido, a reconocer una falla ante el cuartel general. No, por ahora va a dejar las cosas como están. Si al final del día no aparecen, tendrá que reconsiderar su decisión. Mientras tanto, algo le llama la atención allá fuera. Más bien la falta de algo. Se levanta y va a la sala general. Se dirige con paso furioso a la mesa donde los dos agentes analizan las listas de pasajeros que salieron del Reino Unido antes de que se declarara el cierre del espacio aéreo.

—¿Hay resultados?

—Nada. ¿Ha considerado la hipótesis de que todavía no hayan salido del país? —pregunta uno de los agentes.

—Han salido. Estoy seguro. —Mira hacia el lugar que le llamó la atención—. ¿Y Staughton?

—Salió con Thompson.

—¿Con Thompson? ¿Adónde han ido?

—No lo dijeron.

Regresa agitado a su despacho, pero lo intercepta su secretaria.

—Señor...

—¿Ya han traído mi comida?

—Está por llegar.

—Tardan más que lo acostumbrado.

—Veinte minutos, como siempre, señor.

Barnes empuja la puerta del despacho. Está muy nervioso. «Esto va a acabar mal para mí», se repite obsesivamente.

* * *

Sentada en las escaleras y concentrada en el juego de su Play-Station, la pequeña ni siquiera presta atención a los dos hombres que pasan a su lado en dirección a otro departamento. De no ser por el juego, la niña habría oído al hombre que iba detrás increpar al otro, quejándose de que eso no estaba bien y de que aquello no era lo suyo. No hay nadie más en las cercanías.

La niña continúa absorta en una lluvia de meteoritos que tiene que sortear con su nave espacial. Los auriculares le impiden oír el estruendo causado por el puntapié en la entrada del tercer departamento. El inquilino se despierta sobresaltado por el ruido que hace la puerta al caer sobre el suelo. Intenta huir por la ventana, pero el arma del primer hombre que entra en la casa lo frena en seco.

—Hans, mi querido Hans —lo saluda Thompson alegremente acercándose, mientras Staughton entra tras él empuñando también un arma.

—¿Cómo va el negocio?

Capítulo

42

UNQUE HACE APENAS DOS HORAS QUE ATERRIZARON en la capital de Portugal, Sarah pudo darse una ducha en una habitación del hotel Altis, en la calle Castilho, donde también aprovecharon para comer algo.

A Sarah no deja de resultarle extraño compartir la habitación con un desconocido. Porque es un extraño, por muchas situaciones que haya vivido con él, situaciones que jamás logrará borrar de su memoria y que la unen a Rafael como nunca se había sentido unida a ningún otro hombre. Anda por la habitación envuelta en una toalla blanca, y él está ahí, indiferente, lo cual no deja de incomodarla.

De repente, en el televisor se suceden las noticias. Sarah oye su nombre:

—Una noticia de última hora: la periodista portuguesa Sarah Monteiro, que era buscada por las autoridades inglesas como testigo del crimen sucedido en su casa, ha sido detenida esta mañana aquí, en Londres.

La imagen muestra a una mujer que baja de un coche de la policía, con la cabeza cubierta por una chaqueta, y entra en el famoso edificio de Scotland Yard.

—Hoy las sorpresas son infinitas —comenta Sarah, boquiabierta.

—Estamos doblemente limpios —dice Rafael.

—¿Por qué inventan esa historia?

—Para que no se entrometan fuerzas externas. Están absolutamente convencidos de que hemos salido del país.

—¿Así hay que interpretar esta mentira?

—Sí —responde Rafael, y se levanta—. Voy a darme una ducha y nos marchamos.

Cuando Rafael sale del cuarto de baño, con una toalla en torno a la cintura, no encuentra a Sarah en la habitación. La joven entra justo cuando comienza a ponerse los pantalones.

—¿Adónde has ido? —pregunta él, que sigue vistiéndose, ignorando el rubor de la mujer.

—A la recepción.

—¿A qué?

—¿Tengo que darte explicaciones de todos mis movimientos?

—No. Pero si no sé dónde estás, no puedo protegerte.

—Sólo he ido a la recepción. Ya estoy aquí, sana y salva —afirma la joven con sarcasmo—. ¿Y ahora? ¿Nos marchamos? —pregunta, cambiando de tema.

—Espera que termine de vestirme.

Sarah repara a la vez en su herida y en el extraño tatuaje que Rafael tiene en el brazo.

—Eso no tiene buen aspecto.

—Se va curando.

—Déjame limpiarte la herida por lo menos. —Sin esperar respuesta, Sarah se dirige al cuarto de baño, toma el jabón, moja una toalla con agua caliente y se lleva otra seca. Vuelve a la habitación y lo deja todo sobre la cama.

—Siéntate aquí.

—Déjalo. Ya está mejor.

—Siéntate.

Sin ganas de discutir, Rafael obedece y se sienta en el borde de la cama. A falta de alcohol, el mejor desinfectante es el jabón. Sarah comienza por limpiar la herida con la toa-

lla mojada. A continuación pasa la seca, y luego rompe la
toalla fina de la cara en tiras y lo venda. Una vez que fina-
liza el trabajo se pone de pie y lo mira. También Rafael tiene
la mirada fija en ella desde el comienzo de la curación, hecha
con tanta delicadeza. Ninguno aparta los ojos durante unos
instantes. La situación se vuelve incómoda, al menos para
Sarah, pero mantiene la mirada.

—¿Qué sucede? —pregunta ella al fin.

—Nada —responde Rafael, que deja de mirarla y termina de ponerse la camisa—. Gracias.

—Siempre a tus órdenes —contesta Sarah mientras se
levanta—. Vaya tatuaje —comenta para aflojar la tensión
emocional que se ha creado.

—Cuando veas uno igual en otra persona, huye sin
mirar atrás.

—¿Por qué?

—Porque es el emblema de la guardia.

—¿De la guardia? ¿Qué guardia?

—La Guardia Avanzada de la P2. Una especie de pequeño ejército preparado para acciones rápidas sobre el terreno. Hoy echaste por tierra la infalibilidad de ese grupo
de elite.

—Yo no. Tú —corrige Sarah. El tatuaje de la serpiente,
que baja por el brazo hasta la muñeca, vuelve a quedar oculto
por la manga de la camisa.

—Llamemos a recepción para pedir un taxi.

—No es necesario.

—¿Vamos a tomarlo en otro sitio?

—No. No iremos en taxi. Tengo preparado un coche.

Poco después se encuentran en la autopista de salida
de Lisboa, en dirección norte. En breve Sarah verá a su padre,
y no logra pensar en otra cosa.

Capítulo

43

TRAS UNA NOCHE ENTERA DE VIGILIA, LOS DOS HOMbres permanecen en el mismo lugar, con los ojos fijos en el portal en el que entró el anciano muchas horas antes. Tienen la misma actitud despierta y vigilante, sobre todo el que está sentado junto al conductor.

—Estoy molido —se queja.

—Los automóviles no están hechos para dormir —responde el otro.

Desayunan unas donas y unos cafés que el primero había ido a buscar a una cafetería situada a menos de cincuenta metros de allí. Dado el carácter callado de su colega, tuvo horas de sobra para pensar. Reflexionó sobre las tiendas que abren a toda hora y sobre asuntos más importantes. Por ejemplo Payne, el gran Jack. Censura lo que ha hecho y, a la vez, lo admira. Hay que tener mucho coraje, muchos huevos, para dar un paso así. Se precisa tenerlos bien puestos para hacer el doble juego dentro de la guardia y, lo que es más importante aún, no ser desenmascarado por nadie, sólo por él mismo cuando lo creyó oportuno. El viejo Jack Payne. Un zorro. Y hablando de viejos y zorros...

225

—El objetivo acaba de salir a la calle —dice el conductor.

—Ya lo veo.

—¿Vas a seguirlo?

—No. Lo harás tú.

—¿Y tú?

—Voy a echar un vistazo a su casa.

—Así se habla —dice el conductor, satisfecho. Al fin hay un poco de acción.

—No lo pierdas de vista. Cuando termine, te llamo para saber dónde andas.

El conductor sale del coche con calma y sigue los pasos del viejo, que se encamina por la Séptima Avenida en dirección a Central Park. Gira hacia Brodway y se dirige a Times Square. El viejo es muy aficionado a las caminatas, y eso le facilita mucho la labor al que lo sigue.

«¿Por qué no le metemos una bala entre los ojos y terminamos con todo este asunto?», se pregunta el conductor. «¿Qué tiene de especial para que le demos un trato distinto de los demás?».

Apenas quince minutos después, el otro hombre consigue entrar en el departamento del viejo. Hace un trabajo profesional y tiene sumo cuidado, ya que traspasa los límites de la función que le ha sido asignada. Las órdenes del jefe son claras y no incluyen la entrada en el departamento. Además, prohíben expresamente cualquier acción que ponga en peligro el plan principal. ¿Cómo se explica, entonces, la iniciativa de este hombre? ¿Por qué se arriesga de esa forma? Pone en peligro todo el trabajo realizado y coloca su propia cabeza bajo la guillotina, sabiendo que al Maestre no le tiembla la mano a la hora de castigar, pero busca obtener una ventaja, algo que pueda agradar al viejo jefe, cuya llegada es inminente.

Lo tenía todo bien planeado. Espera a una distancia prudente del edificio. Aún no han pasado diez minutos cuando un coche se para frente a la entrada y el conserje acude a abrir la puerta a la señora y los niños que se disponen a subirse a él. El hombre no pierde el tiempo, y ya se encuentra en la escalera de servicio, rumbo al séptimo piso. Nadie lo ha visto entrar.

Ahora, ya dentro del departamento, lo revisa con cuidado infinito. La decoración es muy sobria: muebles antiguos, pero nada muy lujoso. Predominan los tonos oscuros, y hay muchas cruces, diseminadas por todas las habitaciones. La fe del inquilino también se evidencia en un altar de madera, pequeño pero suficiente para que oigan misa diez o quince personas, y en varios ejemplares del Nuevo Testamento, en distintas ediciones, tamaños y encuadernaciones.

Durante la inspección, que dura una hora, hace tres llamadas para controlar el deambular del viejo, que aún pasea por Central Park, para desesperación del conductor, ya harto de caminar tras él. Cuando el hombre acaba su tarea en el departamento, no le cabe duda de que lo que quería encontrar no está allí. Ha mirado hasta en el más pequeño y oculto rincón. Se asoma a la ventana con cuidado. El movimiento en la Sexta Avenida es incesante. Echa un vistazo a su coche, estacionado sin problemas. Trata de calmarse. No puede salir de allí alterado.

Con expresión pensativa, exhala un profundo suspiro. «Nada.»

E L PALACIO NACIONAL DE MAFRA ES UNA DE LAS
reliquias más importantes del valioso patrimonio
arquitectónico portugués y europeo. Situado en el pueblo
que le da nombre, el enorme edificio fue construido por
deseo del rey Juan V, que prometió levantarlo si la reina,
doña María de Austria, le otorgaba descendencia. El naci-
miento de la princesa doña María Bárbara lo obligó a cumplir la promesa, y el rey no escatimó en gastos para erigir
aquella obra de arte de estilo barroco. Las lujosas dependencias reales ocupaban todo el piso superior, pero el edificio también contenía un convento para más de trescientos
padres franciscanos, una basílica y una de las bibliotecas más
bellas de Europa, cubierta de mármol y maderas exóticas.
Sus estantes rococó albergan hoy más de cuarenta mil libros,
con encuadernaciones en cuero grabadas en oro. Además de
muchas otras maravillas literarias, guarda una primera edición de *Os Lusíadas*, de Luíz Vaz de Camões. Hace mucho
que no aloja a padres franciscanos entre sus muros, desde que
las órdenes religiosas fueron disueltas en 1834.

Además de ser muy valioso en sí mismo, el palacio guarda
muchos tesoros en su interior. La basílica posee dos torres y

una cúpula, seis órganos con repertorio exclusivo, que no puede ser oído en ningún otro lugar, y dos carillones de noventa y dos campanas, considerados los mejores del mundo.

—¿Qué estamos haciendo aquí?

—Vamos a encontrarnos con tu padre.

—¿Aquí? —Sarah está de pésimo humor—. ¿Viene hacia aquí?

—Ya está aquí.

Pasan las enormes puertas del convento y penetran en su magnífico interior. Rafael da muestras de saber hacia dónde se dirigen.

El aura antigua y serena que rodea el convento comienza a calmar su espíritu. Ese ambiente es un bálsamo para las almas. Un grupo de escolares está delante de ellos. Un guía les explica la historia del lugar.

—Saramago, el Premio Nobel de Literatura, describe en su libro *Memorial de convento,* que les recomiendo, las desgracias y peripecias de la construcción de este edificio.

Rafael y Sarah atraviesan con disimulo una puerta de acceso restringido. El corazón de la chica comienza a latir muy fuerte. Está cerca.

—¿Sabías que se comenta que la altura del convento es igual a la profundidad de sus subterráneos? —pregunta ella, nerviosa.

—Me consta —responde Rafael mecánicamente, dejando ver que piensa en otra cosa.

Entran en lo que en su tiempo fue el hospital, con su capilla contigua, desde la que los enfermos podían ver u oír la palabra del Señor. En un rincón, Rafael abre diestramente una pequeña puerta de madera.

Descienden unas estrechas escaleras de caracol, a la luz de la linterna que Rafael ha sacado del bolsillo.

—También dicen que hace siglos que los subterráneos son inaccesibles, debido a las miles de ratas que viven en ellos. —La voz de Sarah suena temblorosa, revelando inquietud y ansiedad—. Se perdieron tesoros inestimables por esa razón.

Llegan a una puerta muy antigua, de bisagras oxidadas y madera mohosa. Reina una total oscuridad. Sarah comienza a imaginar murciélagos despertados de su sueño centenario, furiosos con los dos intrusos. Rafael abre la puerta, que emite un chirrido agudo.

—Cuidado con la cabeza —avisa él mientras inclina la suya para pasar por la estrecha puerta. Sarah lo sigue, convencida de que va a entrar al Portugal del siglo XV.

—¿Qué es esto? ¿Dónde estamos?

—Toma —le dice Rafael, entregándole la pequeña linterna.

Sarah aprovecha para examinar el lugar, sin prestar atención a los movimientos de Rafael. Lo único que consigue ver es tierra. Tierra y más tierra, sin poder discernir si aquello es la continuación del pasadizo o una especie de catacumba.

—¿Te importaría apuntar hacia este lado? —pregunta Rafael—. Tiene que estar en alguna parte, por aquí.

—¿Qué?

Fijado en la pared de piedra, o de tierra, Sarah no logra distinguirlo bien, hay un palo con una tela enrollada en un extremo. Una antorcha.

Segundos después, y con la ayuda de un mechero, Rafael la enciende. La tea esparce una luz anaranjada que disipa en parte la oscuridad. Se hallan delante de un enorme túnel, excavado en la piedra, que parece no tener fin.

—¿Dónde estamos?

—Bienvenida a las catacumbas del convento de Mafra —dice Rafael, mientras observa la expresión de desconcierto de Sarah—. ¿Vamos?

La joven no responde. Está tan paralizada que se siente incapaz de decir una sola palabra.

—¿Mi padre vendrá a encontrarse con nosotros aquí? —pregunta finalmente.

—No, tu padre vive aquí.

Golf y economía
Septiembre de 1978

N O HAY NADA COMO EL HUMO AZUL DE LOS PUROS, desde luego. Describe volutas hermosas e insospechadas, lentas y espirituales, y su perfume invade las habitaciones con una elegancia y un refinamiento incomparables.

Paul Marcinkus, en su despacho romano, saboreaba con deleite un habano mientras veía en la televisión el resumen de un partido de golf. En aquel preciso momento, mientras un elegante jugador con suéter amarillo le disputaba el torneo al todopoderoso Jack Nicklaus, Dios estaba poniendo fin a una jornada llena de amarguras. Sólo el Máster de Augusta o el Open Británico podían mitigar las angustias de la vida. «Aunque es justo reconocer que no hay nada como Wimbledon, por supuesto.»

Al arzobispo de Illinois lo enfermaba el olor a sacristía y no podía comprender el disgusto de algunos cardenales ante la exaltación de los placeres de la vida. «¡Beatos de pacotilla!», solía decir cuando algún humilde sacerdote le recordaba que la ostentación de la Iglesia no era precisamente un ejemplo para los fieles del mundo. En esos casos —incluso cuando la advertencia provenía de algún miembro de la curia—, el obispo Marcinkus les recordaba un pasaje evangélico que dejaba desarmados a sus enemigos: «Llegó el Hijo del hombre, que come y bebe, y dicen: "Éste es un glotón y un bebedor, amigo de publicanos y pecadores". Pero la sabiduría fue reconocida por sus obras». Por suerte para él, los prelados que lo reconvenían jamás recordaban el fragmento en el que Jesús advertía que no se puede servir a dos amos, especialmente si uno de ellos es Dios y otro el oro.

—Eso es un hierro tres —dijo Marcinkus, puesto que el comentarista de la RAI no sabía qué palo estaba usando el golfista.

El papa Pablo VI le encomendó la dirección de los negocios financieros del Vaticano cuando sólo contaba 47 años, en 1971. Marcinkus aún podía recordar al Papa, enfermo, admitiendo que tras el Concilio Vaticano II las arcas de la Santa Sede estaban llenas de telarañas. «Era una misión divina», pensó Marcinkus con un rictus de ironía. El Instituto para las Obras de Religión, el IOR, en realidad albergaba en su seno distintas organizaciones financieras que necesitaban revitalizarse y actualizarse.

Una de las primeras instituciones bancarias modernas que dependieron de la Santa Sede había sido el Banco Ambrosiano, fundado en 1896 por monseñor Tovini. Aquella entidad financiera, tal y como Marcinkus había leído en varios informes antiguos, estaba destinada al «apoyo de organizaciones morales, obras pías y grupos religiosos destinados a la caridad».

—Naturalmente —dijo en voz alta el cardenal, mientras recordaba que uno de los directores del Banco Ambrosiano había sido un sobrino del papa Pío XI—. La caridad es lo más importante.

En los años sesenta, el Banco Ambrosiano había trasladado sus oficinas centrales a Luxemburgo, un país que adora el dinero. «Los países pequeños son una delicia: Luxemburgo, Mónaco, Andorra, el Vaticano, Bahamas...» En Luxemburgo se creó el Banco Ambrosiano Holding, cuyas *obras pías* se diversificaron por todo el mundo.

La sonrisa en el gesto de Marcinkus revelaba que estaba pensando en aquellos amables años setenta, cuando Michele Sindona —incomprensiblemente llamado el banquero de la mafia— había comenzado a estrechar lazos de amistad con Roberto Calvi. Según el cardenal, Sindona no era un hombre demasiado avispado: había estado arrestado en los Estados Unidos y había sido condenado en Italia por operaciones financieras ilegales. Pero respecto a Calvi, Marcinkus no podía sino declararlo digno de su admiración. Por esa razón comenzaron a trabarse fuertes relaciones entre la OIR y el Banco Ambrosiano. Mediante técnicas de alta ingeniería financiera, Marcinkus decidió absorber la Banca Católica del Véneto, por entonces presidida por un clérigo ignorante llamado Albino Luciani. Marcinkus había tenido que hacer esfuerzos sobrehumanos para recordar las breves —y ácidas— conversaciones que había mantenido con el patriarca de Venecia en aquella ocasión. Y, años después, cuando Luciani fue elegido papa, Marcinkus pensó que el veneciano sólo tenía en mente la venganza. Ahora había podido comprobar que estaba en lo cierto: Luciani acusó a buena parte de la curia de corrupción moral y tenía en mente llevar a cabo una revolución en el seno de la Iglesia. Por fortuna, los de la P2 se estaban encargando de ello en esos mismos instantes.

La Iglesia se había salvado gracias a los esfuerzos de Marcinkus, gracias a sus relaciones con grandes nombres de las finanzas, gracias a hombres piadosos que lo habían aconsejado bien. No había nada de malo en obtener rentabilidades altas y, además, colaborar en distintas obras de caridad.

Pero Albino Luciani no lo entendía. No entendía nada. No había aprendido nada a lo largo de todos aquellos años. Y había amenazado con destituirlos a todos.

Entonces, en la televisión, el golfista Nicklaus pateó para *birdie* y la bola entró suavemente en el hoyo.

—¡Genial! ¡Genial!

Capítulo

46

E
L JET SURCA EL AIRE A LA MÁXIMA VELOCIDAD, A una altitud de más de trece mil metros. La cabina de este avión es como la oficina del edificio que ocupan en Londres, con personas yendo de aquí para allá, otras dando órdenes, algunas inclinadas sobre las computadoras, hablando por teléfono, realizando un sinfín de acciones que en nada difieren de las que se practican en tierra. La única diferencia es que no pueden salir a la calle a tomar un café y han de conformarse con descansar unos minutos dentro de la aeronave. Sólo se acomodan en los asientos y se ponen los cinturones durante los despegues y aterrizajes.

Así en la tierra como en el cielo. Geoffrey Barnes también tiene aquí su despacho separado del resto del equipo, con un sillón de cuero bastante cómodo.

Thompson ha demostrado ser un buen agente. Se sirve un café en el despacho del director y se sienta en una silla que no ofrece la comodidad de la de Barnes.

—Sharon Stone. Malditos cabrones —afirma Barnes, pensativo—. El tipo no estaba bromeando.

—¿Qué tipo? —pregunta Thompson.

—Uno del Museo Británico. No importa.

A diferencia del despacho de Londres, éste no tiene vidrios que permitan a Barnes controlar el trabajo de los agentes. No obstante, él lo prefiere así, pues tampoco pueden verlo a él y es libre de hacer lo que quiera.

Fuera, Staughton se dedica a su tarea de siempre, la que prefiere por encima de cualquier trabajo de campo, el análisis y cruce de datos. Ya sea en un avión o en una oficina, da igual, siempre es mejor que tener que ir a la calle a recabar información, como recientemente tuvo que hacer en el departamento de Hans. Staughton no tiene el temple necesario para eso. Su arma es la computadora. La impresora colocada a su lado comienza a vibrar y enseguida escupe papel a una velocidad sorprendente.

«Estos tipos me ponen los nervios de punta», piensa al mirar a los cuatro hombres vestidos de negro que están sentados al fondo de la cabina, completamente inmóviles, desde que el avión despegó. En ningún momento hablan entre sí, parecen estatuas, o mimos como los que se ven en los parques y las ferias, con trajes idénticos, sin una sola arruga. O tal vez parezcan otra cosa.

Staughton no soporta los trajes oscuros, el estilo formal de los agentes. Prefiere la ropa más informal, ponerse lo que le da la gana. Debería bastar con no llevar una barba de tres días o el pelo descuidado en exceso. El día que obliguen a todos los empleados de la agencia a vestir traje y corbata, Staughton va a ser el primero en presentar la renuncia. La impresora lanza el último papel y el agente, después de meterlos todos en una carpeta, se dirige hacia el despacho del jefe.

—No soporto ver a esos tipos ahí sentados —se queja en cuanto entra.

—Entonces no los mires —sugiere Thompson.

—¿Son de la guardia? —pregunta Staughton—. No parecen muy peligrosos.

—Habla bajo, Staughton. Esos tipos son unos animales —advierte Barnes—. ¿Novedades?

—Bueno, alguna. Tomaron el Eurostar en Waterloo, hasta París, y después un avión en Orly, que aterrizó en

Lisboa hace dos horas. Ya tenemos hombres sobre el terreno, intentando averiguar lo que hicieron allí y dónde están en este momento.

—Sharon Stone —repite Barnes, suspirando—. Malditos desgraciados.

—¿Alguna idea sobre el propósito del viaje? —pregunta Thompson.

—Seguramente hablar con el padre de la muchacha —responde Barnes.

—El militar no está en la finca de Beja. Ya exploramos ese lugar. Ahora estamos investigando a los familiares.

—Sólo tenemos una oportunidad, queridos —masculla Barnes—. No van a usar los pasaportes una segunda vez. Jack no cometerá ese error.

—Todo es más difícil cuando la presa es alguien que sabe cómo hacer las cosas —se lamenta Thompson.

—Staughton, ¿cuál es la hora estimada de llegada? —pregunta Barnes.

—En dos horas estaremos aterrizando en el aeropuerto militar de Figo Maduro.

—Muy bien. Pon al personal a recorrer hoteles, empresas de alquiler de coches, compañías de taxi, de vuelos privados. Que enseñen sus fotografías, pero que no dejen que se queden con ellas. No queremos a la policía portuguesa metida en el caso, y está de más decir que mucho menos queremos a los periodistas. Sean discretos y rápidos. Ocúpate de eso. Necesitamos pistas para ir al grano en cuanto aterricemos.

Staughton, que había entrado con un montón de papeles, sale con un montón de encargos; pero es lo que le gusta. Unas cuantas llamadas y pone todo en marcha, la máquina funcionando a pleno rendimiento para que genere pistas lo antes posible. Sólo queda esperar que Jack Payne no sea más hábil que todos ellos juntos.

—¿Por qué habrán decidido ir a Portugal a buscar a su padre? —pregunta Thompson, todavía relajándose en el despacho de Barnes.

—Pienso que fueron a buscar respuestas. Y a definir su estrategia para el futuro.

—¿Pero él no es miembro de la P2?

—Teóricamente.

—¿Teóricamente?

—Teóricamente hay dos tipos de gente, dos estratos, en la P2. El moderno y el antiguo. El padre de ella pertenece al antiguo.

—¿Entonces hay dos logias?

—No exactamente. Hay una sola P2. Los antiguos miembros no tienen poder alguno en la actual situación. Pero existir, existen. Y están dando un trabajo de mil demonios.

—¿Todo esto son maniobras suyas?

—Sí. Hasta el Vaticano está alerta. Tenemos que apoderarnos de los papeles lo antes posible, si no toda la mierda va a caer sobre el ventilador. Nosotros somos parte de la mierda, Thompson, y vamos a volar por los aires.

Capítulo

47

Q UÉ QUIERES DECIR CON ESO DE QUE MI PADRE
vive aquí? —inquiere Sarah mientras recorren el
largo pasadizo excavado en la roca. Es lo suficientemente
alto como para que los dos marchen de pie y sobre espacio.

—Exactamente eso —responde Rafael, apuntando la
antorcha hacia arriba. Parece conocer el camino.

—¿Cómo es posible? —pregunta ella, sorprendida, sin
poder concebir que alguien sea capaz de vivir allí.

—Ya lo verás.

—Era verdad —dice la joven cambiando de tema—. El
convento tiene túneles.

El corazón de Sarah se desboca a cada paso. Se acerca
el momento del reencuentro con su padre. Es consciente de
que la imagen que tenía de él era incompleta, por no decir
falsa. En realidad, no lo conocía. Siempre había confiado en
él, por su comportamiento ejemplar, su impecable conducta
social. Para ella era un hombre digno, sin tacha alguna. Lo
consideraba un ejemplo como padre, como militar y como
hombre. Ahora... De nuevo en su tierra natal, obligada por
las circunstancias, recorre el túnel, las catacumbas del convento de Mafra, conocidas por pocos, pisadas por menos

aún, intentando convencerse a sí misma de que debe ser fuerte
y no venirse abajo delante de él. A pesar de todo, sus ojos se
humedecen.

Al cabo de unos minutos repara en la enorme puerta
de madera que delimita el final del túnel. Algo pasa volando
sobre ellos a gran velocidad, arrancando un grito de Sarah.

—Era un murciélago —la tranquiliza Rafael.

Sarah mira la boca negra de la que salió el bicho y luego
la otra, en la que se metió volando, justo enfrente.

—¿Qué son esos agujeros?

—Pasadizos hacia otros lugares.

—¿Qué lugares?

—Esto es una red de túneles que desembocan en galerías independientes, refugios y pasajes. Nunca he tenido
tiempo de explorarlo en toda su extensión, de modo que no
sé exactamente adónde van a parar éstos —explica Rafael
con total tranquilidad—. ¿Sabías que en la época de las in-
vasiones francesas la familia real pensó establecerse aquí?
—pregunta.

Portugal fue invadido tres veces en la primera década
del siglo XIX. Y, en las tres oportunidades, los ejércitos na-
poleónicos fueron expulsados de las fronteras portuguesas
con la ayuda del ejército inglés, liderado por el célebre duque
de Wellington, Arthur Wellesley, que también ostentaba el
título de duque de la Victoria.

—¿En serio? ¿Don Juan VI? ¿El que fue a Brasil?

—El mismo. Al final prefirieron viajar a Brasil. Era más
seguro.

—Y más lejano.

Por fin llegan a la puerta y Sarah espera a que Rafael la
abra. Él se acerca a la gran pieza de madera que sella la entrada y da tres fuertes golpes en ella. Uno. Silencio. Dos. Silencio. Tres. Silencio.

Tras unos instantes de espera oyen el ruido de las ce-
rraduras que son accionadas al otro lado. Sarah siente una
enorme ansiedad, que aumenta a medida que se acerca el momento en que la puerta se abra. Sigue un breve silencio, que

a la chica le parece más largo de lo que en realidad es. Las bisagras chirrían y el portón se mueve. Cuando ya hay suficiente espacio para que pasen cómodamente, aparece un rostro que los mira con una amplia sonrisa en los labios. Sarah se consume por dentro, pero no deja que los nervios la traicionen, más allá de un ligero temblor en los brazos y las piernas. Quien los recibe es Raúl Brandao Monteiro, su padre.

—¿Cómo estás? —pregunta Rafael, estrechándolo en un sentido abrazo, acompañado de fuertes palmadas en la espalda. Es el reencuentro de dos amigos.

—Bien, todo va bien por aquí.

Una vez finalizado el abrazo, Raúl mira a su hija, con los ojos vidriosos.

—Sarah, hija... —dice, aproximándose a ella.

Las lágrimas surcan los rostros de ambos.

—Perdona, hija mía. Perdona —implora en su oído, con la voz rota por la emoción.

Cesan los saludos, se aquietan los ánimos y todos vuelven lentamente a la realidad.

—Vamos —pide Raúl a su hija cariñosamente—. Pasa.

Al otro lado de la puerta, al final de un corredor cubierto de azulejos pintados con motivos referentes a los descubrimientos portugueses, se ve luz. Las carabelas de la orden de Cristo en los mares revueltos, el gigante Adamastor, los nuevos pueblos, los enemigos... Cada cuadro está separado del siguiente por una estrofa de *Os Lusíadas*, la obra literaria nacional, escrita por el gran poeta Camões.

Rafael cierra la puerta, echando de nuevo los cerrojos y devolviendo la seguridad al refugio. Apaga la antorcha. Allí no es necesaria, hay luz suficiente, proporcionada por candelabros fijos en la pared. Baldosas de mármol cubren el suelo, confiriendo al lugar una impresión de esplendor. Sarah comprende ahora que la tosquedad de la red de túneles no significa nada. Los pasadizos no requieren lujos; éstos se reservan para los refugios. La enorme puerta divide, verdaderamente, dos mundos.

Al final del corredor se abre un gran balcón hacia ambos lados. Varias columnas soportan el peso de los arcos. En las bases hay barandillas de hierro forjado, para quien quiera admirar el salón que se extiende abajo: un enorme espacio con todas las comodidades necesarias para la vida cotidiana. Se accede a él a través de dos escaleras, una a cada lado del balcón. Del techo en forma de cúpula cuelga una enorme araña que ilumina todo el lugar y las paredes están cubiertas de tapices. Hay un piano de cola, varios sofás con almohadones y una mesa de comedor para al menos veinte comensales. Aquella decoración, que dispara la imaginación de Sarah, haría pensar en un palacio o en un harén. Sólo faltaban las mujeres... y el sultán.

Desde el balcón, Sarah observa tres puertas situadas a cada lado, que probablemente dan acceso a los aposentos particulares.

Raúl se dirige hacia la escalera de la izquierda, y una vez que descienden los escalones de mármol, los invita a sentarse en un gran sofá.

—¿Quieren comer algo? ¿Bebida? No tengo muchas cosas, pero seguro que puedo encontrar algo que les agrade. —Su voz revela el alivio que siente al verlos sanos y salvos.

—¿Estás solo aquí? —se atreve a preguntar la hija, olvidando el ofrecimiento.

—Sí.

—¿Y mamá?

—Está bien, no te preocupes.

—¿Por qué no ha venido contigo?

—Porque ella no iba a soportar esta soledad. Aquí no hay ni televisión, ni radio, ni internet, nada...

—¿Dónde está? —continúa preguntando, con un tono de rencor. La conmoción del reencuentro ya ha pasado. Se han secado las lágrimas y la mente ha recuperado el control, recordando todo lo sucedido, las dudas que flotan en el aire, todo lo que está en juego.

—Tu madre está en un lugar seguro. Cerca de Oporto —responde el padre—. La puse al corriente de todo. Su reacción no fue la mejor, como podrás imaginar. —Con un leve movimiento de cabeza, Sarah corrobora lo que dice su padre. Ambos conocen a la mujer de la que están hablando—. Quería ir a buscarte a Londres, pero cuando comprendió la magnitud del problema, accedió a mi ruego. Ella no puede andar por ahí sola. Si la atrapan, podrían usarla como moneda de cambio. Saben hacerlo. Además, los elementos operativos de la CIA están muy activos.

—En efecto —afirma Rafael—. Pero aún nos quedan algunas horas de margen.

—¿Horas? —pregunta Sarah, que no está segura de haber entendido bien.

—Sí, horas —repite el padre—. Esta gente está muy bien preparada. No pueden reconstruir todos nuestros pasos, pero siempre se deja alguna pista, y seguro que la encuentran.

El miedo se vuelve a apoderar de Sarah, acelerando su ritmo cardíaco y provocándole escalofríos.

—¿Pueden descubrirnos aquí?

—Aquí no —aclara Rafael rápidamente—. Pero pueden situarnos en Mafra.

—¿Cómo?

—Haciendo averiguaciones en la empresa donde alquilamos el coche.

—¿Entonces también pueden saber en qué hotel nos hospedamos?

—Teóricamente sí. Si recorren todas las recepciones de todos los hoteles que hay en la región. Pero si localizan al taxista que nos llevó desde el aeropuerto hasta el hotel, no corremos peligro, porque...

—Ya sé —interrumpe Sarah, recordando que cuando tomaron el taxi en el aeropuerto, Rafael indicó que los llevara al hotel Le Meridien. Al final del recorrido, cuando Sarah creyó que al fin podría descansar un poco, Rafael comenzó a caminar en dirección opuesta a la del hotel. Le preguntó que adónde iba y él respondió que no se hospedarían allí. Anduvieron más de un kilómetro, hasta el hotel Altis.

Ahora comprendía su táctica—. Pensarán que nos alojamos en Le Meridien.

—Exactamente.

—Ya veo —dice Sarah, pensativa. Al cabo de un instante mira al padre directamente a los ojos—. Por lo visto, no tenemos tiempo que perder, así que empieza a contarme todo lo que no sé, desde el principio, sin omitir nada.

Raúl se sienta enfrente, separado de ellos por una mesa oscura, muy trabajada.

—Es justo. Tienes derecho a saberlo todo. ¿Qué te ha contado Rafael hasta ahora?

—Nada bueno. Cosas horribles, sobre todo. No mucho, en todo caso, teniendo en cuenta que he recibido una lista de delincuentes donde está incluido el nombre de mi padre.

—Vayamos con calma, hija —le pide el capitán en un tono conciliador.

—¿Con calma? ¿Me pides que tenga calma? Hay unos tipos de una secta llamada P2 que me están persiguiendo, que se sirven de la CIA para operar, ¿y quieres que esté tranquila? ¿Y más sabiendo que han matado a personas importantes? ¡Hasta a un papa liquidaron! Ten calma tú, si puedes.

—Bien. Ahora vas a quedarte callada y a escuchar lo que tengo que decir. Pero primero voy a servir unas copas de oporto para todos, ¿entendido? —El tono militar aparece al fin en la voz del capitán Monteiro. Se levanta y cumple con lo dicho, llena tres copas con un oporto Ferreira Vintage y entrega una a cada uno.

Rafael permanece impávido, sereno, sentado junto a Sarah. Raúl regresa finalmente a su lugar y da un sorbo.

—Todo hombre comete errores a lo largo de su vida. Y yo no soy una excepción. En 1971 ingresé en la P2, porque pensé que de ese modo ayudaría a mi país. En Portugal teníamos una dictadura y la P2 podía brindarme la posibilidad de contribuir a cambiar esa situación. O así quise creerlo. Cuando descubrí el verdadero objetivo de sus líderes, me aparté rápidamente de la logia. Desgraciadamente, nadie deja la P2 por propia voluntad, a menos que sea en beneficio de la organización. No fui el único portugués, como habrás visto en la lista. Y hubo muchos más que tuvieron la suerte de no aparecer en esa nómina, ni en la que fue publicada en 1981.

—Ya lo vi —advierte Sarah—. Personajes muy renombrados de nuestra política.

El capitán ignora los comentarios de su hija.

—Yendo a lo que interesa, mi relación con la P2 terminó en 1981. La mía y la de muchos otros. Pero la organización sigue existiendo, como pudiste constatar de la peor manera posible. En los once años en los que pertenecí a ella, jamás puse en peligro la vida de nadie ni maté a nadie —pronunció esta última frase con la mirada fija en los ojos de su hija, para que no quedase la menor duda—. Vigilé a muchas personas en Portugal, gente que la organización quería que estuviese constantemente bajo su mirada. Algunos eran extranjeros o personas de paso. Que yo sepa, sólo dos de esos sujetos terminaron muertos, pero no a mis manos. Uno de ellos fue Sá Carneiro.

—Santo Dios —deja escapar Sarah, llevándose la mano a la boca.

—Aquella historia puso fin a mi vinculación con la logia.

—¿Y cómo comienza la mía?

—A eso vamos. Primero tengo que explicar qué son esos papeles. Estamos hablando de trece hojas.

—¿Trece? Pero yo sólo tengo dos. Quiero decir tres. Tenía tres, pero una la perdí... en el estómago de un hombre. —Se vuelve hacia Rafael—. La del código.

—¿Qué código? —pregunta de pronto el padre—. No, esperen, después hablaremos de eso. Ahora déjenme terminar. Esas trece hojas incluyen la lista que has recibido, cuatro hojas con información sobre altos funcionarios del Vaticano y otra lista donde estaban indicados los futuros nombramientos del Pontífice, algunos de los cuales iban a tener efecto el mismo día que el Papa murió. También contienen varias anotaciones sobre las medidas papales a corto, medio y largo plazo, por las que podía preverse un papado polémico para el ala más conservadora de la Iglesia. Y además está el tercer secreto de Fátima.

—¿El tercer secreto de Fátima? —Sarah está perpleja—. ¿Lo que Juan Pablo II reveló en el año 2000?

Raúl lanza una mirada de sorpresa a Sarah.

—Por supuesto que no. El verdadero tercer secreto.

—¿Entones lo que revelaron en 2000 no era el secreto auténtico?

—El verdadero tercer secreto revela la muerte de un hombre vestido de blanco a manos de sus pares.

No faltan quienes piensan que la tercera parte del secreto de Fátima, revelada al mundo por el Vaticano en 2000, no se ha publicado en su integridad. Lo que había escrito sor Lucía se refería a una imploración de la Virgen. María gritaba: «¡Penitencia, penitencia, penitencia!». Según el texto de la monja de Fátima, había visto a un obispo vestido de blanco, que ella identificó con el Santo Padre. También vio a otros obispos, sacerdotes, religiosos y religiosas que subían una montaña empinada, en cuya cumbre había «una gran cruz de maderas toscas como si fueran de alcornoque, con la corteza». El papa, o la figura que sor Lucía identificó con el papa, antes de llegar a esa cruz avanzó por una gran ciudad en ruinas. El pontífice parecía «tembloroso, con paso vacilante, apesadumbrado de dolor y pena, rezando por las almas de los cadáveres que encontraba por el camino». Siempre según lo que publicó el Vaticano, la visión continuaba describiendo cómo el hombre vestido de blanco llegaba a la cima del monte y allí, postrado de rodillas a los pies de la gran cruz, era asesinado «por un grupo de soldados que le dispararon varios tiros de arma de fuego y flechas». La visión profética concluía asegurando que otros obispos, sacerdotes y religiosos murieron junto a él y del mismo modo, con muchos hombres y mujeres de distintas condiciones. Bajo los brazos de la cruz había dos ángeles, según sor Lucía; ambos sujetaban sendas jarras de cristal, en las cuales recogían la sangre de los mártires...

Raúl hace una pausa para dejar que la chica comprenda que, con tener una grave apariencia, esa historia no es la historia completa, y aprovecha para beber un trago de oporto.

Sarah aún reflexiona sobre la información transmitida por su padre, intentando evaluar sus consecuencias. A su entender, todo es demasiado serio para afrontarlo a la ligera. Si pudiese decidir, optaría por ocultarlo todo, de tal forma que nunca fuese descubierto por nadie.

—Entonces ¿por qué salieron con esa historia en 2000?

—Porque tenían que inventar algo. Y era preferible defraudar las expectativas que decir que el tercer secreto anunciaba el asesinato de un papa.

—Claro —afirma Sarah, que todavía mantiene una actitud meditativa—. Imagino que no debe de ser fácil manejar una revelación así.

—No lo es. Por eso tardaron tanto en darla a conocer. Después hicieron lo del año 2000, todo muy bien montado. Los fieles compraron la mercancía, los infieles también, y el caso quedó archivado.

La copa de vino de Sarah permanece intacta. La de Rafael, en cambio, ya está vacía.

—¿Por qué aparecen ahora estos papeles?

—Eso...

—Mejor dicho, si sus pares del Vaticano lo asesinaron, ¿por qué guardaron los papeles... en lugar de destruirlos?

—Primero aclaremos una cosa. El Vaticano, como institución, no tuvo nada que ver con esto. Un grupo de hombres, aunque se oculten debajo de un hábito o de un birrete rojo, no constituyen toda la Iglesia. Actualmente en el Vaticano sigue habiendo indeseables, al igual que en 1978. La diferencia es que no ocupan lugares tan influyentes. A pesar de que la curia romana es tan conservadora como entonces, y quizá más que en esa época, la P2 no ejerce en ella ninguna influencia. No es capaz de manipular cónclaves o decisiones papales. Es cierto que ahora hay otras organizaciones que desempeñan ese papel, pero no nos consta que blanqueen dinero y manden emitir títulos falsos.

Sarah escucha escandalizada.

—¿Manipular cónclaves? ¿Y los cardenales? ¿Y el Espíritu Santo?

—El único Espíritu Santo que conozco es un banco —afirma el padre con ironía—. Es evidente que los cónclaves son, por encima de todo, un acto político, sujeto a influencias y manipulaciones externas, como cualquier elección humana. Hay papables que, hasta la fecha de inicio del cónclave, realizan campañas con la intención de obtener el mayor número de votos posible. La curia elige a su candidato, apoyada por fuertes organizaciones, y cuando los cardenales entran en el cónclave, todo está prácticamente decidido.

—Entonces, ¿todo es una comedia?

—Teóricamente.

—¿Teóricamente?

—La Iglesia tiene varias facciones. La más conservadora, representada por la curia, y otras más liberales que no viene al caso enumerar ahora. Una vez que una de esas facciones adquiere preponderancia, los otros cardenales son atraídos a ella, por una especie de efecto de arrastre.

—Siguen a la locomotora.

—Sí. Supongo que podría decirse así.

—¿Y eso es lo que sucedió en 1978?

—No. La curia no logró imponer la elección del cardenal Siri, que era su preferido. Una facción de cardenales no italianos se puso del lado de Albino Luciani. Así quedó sellada su suerte.

El silencio vuelve a apoderarse del salón por un instante. Luego el capitán sigue hablando.

—En el segundo cónclave de 1978, el «año de los tres papas», no corrieron riesgos y eligieron a uno que pudiesen controlar. No hace falta decir que dieron en el clavo. No sólo era un pontífice manipulado por la curia, sino que además consiguió establecer después una maravillosa relación con los fieles. Les fue muy útil.

—No tenía esa idea de Juan Pablo II.

—Nadie la tiene. Pero es difícil reprochárselo. Primero, porque recibió un aviso muy serio en 1981, a pesar de que el plan inicial no era darle un susto, sino matarlo. Y después, porque el Vaticano, indirectamente, puso cerca de mil millones de dólares en las arcas de Solidaridad.

—¿Solidaridad?

—Sí, el sindicato polaco de Gdansk que terminó por derrocar el régimen comunista polaco. Con fondos del Vaticano y de los norteamericanos.

—Siempre el comunismo como objetivo —dice Sarah.

—Sí. No sólo los norteamericanos viven obsesionados con los comunistas. El Vaticano también.

—Pero no has respondido a mi pregunta. ¿Por qué las personas que mataron al Papa no destruyeron esos papeles? Es lo que yo habría hecho.

—Escucha —continúa el padre—. El Papa no murió por los papeles que tenía en la mano. No obstante, alguien tuvo el cuidado de retirarlos inmediatamente de los aposentos pontificios. Se los entregó a la persona que ejecutó el trabajo, quien rápidamente los sacó del Vaticano. La orden era destruirlos, pero él jamás la cumplió.

—¿Por qué?

—Buena pregunta. Supongo que para tener una posibilidad de chantaje. O incluso para salvaguardar su vida, en caso de que en el futuro los jefes quisieran librarse de él.

—Comprendo —dice Sarah, moviendo la cabeza—. Entonces llegó el momento de saber el porqué del asesinato. ¿Por qué mataron al Papa?

—¿Vas a beber tu oporto? —pregunta Rafael de improviso. Hacía un rato que no se oía su voz. Sarah lo mira.

—No —responde ella, mientras le entrega la copa—. Sírvete.

—Gracias —dice Rafael, y toma el vino sin ceremonias.

—Quiero saber quién mató al Papa y por qué —continúa Sarah—; y quién es el tal Firenzi, el nombre me suena, pero no logro recordar de dónde. Tengo que saber qué papel juego yo en todo este asunto.

—Disculpa que los interrumpa, capitán, pero será mejor continuar la conversación en el coche.

—¿En el coche? ¿Qué coche? ¿En el que usamos para venir?—pregunta la chica.

—No, el que tengo afuera —explica su padre—. ¿Cómo creías que nos iríamos de aquí?

—No sé. Con él todo es posible —responde Sarah mirando a Rafael—. ¿Pero adónde vamos? ¿No estamos seguros aquí?

—Sí. Pero en poco tiempo Mafra estará repleta de agentes, y no podemos correr el riesgo de quedar rodeados. Es imperativo mantener un margen de maniobra. Marchar siempre un paso por delante —explica Rafael.

—¿Realmente crees que lograrán ubicarnos en Mafra?

—No tengo la menor duda.

E L PAPA MURIÓ PORQUE SABÍA DEMASIADO —DICE
Raúl, sentado junto al conductor del Volvo, mientras mira hacia atrás, a su hija, que se incorpora para escuchar mejor. Rafael parece absorto en la tarea de conducir. Sarah colige que él ya conoce la historia que cuenta su padre y que está sumido en sus propios pensamientos—. Y estaba dispuesto a tomar las medidas correspondientes.

—¿Y lo que sabía era tan grave?

—Sabía que importantes elementos de la jerarquía eclesiástica, incluido su secretario de Estado, el cardenal Jean-Marie Villot, pertenecían a organizaciones masónicas, lo que está penado con la excomunión automática. También llegó a su conocimiento que el Instituto para las Obras Religiosas, el IOR, más conocido como el Banco Vaticano, era dirigido por un hombre corrupto que, en connivencia con un personaje del Banco Ambrosiano, lavaba dinero de la mafia y de otras entidades poco santas.

—¿De quién estás hablando?

—De Paul Marcinkus, del Banco Vaticano, y de Roberto Calvi, del Banco Ambrosiano. Y del hombre clave que manipulaba a esos dos personajes: Licio Gelli, el cerebro de todo el plan de lavado de dinero negro.

—¿Cómo es posible hacer algo así?

—A través de empresas fantasmas radicadas en Sudamérica y en el norte de Europa, y posteriormente comprando bancos en el exterior, o utilizando dependencias del Ambrosiano para hacer entrar dinero o desviarlo. Mucho dinero. Cuando el negocio prosperó, Calvi recibió de Pablo VI el sobrenombre de «el banquero de Dios». En un determinado momento, elevaron el nivel de operaciones, o sea, Gelli comenzó a exigir que lavasen más dinero, siempre a través del Vaticano y el Ambrosiano. Naturalmente, no tardaron en surgir sospechas y, a pesar de ser banqueros brillantes, Calvi y Marcinkus cometieron errores. En realidad, muchos errores. Y todo terminó explotando en lo que fue conocido como «el escándalo del Banco Vaticano», poco después de la muerte del Papa.

»El Banco Ambrosiano, de antiguas vinculaciones con instituciones religiosas —continúa Rafael— cayó en manos de Roberto Calvi, un miembro reconocido de la P2. Gelli, el Gran Maestre de la logia, consiguió que el Banco Vaticano participara con más de un veinte por ciento en el Banco Ambrosiano, dedicado a operaciones irregulares en Europa y América, con sociedades paralelas y encubiertas para el blanqueo de dinero y otros fraudes fiscales.

»Todo estalló cuando el Banco de Italia declaró un agujero de miles de millones de dólares, al que el Ambrosiano no podía hacer frente de ningún modo. Cuando comenzaron las investigaciones, a principios de los ochenta, se descubrió la tolerancia de la Santa Sede con los manejos de Calvi y los suyos y, además, se entendió que el Vaticano participaba con complacencia en las actividades delictivas del Banco Ambrosiano. Calvi pidió ayuda al Banco Vaticano, regido por el obispo Marcinkus, pero éste tenía bastante trabajo con intentar salvar su propio pellejo.

»Albino Luciani estaba al tanto de estos manejos desde mucho antes de acceder al papado, porque, como patriarca de Venecia, era el presidente de la Banca Católica del Véneto, una de las instituciones financieras de la Santa Sede. Y cuando accedió al solio papal, aún pudo recabar más información, lo cual sólo significaba más peligro.

—Entonces mataron al Papa porque iba a arruinar sus planes —concluye Sarah.

—Exactamente. No sólo los iba a arruinar, pensaba ponerlos al descubierto ante el mundo. Todos irían a parar a la cárcel. Era tanta la basura acumulada... por poner un ejemplo, el Banco del Vaticano, a través de la P2, estuvo íntimamente ligado a la compra de los misiles Exocet que utilizaron los argentinos para luchar contra los ingleses en la guerra de las Malvinas. ¿Te das cuenta de las implicaciones de todo esto?

—Dios santo.

—Incluso se valían de un mafioso llamado Michele Sindona, que actuaba como enlace con la *cosa nostra* y les suministraba grandes sumas de dinero.

—¿También formaba parte del grupo?

—Sí, pero no tuvo nada que ver con la muerte del Papa. Sindona tenía las manos manchadas con la sangre de muchas personas, incluso magistrados de renombre, pero a esas alturas ya tenía la soga al cuello, estaba hundido por sus propios asuntos. Respondía por sus crímenes económicos ante la justicia norteamericana, en Nueva York.

—¿Y nadie se ocupó de los otros?

—A partir de cierto momento, varias policías europeas y el mismo Departamento de Justicia norteamericano ataron cabos y empezaron a encontrar demasiadas irregularidades. No obstante, era una trama demasiado grande y compleja y les costó mucho tiempo tirar de todos los hilos. Pero Juan Pablo I recibió en secreto, a los pocos días de su nombramiento como Papa, a funcionarios del Departamento de Justicia norteamericano, que lo pusieron al corriente de la situación, para que tomara las medidas que considerase convenientes. Juan Pablo I supo entonces que había criminales en el Vaticano y que tenía que deshacerse de ellos. Pero se le adelantaron.

—¿Fueron ellos quienes lo mataron?

—No se sabe. Yo creo que fueron los autores morales del crimen. Tan culpables como quien lo ejecutó.

—Especifica.

—Licio Gelli, Roberto Calvi y el obispo Paul Marcinkus y el cardenal Jean-Marie Villot. Desde luego, alguien en el Vaticano tuvo que facilitar la entrada del autor material del crimen y deshacerse de todas las pruebas en un tiempo récord. Su Santidad fue encontrado muerto a las cuatro y media de la mañana, y a las seis de la tarde sus aposentos ya estaban limpios y sellados y la llave en poder de Villot, camarlengo por segunda vez en poco más de un mes. Y en poco más de doce horas, se había borrado todo vestigio del paso de Albino Luciani por el Palacio Apostólico.

—Eso sí que es ser eficiente.

—Eso sí que es estar apurado. A las cinco y media de la mañana de ese mismo día, tres cuartos de hora después de haber encontrado muerto al Papa, los embalsamadores ya estaban en el Vaticano. Con todo lo que había que hacer, era sospechoso que los hermanos Signoracci estuvieran allí, listos. Más si tenemos en cuenta que la ley italiana sólo permite el embalsamamiento veinticuatro horas después de la defunción.

Sarah se limita a mover la cabeza.

—A las seis de la tarde de ese mismo día, Juan Pablo I ya estaba embalsamado. Se cometió una ilegalidad monumental.

—¿Pero qué tipo de veneno puede engañar a los médicos?

—El Papa no fue envenenado.

—¿No?

—No. Y ningún médico fue engañado.

—Entonces...

—De modo que —interrumpe el padre— hasta el más lerdo se daría cuenta de que había algo raro. Un simple ataque cardíaco jamás habría llevado a los enemigos del Papa a actuar tan imprudentemente ni con tanta celeridad. En especial, si tenemos en cuenta su experiencia. Piensa que cuando murió Pablo VI, apenas un mes antes, no se había actuado de ese modo. Todo lo contrario.

—No se entiende ese comportamiento.

—Se entiende bien. Hubo gente en el Vaticano que estuvo implicada en la conspiración para matar al Papa. Primero tuvieron la esperanza de poder controlar los actos de Luciani. Pero éste jugaba fuerte, y había decidido hacer cambios de importancia en la estructura del Vaticano. Se disponía a limpiar la cizaña, incluyendo a Marcinkus y a Villot, que serían sustituidos por los cardenales Felici y Benelli, respectivamente. En ese momento, los de la P2 se dieron cuenta de que estaban perdidos, y el siempre voluntarioso Gelli puso en marcha el plan, ejecutado la noche del 28 al 29 de septiembre.

—¿Y quién lo mató exactamente?

—Nadie sabe su nombre. Pero creo que es el hombre que anda tras nuestros pasos.

—Entonces tiene que ver con la P2.

—Sí. Quien mató a Juan Pablo I era y es miembro de la P2.

—¿Y no saben su nombre?

—Sólo sus iniciales...

—¿Cuáles?

—J.C.

—¿Y cómo entro yo en todo esto? —pregunta Sarah por enésima vez, con la esperanza de que su padre se lo aclare por fin.

—¿Cómo entras tú en todo esto? —repite el capitán en voz alta. Suspira, mientras trata de ordenar las ideas para hacerlas comprensibles a los demás—. Valdemar Firenzi, que es un antiguo miembro de la P2, al igual que yo, encontró los famosos papeles desaparecidos. Estuvo muchos años reuniendo indicios y siguiendo pistas, y finalmente, cuando ya había desistido, dio con ellos en el sitio menos pensado.

—¿Dónde?

—En los Archivos Secretos del Vaticano.

—¿En los Archivos Secretos? ¿Cómo fueron a parar allí?

—No tengo la menor idea. Tendrás que preguntarle a J.C., aunque no me gustaría que tropezaras con él —responde Raúl—. Presumo que, cuando las personas ligadas al caso comenzaron a morir, se sintió más seguro. En realidad, no habría sido nada prudente que se quedase con los papeles, pero... todo son suposiciones.

—De acuerdo. No importa. Firenzi encontró los documentos, ¿y después?

—Hacía poco que Pietro Saviotti había reabierto el caso de la muerte de Juan Pablo I en la fiscalía de Roma, y esos papeles adquirían una importancia enorme como prueba. Consciente de su valor, y de que mucha gente preferiría verlos desaparecer, optó por sacarlos del Vaticano y enviarlos a personas o direcciones que nadie conoce, con la intención de ponerlos a salvo. Pero como las paredes de la Santa Sede tienen oídos, se sintió en peligro. ¿Qué hizo entonces? Mandó una fotografía de Benedicto XVI a Felipe Aragón y a Pablo Rincón con un mensaje destinado sólo a ser entendido por ellos. Y algo sucedió, que desconozco, que hizo que te enviara la lista a ti. ¿Por qué se quedó con esa lista y no la envió con los primeros papeles? No lo sé.

—¿Pero por qué tuvo que enviármelos a mí?

—Porque eres su ahijada. ¿No te acuerdas que de pequeña te hablábamos de él? Hace mucho que marchó a Roma y por eso no lo conoces.

»Necesitaba a alguien que no perteneciera a la organización. Pensó que, al ver mi nombre en la lista, te pondrías en contacto conmigo y yo comprendería enseguida. Lo peor que podía suceder era que no prestaras ninguna atención a los papeles. Pero no pensaba que pudieran atraparlo. Lo hicieron, y de alguna manera se enteraron de casi todo.

—¿Lo atraparon?

—Sí.

—¿Y ahora?

—Ahora debe de estar muerto —dice con voz ahogada.

Sarah reflexiona, muy seria.

—Vaya... casi ni me acordaba de que tenía un padrino italiano.

—No te dejes engañar por el nombre. Firenzi era portugués de pura cepa.

—¿Sí? Es igual, nos puso en peligro a todos.

—No digas eso.

—¿Que no lo diga? Es la verdad. Metió sus narices en algo que estaba muy bien como estaba. ¿Qué pretendía?

—Sacar la verdad a la luz.

—Esa verdad estaba muy bien como estaba, bajo siete llaves.

Raúl se lleva una mano al bolsillo interior de su chaqueta y extrae un papel y un retrato de Benedicto XVI.

—¿Qué es eso? —pregunta Sarah.

—Lo que recibió el padre Felipe en Madrid.

Entrega la carta a la joven. A pesar de no saber español, lo entiende casi todo.

Hoy, día que cumplo setenta y cuatro años, los errores del pasado me han alcanzado. La ironía divina no me pasa inadvertida, sé que es Él quien está detrás de todo esto. Es difícil entender, durante el despuntar de la vida, las implicaciones y consecuencias de nuestras decisiones, de nuestros actos. Partimos de principios correctos, con el más noble de los sueños, y al tiempo nos encontramos con nuestra propia monstruosidad, la vil y cruel consecuencia de lo que hicimos. Por mucho que pasemos el resto de nuestros días enmendando el mal con el bien, renunciando por completo a nosotros mismos en favor del prójimo, la mancha sigue ahí, siempre tras nuestros pasos, acortando la distancia, diciéndonos por lo bajo «no escaparás, no escaparás». Hasta que termina cumpliendo su promesa, como ocurre hoy, el día de mi cumpleaños. Antes de despedirme quiero entregarte esta carta y el retrato de mi amado Papa, al que tú sabrás aplicarle la tierna luz de la oración. En cuanto a mí, me despido con una confesión: dejé morir a un Papa por cobardía y no hice nada para evitarlo.

—Las autoridades españolas me lo entregaron cuando fui a arreglar el funeral de Felipe. Mi buen amigo Felipe.

—¿Y no encontraron extraño el contenido?

—No ataron cabos. Y, por suerte, llegué antes de que algún miembro de la organización se apoderase de la carta. En Buenos Aires eso no fue posible, y no sólo mataron a Pablo, también se llevaron el retrato.

—¿Qué tiene de especial el retrato?

Raúl saca una pequeña linterna de luz ultravioleta.

—Acércate.

Vacilante, Sarah se aproxima a su padre con curiosidad. Rafael también mira de vez en cuando, sin perder el control del coche. Tras aplicar la luz negra, ven cómo desaparece el rostro de Benedicto XVI y se revela claramente el retrato de un anciano, trazado hábilmente con miles de filamentos fluorescentes.

—¿Quién es? —pregunta Sarah.

—No lo sé —responde el padre.

—Un retrato doble —dice Rafael.

Raúl aparta la luz mágica e inmediatamente la imagen de Benedicto XVI reaparece.

—Estoy desconcertada.

—No sé quién es, pero ellos sí lo deben de saber ya. Supongo que es el hombre que, en este momento, está en posesión de los papeles —agrega Raúl.

—Lo que nos lleva a los otros dos elementos que recibió Sarah —dice Rafael.

—¿Cuáles? —pregunta Raúl.

—Un código...

—Que tu amigo, feliz o infelizmente, se tragó —agrega Sarah.

—Y la llave.

—Es verdad, la llave. —Sarah se había olvidado por completo de ella. La saca de un bolsillo de sus pantalones y se la muestra a su padre. Una llave muy pequeña, seguramente de un candado o una cerradura minúscula.

—¿De dónde será? —pregunta Raúl mientras la observa—. ¿Qué abrirá?

Guardan silencio durante unos instantes, analizando cada uno por su lado las posibles teorías sobre la llave, el retrato, las revelaciones que acaba de hacer Raúl.

—Hablaron de un código.

—Sí, pero desapareció —advierte Sarah.

—Desapareció el original, pero tengo una copia —anuncia Rafael, mientras despliega un papel que extrajo del bolsillo de sus pantalones. El mismo en el que copió el enigma antes de dejar que Margulies se pusiera a descifrarlo.

Raúl mira el código con suma atención, no hay tiempo que perder.

18, 15 - 34, H, 2, 23, V, 11
Dio bisogno e IO fare lo. Suo augurio Y mio comando
GCT (15) - 9, 30 - 31, 15, 16, 2, 21, 6 - 14, 11, 18, 18, 2, 20

—¿Tu amigo logró descifrarlo? —pregunta finalmente.

—No tuvo tiempo —explica la chica—. Lo mataron antes.

—Entonces esto nos va a costar algunas horas.

—Esperen —exclama Rafael, mientras trata de recordar algo, absorto—. Antes de morir me miró.

—¿Quién? —pregunta Sarah, confundida.

—Margulies. Me miró antes de morir y me dijo que contara las palabras.

Raúl ya no oye. Apoya el papel en el regazo y guarda silencio; mientras, garabatea algo con una lapicera y hace cuentas con los dedos. Al cabo de unos segundos se endereza.

—Ya lo tengo.

L, A - C, H, I, A, V, E
Dio bisogno e IO fare lo. Suo augurio Y mio comando
GCT (DI) - N, Y - M, A, R, I, U, S - F, E, R, R, I, S

—¿La llave? —exclama Sarah en voz alta—. ¿Marius Ferris? ¿Quién es Marius Ferris?

—Supongo que el hombre del retrato doble —aventura su padre.

—Capitán, si me lo permites, pienso que podemos interpretarlo de dos maneras. O la llave es Marius Ferris, o la llave abre algo en Nueva York.

—¿Nueva York? —Sarah no entiende por qué menciona el nombre de Nueva York.

—Sí. NY debe de ser Nueva York.

—¿Y GCT? —pregunta Raúl.

—GCT —repite Rafael, pensando, pero no se le ocurre nada—. ¿Y esas dos letras entre paréntesis? La cosa no es sencilla.

—¿Estará bien descifrado? —pregunta Sarah.

—Creo que sí —afirma su padre—. Fíjate en las primeras palabras, «la chiave», no dejan lugar a dudas. Marius Ferris puede ser el hombre que nos falta. Sólo tenemos que descifrar GCT y esas letras entre paréntesis.

—Veamos eso durante el viaje, capitán.

—Tienes razón.

—¿Ya saben hacia dónde vamos exactamente? —pregunta Sarah, divisando a lo lejos las luces de Lisboa—. ¿Y si vamos a un hotel para dormir bien una noche?

—Ni pensarlo. Hay muchos kilómetros hasta Madrid.

—¿Madrid? —La chica está desconcertada.

—¿Cuál es tu plan, amigo? —pregunta Raúl para tranquilizar a su hija.

—En coche hasta Madrid y después en avión hasta Nueva York.

—¿Nueva York? —Sarah está intrigada—. Ni siquiera estamos seguros de que ése sea el lugar al que nos envía el enigma.

—Sí —afirma Rafael con total seguridad—. Quema el código, capitán. Ya sé lo que significa.

A L FIN LLEGA EL ANSIADO MOMENTO. EL QUE ES-
pera, prácticamente desde hace muchos años. Incluso, pensándolo bien, desde los tiempos en que andaba de
la mano de su padre por las calles de la vieja Gdansk.

El padre, metalúrgico de profesión, fue un miembro
activo de Solidaridad. Tenía muy arraigado el ideal de una
Polonia libre. Odiaba la dictadura de su país, pero no veía
la que imperaba en su hogar, a la que sometía a su madre,
que jamás perdió el aire jovial, a pesar de las adversidades fí-
sicas y psicológicas que tenía que afrontar. Lo impresiona
ver cómo guarda esa imagen fija de ambos junto a la orilla
del Motlau, cuando lo más notable del progenitor eran la
violencia y las prolongadas ausencias, lejos de la familia, consecuencia de la lucha desigual contra un gobierno totalitario.
En ese terreno hay que concederle el mérito del obstinado
compromiso que mantuvo hasta el fin de sus días. Lástima
que no implantase en la familia las libertades por las que lu-
chaba. Por ejemplo, bien podía haber concedido a su madre
libertad de expresión. La imagen del río podría ser la foto
feliz tomada por una madre feliz. Pero no. Nada de eso corresponde a la verdad. Esa fotografía jamás existió, jamás se

hizo. Lo que existía era el miedo, el pavor cotidiano, el terror de oír la llave girando en la cerradura, para dar paso al demonio, a él. Era el fin de la paz, de una larga ausencia. Una vez más, la maleta negra repleta de dólares para la causa. «Es de los americanos», decía él, mientras engullía la cena preparada por la esclava, tan pura de corazón que nunca concibió la idea de aderezarla con matarratas. Es lo que él habría hecho. «Es del Vaticano», continuaba. «Esta vez vamos a terminar con ellos.» Y reía, reía como un niño cuyos sueños están a punto de realizarse. Decía que no podían hablar con nadie de la procedencia del dinero. Todos lo negarían si llegara al dominio público. Además era dinero ilícito, obtenido a costa del mal de otros, dinero de drogas, de tráfico de secretos mal guardados. Dinero sucio para financiar ideales nobles, la igualdad, la justicia y la libertad. Los extranjeros, los ojos curiosos y, por supuesto, los enemigos no deben conocer el origen del dinero. Fueron los americanos y el Vaticano, decía el padre, sin especificar las vueltas que habían dado esos billetes para despistar a intrusos y traidores. Las manos por las que habían pasado, las empresas fantasmas visitadas, los administradores de bancos corruptos. Nunca nadie lo sabrá.

Recuerda, como si fuese ayer, el día que llegó a casa y la vio. Los ojos abiertos, vidriosos, inertes, con la mirada perdida. La sangre que le corría por el cuello formaba un charco en el suelo. Apenas se distinguía que el color original de su blusa era el blanco. El padre estaba sentado en el suelo, recostado contra la pared, lanzando invectivas, borracho, tratando de explicar que ella le había faltado el respeto. Cuando se dio cuenta, el mal ya estaba hecho. «Ahora sólo somos nosotros dos, niño», dijo el padre, sollozante y ebrio. «Ven aquí, muchacho, dale un abrazo a tu padre.» No fue un ruego, sino una orden, obedecida por el niño, que abrazó al padre con el cuerpo y a su madre con el pensamiento. El cuchillo se hundió en el cuerpo hasta el mango, y el hijo siguió abrazando al padre con fuerza, con gran amor, con los ojos cerrados, intensamente. Cuando por fin murió, el hijo se apartó del padre y miró por última vez el cuerpo de la madre. «Ahora soy sólo yo.»

Y, finalmente, ha llegado el momento ansiado durante tantos años. Finalmente conocerá al Gran Maestre, que ya debe de haber aterrizado en suelo norteamericano, aquí, en alguna pista del aeropuerto de La Guardia, en Nueva York. Y este siervo suyo lo espera en la pista interior del aeropuerto, en el lugar indicado para que se detenga el avión. Trae un coche a la altura de tan alta dignidad. Una sonrisa oculta los nervios que lo consumen. El Maestre es como un padre para él. Aunque no lo conoce personalmente, le brinda todos los dones que un verdadero padre concede a sus hijos: techo, dinero, educación, trabajo, estímulo. Es verdad que todo lo ha hecho a distancia, pero tal vez por eso mismo haya cultivado un amor y un respeto tan grandes por el Maestre.

El avión ya se divisa en la pista. Cuando se apagan los motores y se abre la puerta, la primera persona que aparece es el hombre vestido con un traje de Armani que conoció en Gdansk. Éste espera para ayudar al señor de edad avanzada que viene detrás, apoyado sobre un bastón rematado por un león dorado en el extremo. Con una mano empuña el bastón, con la otra se agarra al brazo del asistente. Por fin están frente a frente los tres. Padre, Hijo y Espíritu Santo. El amo, el siervo y el asistente.

Y en una escena digna de siglos pasados, el siervo polaco se arrodilla delante del Maestre e inclina la cabeza en una reverencia.

—Señor, quiero que sepa que es un honor para mí conocerlo al fin —dice con los ojos cerrados.

El anciano le coloca una mano temblorosa sobre la cabeza.

—Levántate, hijo mío.

El siervo lo obedece rápidamente. No se atreve a mirar al jefe directamente a los ojos. El anciano entra en el coche y él le cierra la puerta.

—Me has servido bien. Siempre con mucha eficiencia y dedicación.

—Siempre podrá esperar de mí un empeño total y absoluto —afirma él, con sincera veneración.

—Lo sé muy bien.

—¿Dónde está el objetivo? —pregunta el asistente.

—En este momento, visitando un museo.

—Le gusta cultivar su intelecto —ironiza el hombre de negro.

—¿Hacia dónde desea ir, señor? —pregunta con timidez el polaco.

—Vamos a hacer un poco de turismo —responde el viejo—. Llévanos a dar un paseo.

Sus palabras son órdenes.

En el asiento trasero se desarrolla una conversación en voz baja, no apta para los oídos del subalterno.

Una vez finalizada, el Maestre marca un número en su celular. Aguarda algunos segundos hasta que obtiene respuesta.

—¿En qué punto nos encontramos? —pregunta directamente, sin ningún saludo previo. Escucha la respuesta y habla con tono tajante—. Señor Barnes, preste mucha atención a mis órdenes.

Y A HACE RATO QUE LOS TRES OCUPANTES DEL VOLVO
permanecen en silencio, mientras ruedan a ciento
cuarenta kilómetros por hora por las autopistas de acceso
a Lisboa. Sólo a esas horas se puede ir a tanta velocidad por
una de las carreteras más congestionadas de Europa.

Sarah mira hacia el exterior, distraída. Pasan las fincas,
los estadios, los centros comerciales, los automóviles, los ca-
miones, pero ella no los ve. ¿Qué planes se urdirán en ese
preciso momento para que unas personas dominen a otras
o unos países sojuzguen a naciones más débiles? Piensa que
hay dos tipos de política: la que se deja ver al pueblo, pura
fachada, y la otra, la oculta, la que realmente decide.

—¿Estás bien, hija? —le pregunta su padre, volviendo
la cabeza.

—Dentro de lo que cabe. —La respuesta es distante,
como si aún estuviese absorta en sus pensamientos—. Estaba pensando. La P2 mató al Papa y seguramente a muchas
otras personas. ¿Hay otras personas conocidas a las que
hayan hecho desaparecer? —subraya las últimas palabras,
mientras fija sus ojos en Rafael, que se percata del gesto a
pesar de tener la vista puesta en la carretera.

—Es difícil saberlo con total seguridad. Sólo los implicados lo saben, pero entre sus víctimas se encuentra probablemente también el primer ministro sueco Olof Palme, que murió asesinado.

—Sí, se ve que no tienen ningún problema en liquidar a cualquiera que estorbe sus planes.

—De eso puedes estar segura.

—¿Y por qué lo asesinaron?

—Porque impediría alguna operación importante para ellos. Venta de armas, probablemente.

—Espera un momento. ¿Y qué tiene que ver la CIA con todo esto?

—Tienen mucho que ver. Esas muertes ocurrieron porque les parecía bien que ocurrieran.

—¿La de Juan Pablo I les interesaba?

—Para los aliados de la P2, o sea la CIA, sin duda tenía interés, pero ese caso es curioso, porque el Departamento de Justicia de Estados Unidos tenía a Juan Pablo I como colaborador. Y su muerte perjudicó, y mucho, el avance de sus investigaciones.

—Cuánta confusión.

El padre se vuelve hacia Rafael.

—¿Cuál es el itinerario?

—Hacia el sur. Pasamos el puente 25 de Abril y después derecho hasta Madrid.

—Me parece bien —concuerda Raúl.

—Sólo quiero verificar que no nos están siguiendo.

Sarah se sobresalta de inmediato.

—¿Y cómo lo verificamos?

—Tomando un camino estrecho o una calle sin salida. De ese modo, quien venga detrás se delatará.

—Pero así nosotros tampoco tendremos escapatoria —objeta Sarah.

—Cierto, pero confirmamos que nos persiguen. Es la táctica utilizada por los narcotraficantes. Así no corren el riesgo de ser atrapados con las manos en la masa. Si no los siguen, continúan su camino. Cada tantos kilómetros repiten la maniobra. Si alguien los vigila, abortan la operación. Se tirotearon con la policía, son atrapados y los grandes traficantes siguen impolutos en sus mansiones, planeando cómodamente la siguiente entrega.

Sarah escucha aturdida toda la explicación.

—No tengo la menor intención de meterme en un tiroteo. El de ayer fue más que suficiente.

—Dije que es lo que se suele hacer en esos casos, no que lo vayamos a hacer. Hay otras soluciones.

—¿Cuáles?

Rafael frena bruscamente en mitad del carril. Se oye un clamor de bocinazos que protestan por tan irresponsable maniobra.

—¿Estás loco? —grita la joven, con el corazón casi en la boca.

—Tranquilízate, Sarah —dice el padre con voz serena—. Sabe lo que hace.

Rafael mira hacia atrás, pero la chica está justo delante de él, con los ojos encendidos de furia.

—¿Te importaría apartarte? —le pide el conductor.

Sarah le dedica un gesto lleno de rencor. Rafael ve tres automóviles al borde de la carretera, a unos cincuenta metros. Continúa el coro de bocinas de los que esquivan al Volvo.

—Tres coches —alerta Rafael.

—Tal vez haya habido un accidente —sugiere Sarah, agitada.

Rafael se vuelve hacia adelante y se coloca de nuevo el cinturón de seguridad.

—Comprueben que tienen bien ajustados los cinturones, por favor.

La joven obedece rápidamente, cada vez más angustiada.

—Dios mío, esto no me gusta nada.

—De acuerdo, Sarah, escucha con atención. —Rafael la mira por el espejo retrovisor—. Para que luego no digas que no te he advertido, vamos a entrar en una zona urbana a gran velocidad. Intenta no preocuparte. Por favor, sujétate bien.

Terminada la advertencia, los neumáticos se queman contra el asfalto y el motor ruge con violencia. Sarah es proyectada contra el respaldo de su asiento por la brutal aceleración. Mira hacia atrás y ve los tres coches. Los siguen. Salen de la autopista y pasan un semáforo en rojo. Ciento veinte, ciento treinta. Carril de la derecha, carril de la izquierda, evitan a los otros coches.

Rafael conduce con pericia, como un piloto profesional. Sarah lo observa. Mira al padre, la calma que exhibe, y medita acerca de lo poco que lo conoce. Dos desconocidos y, a la vez, tan próximos a ella. El capitán da instrucciones precisas a Rafael a propósito de los perseguidores, que ya van tras ellos sin disimulo, abiertamente. Aceleran, lo mismo que hace Rafael, por el centro de Lisboa, en plena avenida de la República.

Al llegar a la plaza Duque de Saldanha, enfilan por una larga avenida, en dirección a la enorme rotonda del Marqués de Pombal. Los semáforos rojos no significan nada para los cuatro coches implicados en la persecución. Hacen lo que haga falta, el uno para distanciarse, los otros para no perderlo. Mil improperios y ruido de bocinas los acompañan. Rafael no se da por enterado, sigue a toda velocidad.

—Sujétense —advierte ahora—. Sujétense fuerte.

Apenas termina de hablar, frena bruscamente, de modo que el perseguidor que viene detrás casi choca contra ellos. Los que iban a ambos lados pasan de largo y, antes de que tengan tiempo de volver a colocarse a la altura del Volvo, Rafael gira rápidamente hacia la izquierda, cruzándose a los carriles contrarios.

Sarah está tensa y nerviosa, y mira a todos lados, en especial hacia adelante, donde hay más peligro. Circulan en dirección prohibida. Los automóviles que vienen de frente tocan las bocinas y evitan como pueden al Volvo y su perseguidor.

—Creo que voy a vomitar —dice la chica, con un gemido.

Tras una carrera enloquecida, desembocan en la Plaza del Comercio, siempre seguidos de cerca por otro automóvil.

Cuando llegan a la parte este de la plaza, el coche perseguidor se pega al Volvo. No hay más remedio que actuar a toda prisa. Rafael acelera hasta alcanzar una velocidad suicida. Entran en la avenida del 24 de Julio. La calle es amplia y larga, pero tiene un trazado sinuoso en algunas zonas, lo que lo obliga a disminuir la velocidad, para luego volver a acelerar, una y otra vez.

El coche que va detrás los sigue con igual pericia, pero el Volvo empieza a sacarle ventaja. Demasiada ventaja.

—Esto no me huele bien. Se están quedando demasiado atrás.

—Habrán tenido algún problema mecánico.

—Esperemos que sea eso.

En la avenida da India los envuelve una intensa luz que viene de arriba. Un helicóptero proyecta su foco sobre el coche.

—¿Y ahora? —pregunta Sarah, luchando para no dejarse dominar por el pánico—. ¿Qué hacemos?

—Es imposible huir —explica Rafael con serenidad.

—¿Se acabó?

La mira, muy serio.

—Se acabó.

—Nos van a matar —dice Sarah pálida de terror.

—Aún no. Si nos quisieran matar, ya lo habrían hecho.
—Se vuelve hacia Raúl—. ¿Y ahora, capitán?

—Dejémonos atrapar.

Aún siguen en la avenida, ahora circulan frente al majestuoso palacio de Belém, residencia oficial del presidente de la República. Poco más allá, Rafael vislumbra las luces de una barrera de vehículos que corta la calle, en la zona de los Jerónimos. No hay escapatoria. La barrera está cada vez más cerca.

Quinientos metros.

—Capitán, te pido disculpas por haberte fallado.

—No tienes por qué hacerlo.

Cuatrocientos metros.

Trescientos.

—Pare el coche de inmediato —dice una voz procedente del helicóptero—. Detenga el vehículo ahora mismo.

—Capitán, necesito tu decisión —repite Rafael más enérgicamente.

Vehículos civiles, otros de la policía, furgonetas... se alinean formando la barrera, taponando la calle. Pueden verse varios hombres, escudados detrás de las puertas abiertas de los coches, con armas en las manos.

Doscientos metros.

Sin previo aviso, para el coche en medio de la calle.

—Capitán, ya está.

Raúl mira a su hija.

—Dame los papeles —dice.

—¿Qué vas a hacer con ellos? —pregunta Rafael—. No deben caer en sus manos.

—No te preocupes. La guantera tiene un escondite secreto. No los encontrarán fácilmente y eso nos dará un poco de tiempo. Dame los papeles —repite Raúl a su hija.

«Depende de las cartas que tengamos para jugar en cada momento», piensa Sarah, menos tensa ahora.

—¿Los papeles? —vuelve a decir Raúl.

—No los tengo. Sólo tengo copias —responde la chica, mostrando dos hojas blancas con la copia de la lista.

—¿Dónde están?

—Guardados en un lugar seguro.

Rafael esboza una leve sonrisa.

—De acuerdo. Siendo así, ¿qué hacemos? —pregunta a Raúl.

—Bueno. Esto altera un poco las cosas.

—Es un triunfo, una carta que podemos jugar —dice Sarah.

—Sin duda —admite el padre—. Sin duda.

Un hombre sale de uno de los vehículos y camina, solo, en dirección al Volvo. Pasos firmes y decididos soportan una montaña de carne.

—De acuerdo, el juego va a comenzar —dice Rafael, señalando con un gesto al hombre que se aproxima.

El hombre llega hasta el Volvo y se acerca a la ventanilla del conductor.

—Pero si es el famoso Jack.

—Geoffrey Barnes. Volvemos a encontrarnos.

—Mira a tu alrededor, Jack —ordena Barnes—. Miren todos. Miren el trabajo que han dado.

Otros agentes se acercan hasta el coche, abren las puertas y sacan a Raúl y a Sarah.

—¿Necesitas ayuda para salir del coche, Jack? —pregunta Barnes con ironía.

Los hombres de Barnes se mantienen en un segundo plano, dejando la iniciativa a su superior.

Rafael abre la puerta y sale del coche, sereno, sin apartar la mirada del hombrón.

—Llévense a la mujer y a su padre. Cumplan las órdenes.

Algunos agentes se alejan con ellos, dos se quedan con Barnes. Sarah aún mira hacia atrás. ¿Matará ese gordo a Rafael? Es curioso comprobar cómo se preocupa más por él que por ella misma. Los agentes colocan a la chica y a su padre en vehículos distintos.

Mientras tanto, Barnes se dirige a Rafael.

—Jack, Jack, Jack —dice con un tono mordaz—. Qué gran desilusión, qué gran desilusión.

Sin previo aviso, el hombretón le da un puñetazo en el estómago. Rafael se dobla. Unos instantes después se endereza. Barnes le propina otro golpe que, esta vez, lo deja tirado en el suelo.

—¿Cómo has podido hacerme esto a mí? A la agencia. Has traicionado todos los valores que nos inculcaron.

Rafael intenta levantarse, pero recibe un puntapié en el estómago que lo vuelve a tumbar en el suelo.

—Eres un hijo de puta —continúa Barnes—. Y un ingrato.

Otra patada.

—Llévenselo —ordena a sus agentes—. Vamos a dar un paseo. Un largo paseo.

Capítulo

51

U NA TARDE REALMENTE DELICIOSA LA QUE PASÓ
este hombre en el interior del Museo de Arte Moderno de Nueva York. Verdadero amante del arte en todas
sus formas, gozó, como tantas veces, contemplando las maravillas allí expuestas.

Ahora regresa a su casa en taxi. Es muy aficionado a
las caminatas, pero la edad pesa y el tiempo que ha estado
de pie recorriendo el museo lo ha cansado en exceso. Desde
la ventanilla del coche observa serenamente la vida de la
ciudad.

Hace diecinueve años que goza de los placeres que
ofrece la Gran Manzana. Museos, cines, restaurantes, con-
ferencias, encuentros religiosos... Y pese a ello, aún se siente
extranjero. La ciudad es tan grande, tan vasta y está tan repleta de atracciones que una vida no basta para conocerla.
Se considera un privilegiado, primero por servir a Dios,
segundo por hacerlo en este centro del mundo civilizado. Su
oficio es propagar la palabra del Señor, casi como lo hacían
los antiguos misioneros. En este caso, lo hace en una gran
urbe, muy necesitada, evidentemente, de las enseñanzas del
Salvador. El Papa anterior lo felicitó por su trabajo en dos

ocasiones. Por su entrega, su empeño y su dedicación. Uno de sus mejores recuerdos es el del día que visitó el Vaticano y tuvo la oportunidad, el privilegio y el honor de besar el anillo de Juan Pablo II. Eso ocurrió en 1990, pero para él es como si hubiese pasado ayer. Ahora el Papa es otro, un alemán ha sucedido al polaco. Espera vivir el tiempo suficiente para tener la misma oportunidad, el mismo privilegio y el honor de besar el anillo del nuevo Papa y conversar unos minutos con Su Santidad en privado.

No es seguro que tal cosa pueda ocurrir, no sólo porque la edad avanza, inexorable, sino también porque se viven tiempos demasiado oscuros, demasiado difíciles de comprender, de analizar. Su amada Iglesia está amenazada por peligros insondables. Fuerzas impuras atacaron el seno de la santa institución, hiriéndola de una manera traicionera, valiéndose de miembros débiles que no resistieron la tentación del poder, del dinero, y que no conocieron límites en sus acciones.

Hace poco recibió un paquete de su amado hermano en Cristo, monseñor Firenzi. Contenía una información tan grave y de tanta importancia que lo dejó aturdido. Eran los papeles de Juan Pablo I, con sorprendentes revelaciones escritas de puño y letra de Su Santidad. Personas que hasta ese momento tenía en una gran estima y consideración resultaron ser falsos hombres de Dios, que utilizaban su influencia para obtener un provecho personal. Pecadores ocultos debajo de un hábito, capaces hasta de matar.

Las instrucciones del cardenal Firenzi fueron claras: guardar celosamente el contenido del paquete y transmitir su ubicación a través de canales extremadamente seguros. Así lo hizo, e incluso le envió la llave que abre el lugar donde ha escondido los papeles.

Firenzi le había telefoneado hacía unos días. Estaba muy nervioso. Dijo que no tenía mucho tiempo y le pidió detalles sobre el lugar donde había escondido el paquete, y quien ahora está sentado en el taxi amarillo de regreso a su casa se lo explicó todo. Firenzi hablaba como si fuese su última conversación. Se despidió diciéndole «mantén los ojos bien abiertos y ten mucho cuidado». Desde ese momento, no ha vuelto a saber nada de él.

En realidad, sabe que Firenzi ya no se encuentra entre los vivos. Lo siente. Lo siente de una manera que no deja lugar a dudas. Es como un sexto sentido implícito a su condición de sacerdote. Sí, porque para él ser cura no sólo consiste en propagar la palabra de Dios, sino también en percibir los mensajes que el más allá nos envía. Él siempre supo descifrar esos mensajes. Presiente lo que anuncia el plato que se rompe, el perro que aúlla, el inesperado frenazo de un coche, y está seguro de conocer el momento en que murió Firenzi. Estaba rezando su oración matutina, arrodillado en el pequeño altar que ha instalado en su departamento para decir misa a los amigos, vecinos y fieles que lo visitan. La vela se apagó. La llama de la gran vela que mantiene siempre encendida en un candelabro del lado izquierdo del altar se extinguió en el momento exacto en que rezaba por su amigo el cardenal. Se concentró aún más en su ruego, para que Dios rectificase y diera otra oportunidad a Firenzi, pero fue en vano. No logró volver a encender la vela ese día, como si alguien estuviese soplando constantemente sobre ella. Al día siguiente, ya aceptada la voluntad divina, pidió al Señor que cuidara del alma de su querido amigo. «Que se haga tu voluntad.» Y la vela se dejó prender sin resistencia.

Sabe por qué murió Firenzi: por los papeles que le pidió que guardara en lugar seguro. Sin embargo, no sabe si su implicación en el asunto puede ser descubierta por quienquiera que ande detrás de ellos. Es probable que terminen por dar con él, pero los designios de Dios son insondables y lo que le tenga reservado, de bueno o no tan bueno, será aceptado de la misma forma, a pecho descubierto, listo para afrontar su destino, cualquiera que sea.

También dejó de ser humanamente posible hablar con el hermano Felipe, de Madrid, y con Pablo Rincón, de Buenos Aires. Ambos recibieron cartas de Firenzi, informándoles de lo que debían hacer. Pero fue demasiado tarde. Dos días después de su último rezo por Firenzi se enteró de la muerte de uno y el asesinato del otro. Sea como fuere, está convencido de que Dios tratará de beneficiar a quien sirve a sus propósitos. Si su voluntad es que los papeles permanezcan en sus manos, así será, como también sucederá lo contrario si ése es su designio.

«Mantén los ojos bien abiertos», fue lo que dijo el cardenal la última vez que hablaron. «Mantén los ojos bien abiertos.» Pero la edad ya no le permite meterse en aventuras o huidas. Continuará haciendo su vida como hasta ahora, con normalidad, rutinariamente, dando sus misas, frecuentando museos y exposiciones o yendo al teatro. Si alguien lo estuviese buscando, o si ya anduviese tras sus pasos en ese preciso momento, paciencia. De los papeles no sabe nada, ni lo sabrá.

El taxi acaba de entrar en la Sexta Avenida, la de las Américas, y recorre los kilómetros que faltan hasta llegar a la esquina con la calle 38. El viejo sale del taxi y paga lo que debe. Entra en el edificio. El conserje uniformado no se presenta para abrirle la puerta ni para llamar el ascensor.

«¿Dónde se habrá metido Alfred?», piensa. No es normal encontrar la conserjería vacía, ni es seguro que la casa permanezca sin vigilancia. A pesar de la vestimenta pomposa, el conserje no está allí sólo para comodidad y lucimiento de los inquilinos. El portero es también el garante de la seguridad y vigila que nadie entre sin estar invitado o autorizado. Vuelve a echar un vistazo al escritorio de la conserjería e intenta abrir la puerta que da acceso a la sala de los conserjes, donde se cambian y descansan, pero está cerrada.

Como hombre minucioso que es, cierra la puerta principal del edificio con su llave, para que ningún intruso aproveche la desaparición temporal del conserje. Los inquilinos que quieran entran o salir usarán sus propias llaves.

Ahora sí, entra en el ascensor. Llega al séptimo piso y busca la llave del departamento, mientras camina por el pasillo.

Gira la llave, pero no es necesario darle vueltas. La puerta está cerrada sólo con el pestillo.

«Qué extraño», se dice a sí mismo, «juraría que le había dado dos vueltas».

Entra en su casa, camina hasta el teléfono del salón y toma el auricular. Advierte que algo no está en orden. Sus ejemplares del Nuevo Testamento están todos fuera de su sitio, esparcidos por el suelo, en fila, como indicando un camino. Un camino hacia otra habitación. El viejo deja el teléfono y sigue el rastro de los libros. Entra en la sala donde está ubicado el altar, pero la luz y las velas están apagadas y no puede ver nada. Palpa el interruptor de la pared interior y enciende la lámpara que cuelga del techo. Ve al conserje en el suelo, recostado contra la pared, con los pies y las manos atadas y la cabeza cubierta por una bolsa. Y después advierte a tres individuos, cómodamente sentados junto al altar: el Maestre, el siervo y el asistente.

—Marius Ferris —le dice el Maestre con voz firme, el bastón cruzado sobre el regazo.

—¿Quiénes son ustedes? ¿Cómo han entrado aquí? —pregunta el viejo al Maestre, que lo había llamado por su nombre.

—He descendido de los cielos para visitarte —responde éste, en tono de burla.

—¿Quién... quién es usted?

—Puedes llamarme J.C.

V ILLOT NO LOGRABA PERMANECER TRANQUILO EN
la silla de su oficina. Por eso, se levantó y comenzó
a caminar de un lado a otro, con un cigarrillo en la mano.
Una vez más, sobrepasaría el límite que se había autoim-
puesto: mil veces se había dicho que bajo ningún concepto
debería fumar más de dos paquetes diarios. Aquel veneno
lo mataba lentamente. Pero no podía evitarlo. El humo cal-
maba su nerviosismo y su ansiedad. Y, para su desgracia,
también contribuía a acercarlo más a la gloria eterna.

Además de humo, el cardenal lanzaba por la boca co-
léricos resoplidos. Miró por enésima vez los papeles que estaban sobre el enorme escritorio de madera. Era un mueble
valiosísimo, de venerable antigüedad, por el que habían des-
filado miles de documentos a lo largo de los siglos. Tras
aquella pieza de anticuario habían trabajado decenas y decenas de secretarios de Estado que habían regido los destinos de la santa institución. Si el escritorio tuviese el don de
la palabra y fuera indiscreto, desvelaría secretos, intrigas,
tramas y maquinaciones que helarían el pulso de los espíritus más templados. Además, sobre su escritorio se apilaban
deseos, sueños, ambiciones y utopías. Sobre todo, allí, invi-

sibles pero permanentes, una mirada perspicaz descubriría deseos mal disimulados de ocupar el trono papal. ¿A qué podrían aspirar, si no, los que ya habían alcanzado el segundo lugar en la jerarquía?

Pero no era la ambición lo que angustiaba a Villot en aquel instante. Ya hacía mucho tiempo que se había resignado a no alcanzar la gloria de ser sucesor del príncipe de los apóstoles. Lo que deseaba, con toda la fuerza de su activo carácter, era colocar en la cúspide a un hombre que no diese tantos dolores de cabeza como aquel al que servía.

Aún no había transcurrido una hora desde que recibiera ciertos papeles enviados desde la oficina del papa Albino Luciani. Contenían órdenes, decisiones y sustituciones. Algunos de aquellos cambios inminentes se verificarían en las próximas horas o al día siguiente. Villot tomó los papeles, que estaban sobre el escritorio, y volvió a leer lo que ya sabía de memoria.

«¿Benelli en mi lugar?», se dijo. «¿Puede imaginarse una provocación mayor?».

—Esto es demasiado arriesgado, Santo Padre —dijo Villot cuando recibió los papeles y pudo leer por encima los documentos con las primeras decisiones papales—. ¿Qué quedará de la Iglesia que conocemos si hacemos esto...?

—La Iglesia pervivirá en su pureza, humildad y humanidad —se limitó a decir Albino Luciani.

Villot sujetaba los papeles con una mano y se pasaba la otra por el birrete, mientras leía los dislates escritos por el hombre que, supuestamente, era la voz suprema de la cristiandad. Su deseo de hacer más flexible la posición de la Iglesia en cuanto al control de la natalidad era sólo uno de los despropósitos del Pontífice.

—Pero, Santo Padre... esto va en contra de la doctrina de la Iglesia. Se opone a lo que otros papas dictaminaron —la voz del secretario de Estado se alteraba visiblemente.

—La infalibilidad.

—La sagrada infalibilidad —subrayó Villot.

—¿Sagrada? Ambos sabemos que es un error —afirmó el Papa con su habitual serenidad.

—¿Cómo puede decir una cosa así? —preguntó el cardenal, persignándose hipócritamente.

—Puedo decirlo porque soy Papa y sé que yerro como cualquier ser humano.

—Un Papa es infalible. Y estas directrices ponen en cuestión decisiones tomadas con la certeza de la infalibilidad papal.

Villot no tenía un carácter y una posición que le permitieran dirigirse a su superior jerárquico con sumisión y obediencia. Discutía con Juan Pablo I como si estuviese hablando con un asistente o un secretario. Albino Luciani parecía ignorar la falta de respeto hacia su persona. Sin embargo, su espíritu estaba intranquilo: jamás hubiera imaginado que Villot fuese capaz de tener semejante comportamiento.

—Una Iglesia que se dice infalible no puede curar sus males —sentenció Luciani—. Usted y yo sabemos cómo se formalizó la idea de la infalibilidad en 1870.

En esa fecha, el 18 de julio, el papa Pío IX promulgó la Constitución dogmática *Pastor Aeternus,* donde clarificaba que el Sumo Pontífice era infalible cuando se pronunciara *ex cathedra,* es decir, en virtud de su alta representación y como heredero espiritual de San Pedro, y siempre que tratara asuntos relacionados con la doctrina de la fe y las costumbres. Aquello que contradijera las palabras del Papa podría y debería considerarse anatema.

—¿Está usted reprendiendo las acciones de Pío IX? —inquirió Villot.

—¿Puede mejorar quien no critica a los suyos?

El cardenal se sentó en una de las numerosas sillas que estaban frente al escritorio y se cubrió los ojos con las manos.

—No puedo creer lo que estoy oyendo.

—No se comporte como si fuera un ingenuo sacerdote de aldea, cardenal Villot. Sabe tan bien como yo que la infalibilidad sólo sirve para atarnos de pies y manos.

Villot retiró las manos de su rostro.

—¿Pero qué... qué dice?

—Creo haber dicho exactamente lo que pretendía decir. Un papa es infalible en las directrices que orientan la doctrina de la fe y la moral, ¿no es así? ¿No le parece un modo excepcional de garantizar que ciertas costumbres, quizá perniciosas, no cambien nunca?

—Anatema... sacrilegio —farfulló Villot, desesperado ante aquel misterio: un huracán que se comportaba como una brisa cálida y serena.

—¿Sacrilegio? —repitió Albino Luciani mientras esbozaba una leve sonrisa—. Ha llegado el momento de decirle que haría bien en mostrar algún respeto por la persona con quien está hablando. A fin de cuentas, soy infalible.

El cardenal inclinó la cabeza.

—No voy a usar mi posición ni las supuestas facultades divinas que usted me atribuye, porque eso significaría estar de acuerdo con lo que representan. Sólo quiero recordarle que usted, por ocupar el cargo que ocupa, debería comportarse de otro modo: el respeto hacia los demás no es algo que dependa de usted, cardenal Villot. Y le repito que la infalibilidad es un error y una pretensión excesiva. Por eso se va a terminar.

Villot comprendió que no valía la pena seguir estrellándose contra el muro. A decir verdad, aquellos papeles del papa Luciani contenían propuestas mucho más indignantes que una teoría sobre la infalibilidad que, probablemente, debería ser estudiada durante años en una comisión de teólogos.

—Y, en cuanto a las sustituciones, Santo Padre, ¿tiene usted la más remota idea de lo que provocarán en el seno de la curia?

—Creo tener una noción bastante ajustada, cardenal Villot —respondió el Papa con naturalidad.

—Pero... pero... ¿y los cardenales? ¿Y los prelados que votaron por usted y defienden una política más moderada...?

—Yo no pedí a nadie que me colocara en este lugar. Y no creo que las decisiones que he tomado puedan considerarse un ataque o una agresión en ningún sentido. Sólo me ocupo de lo que creo que debo ocuparme, cardenal. No olvide que me debo a los fieles y a Dios.

Villot se estaba quedando sin salidas. Por más que se esforzaba en su argumentación, hábil y sagaz en tantas ocasiones, Luciani respondía con altura y fuerza, y con una firmeza inquebrantable. No había manera de convencerlo... al menos con palabras.

—Santo Padre... permítame estudiar la situación con detenimiento. Analizaré estos nombres y le presentaré alternativas, en especial para mi sustituto y para la dirección del IOR. —Si el Santo Padre accedía a esa demora, tal vez hubiese alguna esperanza.

—No es necesario que se esfuerce, cardenal Villot. Ésa es mi última palabra. No se tome el trabajo de buscar alternativas. Estoy seguro de que sus candidatos serán personas competentes y de bien, pero no las aceptaré. Mi decisión es irrevocable. Debe procederse a la sustitución inmediata del obispo Marcinkus por monseñor Giovanni Abbo, y al cese de De Bonis, Mennini y Del Strobel. De Bonis será reemplazado por monseñor Antonetti, y trataré de completar las dos vacantes restantes después de conversar con monseñor Abbo.

—Pero...

—Buenas tardes, cardenal Villot —se despidió el Papa, dirigiéndose hacia la puerta.

A Villot ni siquiera le dio tiempo a replicar. Nunca imaginó que Luciani sería tan firme. Su posición se tornaba cada vez más difícil y complicada. Gelli tenía razón: habían calculado mal. Aquel hombre sólo les traería problemas.

—Cuento con usted para realizar un traspaso tranquilo de la Secretaría de Estado al cardenal Benelli —dijo el Sumo Pontífice desde la puerta.

—Santidad —balbuceó Villot—. ¿No debería pensarlo con un poco más de tranquilidad? Al fin y al cabo, no lleva tanto tiempo en el cargo...

El papa Luciani observó a su secretario de Estado detenidamente. Clavó sus ojos en el cardenal y respondió con una serenidad implacable.

—Gracias por tu interés, cardenal Villot. Pero mi decisión es irrevocable.

Y se retiró, dejando a Villot entregado a tormentosas reflexiones. Meditó, caviló, rezó, pero no lograba encontrar la solución al problema. Miró el teléfono situado junto a los papeles de la discordia. Le parecía tentador y pavoroso al mismo tiempo. Varias veces marcó los primeros dígitos del número que había memorizado días atrás. De repente, dejaba reposar el auricular, con la esperanza de que alguna idea le iluminara la mente. ¡Cómo deseaba que aquello no fuese necesario! Decidió jugárselo todo a una última carta. Si él solo no había conseguido convencer al Papa, convocaría a los monseñores cuyo futuro también estaba amenazado por la decisión de Juan Pablo I. Entre todos harían un último esfuerzo para que el Pontífice recapacitara.

Capítulo

53

ESTAMOS SÓLO NOSOTROS DOS, JACK —DICE BARNES a Rafael—. Tú y yo. —Se sienta frente a él—. Estoy seguro de que vamos a tener una conversación muy productiva. —El lugar es oscuro. Parece un escenario de película: dos sillas, una mesa cuadrada de madera oscura, vieja y gastada, y una lámpara que cuelga del techo e ilumina a los dos interlocutores sentados.

—¿Dónde estamos? —pregunta Rafael.

—Jack, Jack, Jack, parece que no has comprendido bien tu posición. —Barnes no abandona el tono sarcástico, mientras se levanta de la mesa y recorre la sala—. Quien hace las preguntas aquí soy yo.

—Vete al infierno, Barnes. No soy un imbécil. No me trates como tratas a los demás. No voy a mearme encima sólo porque estés aquí. No me asustas.

La respuesta es un golpe en la cara, que lo lanza al suelo con estrépito.

—Levántate —ordena el hombrón—. Levántate —vuelve a gritar cuando ve que no le obedece.

Rafael se levanta sin prisa, sin pronunciar palabra o manifestar el menor signo de dolor. Después endereza la silla y se sienta, colocando las manos a la vista, encima de la mesa.

—No creas que lograrás engañarme, Barnes. Sé que estamos en Estados Unidos. Sólo quiero saber dónde exactamente —Rafael continúa hablando con calma. A pesar de su difícil situación, intenta en lo posible controlar la marcha de los acontecimientos. No obstante, sabe que está en clara desventaja.

—¿Qué te hace pensar que estás en América? Podrías estar en cualquier sitio.

—Tantas horas de avión revelan que estamos en Estados Unidos. Londres quedaba a sólo dos horas y media. Es más, o estamos en Washington o en Nueva York. ¿Verdad?

—Estamos en el mismísimo infierno, Jack. ¿Qué más da? ¿O estás pensando en hacer turismo?

—No es mala idea.

Un golpe, menos violento esta vez, le da de lleno en el rostro, partiéndole el labio.

—¿Te haces una idea de lo que ella está sufriendo en este momento, Jack? ¿Puedes imaginarlo? —Barnes cambia de táctica—. Aquella carita tan linda, arruinada por un bruto como yo.

Rafael, desde luego, se hace una idea. Los dos golpes que ha recibido no son nada comparados con lo que puede avecinarse.

—¿Vas a contarme dónde están los papeles? —pregunta Barnes con un tono más condescendiente.

—Sabes muy bien que no. Primero, porque lo ignoro; y segundo, porque si lo supiera no te lo diría.

La entrada de Staughton interrumpe el interrogatorio.

—Señor Barnes —lo llama desde el umbral de la puerta.

—Staughton, entra.

Se acerca y le murmura algo al oído.

—¿Estás seguro? —pregunta Barnes, con su habitual tono alto de voz. La noticia no le agrada. Piensa en silencio durante unos instantes.

—De acuerdo, dame unos minutos —dice finalmente, despachando a Staughton. El agente sale y cierra la puerta al irse, dejando a Rafael de nuevo a merced de Barnes.

—Voy a darte una oportunidad más, Jack, en nombre de nuestra antigua amistad. —Barnes vuelve a sentarse enfrente—. ¿Dónde están los papeles?

—La última vez que los vi —dice Rafael pensativamente, aparentando que quiere cooperar— estaban metidos en el culo de tu madre.

Barnes se queda petrificado. Se le convulsiona el rostro. Rafael está tensando demasiado la cuerda. El hombre de la CIA se levanta de nuevo y se dirige hacia el interrogado. Se aproxima y se inclina sobre su oído.

—¿Por qué me haces perder tiempo, Jack? —La saliva que escupe al hablar salpica el rostro de Rafael—. ¿No has pensado que tengo a la mujer y que no te necesito? Puede que no hables, pero ella va a largarlo todo como un loro. De modo que, ¿quieres explicarme qué es lo que me impide matarte?

—Lo que yo sé y ella no sabe —afirma Rafael con firmeza.

—¿Y qué sabes tú que ella ignore?

—Sé que ella recibió sólo dos hojas de un total de trece.

—Continúa.

—Y sé dónde están —dice arrogante, anotándose un punto a favor y esperando que el otro se lo crea.

Barnes lo observa unos instantes. Está evaluando lo que dice. Trata de leer en su interior.

—Mientes —dice al fin.

—¿Te arriesgarás a matarme? ¿Y si no miento?

—Tengo a la hija y al padre, Jack. Puedo prescindir muy bien de ti.

—Tendrías razón, si no te equivocases.

Barnes apenas puede controlar su ira. Tiene ganas de reventar a aquel bastardo. Lo agarra de la solapa y lo sacude.

—No abuses, Jack. Puedo acabar contigo en cualquier momento.

Atado como está, Rafael lo desafía con la mirada.

—No está en tus manos, Barnes.

Éste lo aprieta aún más.

—¿A qué te refieres?

—Quiero decir que el gran Geoffrey Barnes podría haberme reventado los sesos hace mucho. No lo has hecho porque no depende de ti. Ganas no te faltan, puedo verlo en tus ojos, pero hay un rufián que está por encima de ti que no te deja apretar el gatillo.

—Cállate —grita el hombrón, empujándolo contra la pared. Furioso, lo golpea en el estómago. Rafael cae al suelo, pero Barnes no se serena y comienza a darle patadas, mientras lanza una catarata de improperios. De pronto, es apartado por unas manos fuertes.

—Deténgase. De inmediato —ordena un hombre elegantemente vestido, que sujeta a Barnes, aún fuera de sí—. ¿Qué está haciendo?

—Voy a matar a este hijo de puta —ruge Barnes mientras clava su mirada en Rafael, que intenta levantarse con dificultad.

—Contrólese —grita el hombre.

Staughton y Thompson se asoman para ver qué sucede.

—Llévenselo de aquí —les ordena el hombre a Staughton y Thompson, que obedecen rápidamente, arrastrando a Rafael entre ambos.

—A ése no, a éste —corrige el recién llegado, que sigue sujetando a Barnes con firmeza.

El gordo se calma. Respira hondo varias veces, recuperando el control.

—De acuerdo, estoy bien —dice—. Estoy bien.

—Asumo el control a partir de ahora —proclama el otro hombre—. Vaya a beber algo y calme esos nervios. —Después se vuelve hacia Staughton y Thompson—. Ustedes lleven a este sujeto junto con los otros. El Gran Maestre ya está aquí.

Las órdenes se cumplen al momento. Barnes sale por la puerta sin mirar atrás. «Desgraciados de mierda», murmura. Los otros dos sostienen a Rafael, que no puede mantenerse en pie.

El hombre que puso orden en la sala recompone su traje de Armani. Ha llegado la hora.

L OS CUATRO HOMBRES RECORREN UN LARGO PA-
sillo, mal iluminado, salpicado de puertas cerradas
a ambos lados. Es un lugar frío, destartalado aunque no aban-
donado. No hay suciedad ni telarañas. Parecen unas insta-
laciones usadas esporádicamente.

Rafael camina con la ayuda de Staughton y Thompson.
El hombre que va detrás, el del traje de Armani, no permite
amenazas ni golpes. De una puerta abierta sale una intensa
luz. Se oyen voces. Recorren los metros que faltan casi arrastrando a Rafael.

—Este maldito pesa cada vez más —se queja Thompson.

—Estará haciéndolo a propósito —afirma Staughton.

No están muy lejos de la verdad. Rafael simula que su
estado empeora, para dificultar la tarea de los agentes. No pretende ganar nada con eso, sólo irritarlos. No obstante, siente
un pequeño dolor en el pecho. Tal vez se haya fracturado una
costilla y eso le dificulta la respiración. Pero de su salud tendrá
que ocuparse más adelante, cuando acabe esta pesadilla, si
es que acaba. El pasillo bien podría ser su corredor de la muerte.

Mientras lo arrastran piensa en Sarah. ¿Tendrá que soportar lo mismo que él? Rafael está entrenado para eso. La

ira de Barnes, sus golpes descontrolados, son poca cosa para
él. Pero aplicados a Sarah son otro cantar. Aunque a lo largo
del poco tiempo que llevan juntos se ha comportado con coraje. A pesar de la tensión, ha sabido controlarse una y otra
vez. Y lo que hizo con los papeles, sabiendo que son la única
moneda de cambio que tienen, la única carta que pueden
jugar, dice mucho sobre su carácter.

Cuando entran en la sala de donde procede la luz, ve,
recostados contra una pared, pero sujetos por las muñecas
con unas cadenas que cuelgan del techo y que los obligan a
mantenerse de pie, al capitán Raúl Monteiro, a Sarah y a un
hombre mayor al que no conoce, a pesar de que su rostro le
resulta familiar.

Junto a ellos se encuentra un individuo vestido de negro,
como la mayoría de los agentes, que Rafael reconoce de inmediato. Es el polaco. Staughton y Thompson arrastran a
Rafael hasta la zona donde se encuentran los demás y le su-
jetan ambas muñecas con una anilla metálica unida a las cadenas que cuelgan del techo. Los dos agentes de Barnes abando-
nan la sala. Ahora están a merced del polaco y el asistente.

Rafael mira a Sarah en busca de señales de tortura.
Nada, aún no la han tocado. Temía que la hubiesen llevado
a otro sitio. Durante el vuelo los separaron y desde entonces
no había sabido nada de sus compañeros.

El capitán tampoco muestra signos de haber sido mal-
tratado, ni el señor mayor que se encuentra a su lado, a quien
aún no ha logrado identificar. El asistente es el primero en
hablar.

—Por fin estamos todos aquí.

—¿No hay nada para comer? —pregunta Rafael.

El asistente ignora su provocación.

—Mis más fervientes disculpas por el trato al que han
sido sometidos, pero les prometo que todo terminará en
breve.

—¿Quién es usted? —pregunta Rafael al hombre mayor que está a su lado.

—Soy Marius Ferris. ¿Y usted?

—Marius Ferris. El del retrato —dice Rafael, que al fin lo reconoce—. Mi nombre es Rafael.

—Todos sabemos por qué estamos aquí, de modo que vayamos directamente al grano. ¿Dónde están los papeles? —inquiere el asistente.

Sobre la única mesa que hay en la sala puede verse un maletín negro, que el siervo abre en ese preciso momento. Manipula varios instrumentos cortantes que hay en su interior. Son herramientas de tortura capaces de hacer confesar al más duro, al más obstinado. En algunos casos, basta la simple exhibición de los espantosos instrumentos para que los detenidos se derrumben.

—Los papeles están en lugar seguro —afirma Rafael.

—Con nosotros estarán más seguros —responde el asistente—. Sean razonables. ¿No es mejor terminar con esto cuanto antes y evitarnos más sufrimientos?

El silencio sirve de respuesta. El asistente aguarda unos instantes más. Puede ser que alguien ceda; a fin de cuentas, no es probable que los cuatro se dejen torturar por algo que no les concierne directamente. Pero nadie abre la boca.

Está bien: comenzará por el padre de Sarah, pues tal vez eso influya psicológicamente sobre su hija y lo haga hablar.

—Ocúpate del militar —ordena el siervo.

Los ojos de Sarah se abren desmesuradamente. Se confirma lo que más temía. Van a ser torturados y terminarán por arrancarles la verdad, si no ahora, más tarde, cuando ya no soporten el tormento, cuando el cuerpo diga basta.

El siervo empuña un instrumento, una especie de torno con una hoja de casi un centímetro de ancho y veinte de largo, especial para perforar la piel y provocar dolor, sin alcanzar ningún órgano vital, salvo que se haga deliberadamente. Rasga la camisa del capitán, dejando su torso al descubierto. Apunta directamente hacia el lado derecho del estómago y apoya la punta afilada en la piel.

Un lacerante grito de dolor anuncia la entrada del metal en la carne. Gira, perfora, se abre camino en el interior del cuerpo, provocando una sensación de dolor agudo, insoportable. El extremo sale por las costillas, implacable. La firme mano del torturador extrae al fin la herramienta, muy lentamente. El mal está hecho, en el cuerpo del capitán y en el ánimo de Sarah y Marius Ferris, que observan horrorizados. El capitán acusa el sufrimiento: el sudor le empapa el rostro, desencajado por el dolor.

—¿Y ahora? ¿Alguien quiere decir algo? —pregunta el asistente—. ¿No empieza a parecerles mejor que los papeles los guardemos nosotros?

—Lo que me parecería mejor sería una buena hamburguesa —afirma Rafael.

El asistente se acerca a él y lo mira fijamente a los ojos, con expresión de profunda seriedad.

—¿Algo más que quiera compartir con nosotros?

—Con queso, mucho queso. Cubierta de ketchup.

El asistente sigue mirándolo fijamente a sólo unos centímetros de distancia.

—Creo que Jack necesita un aperitivo. Algo que le haga recordar lo que no debe hacerse a los colegas. —Hace una señal al siervo—. Traicionarlos, por ejemplo. Eso está muy mal. —Se aparta para dejar paso al siervo, que empuña el terrible instrumento que hirió a Raúl.

Rafael no cambia su tono sarcástico. Tiene presente que los dos hombres saben que él no es una persona cualquiera. Pueden despedazarlo si quieren, y él se dejará matar sin abrir la boca. Pero no por eso se librará de la tortura.

—¿No vas a limpiar la sangre del aparato? —pregunta al polaco—. Me puede contagiar algo. —Mira a Raúl—. Sin ánimo de ofender, capitán.

—No te imaginas el placer que me dará destriparte, poco a poco, y verte sangrar como un puerco hasta el último suspiro —dice el torturador al tiempo que acerca la cara a pocos centímetros del rostro de Rafael para que escuche bien cada palabra.

—A tu disposición —le responde éste—. Para lo que desees.

El siervo responde a la provocación escupiéndolo en la cara. Quisiera decirle muchas cosas, pero será mejor centrar su furia en el instrumento que tiene en la mano. El polaco abre la camisa de Rafael, con brutalidad, arrancando la mayor parte de los botones.

—Deténgase. Aquí nadie va a destripar a nadie.

La voz femenina resuena en la sala, por sorpresa, reclamando la atención de todos. Las cabezas giran en busca de la persona que ha hablado con incontestable firmeza.

—Es una alegría ver que hay una persona juiciosa y que decide ser benigna con sus compañeros —dice el asistente dirigiéndose a Sarah, que es quien ha hablado de forma tan sorprendente.

—Es difícil encontrar a alguien con juicio en esta sala —responde ella con tono convencido—. Dígale a su amigo que se aparte.

El asistente duda unos instantes, pero termina ordenando al siervo que retroceda.

—Empiece a hablar —ordena.

—No, todavía no. Les diré todo lo que desean saber, pero...

—Cállate —la interrumpe Rafael.

—No puedes hacerlo, hija —ruega el padre con voz débil.

El siervo abofetea a Rafael. Le da un solo golpe, certero, doloroso.

—Cállense. Déjenla hablar.

—Continúe, por favor —pide el asistente a Sarah, recuperando el control de la situación.

—Diré todo lo que quieren saber —repite Sarah—, pero sólo a quien manda.

—¿Cómo? —El asistente parece sorprendido—. Yo soy quien manda aquí.

—No, no lo es. Usted es un simple empleado —lo desmiente Sarah, firme—. Lo que sé sólo se lo diré a J.C., a nadie más.

El polaco está asombrado.

—¿Quién se cree que es usted para dar órdenes aquí?

Un gesto del asistente lo hace callar. Sarah está jugando su carta. Tiene ese derecho.

—J.C. no hablará con usted. Es mejor que diga ahora lo que tiene que decir.

—Ustedes quieren algo que nosotros tenemos. Estoy dispuesta a dárselo, pero mi condición es ésa y no es negociable. Sólo se lo diré a J.C. De lo contrario, podrán continuar con la tortura hasta matarnos a todos. Nadie dirá nada.

El asistente se dirige hasta donde está Sarah, saca un revólver con silenciador y lo apoya en su frente.

—¿Quién se cree que es usted para venirme con exigencias? —La voz tiene un timbre temible, una mezcla de ira e impaciencia—. ¿No se hace cargo de su situación? No está en posición de exigir nada. Diga todo lo que sabe.

—Si hay alguien aquí que puede exigir algo, soy yo. Tal vez esté encadenada, pero si estoy así es porque tengo lo que ustedes quieren. —Sarah habla en tono desafiante—. Retire el arma de mi frente y haga lo que le digo. Llame a J.C.

—No abuse de mi paciencia —amenaza el hombre, quitando el seguro del arma—. Nadie llamará a J.C. Hable.

Sarah no quiere rendirse, no puede ceder. Le gustaría cerrar los ojos, pero hasta eso sería interpretado como un signo de flaqueza, en ese momento en que el hombre vestido de Armani apunta el arma y se prepara para disparar.

—Su intransigencia nos perjudicará a todos —dice Sarah en un último intento de convencerlo. Todo puede acabar en segundos, su vida y la de los demás; pero si logra abrir un resquicio en el ánimo del asistente, habría una posibilidad de salvarse. Tal vez lo consiga arriesgando un poco más—. A su jefe seguro que no le va a agradar que desperdicien nuestras vidas sin resultados concretos y palpables.

—No subestime mi inteligencia. Por última vez, desembuche o su padre se quedará sin hija.

—Está usted arriesgando demasiado —ataca Sarah a la desesperada—. Si cree que matándome solucionará el pro-

blema, está muy equivocado. Creará otro mayor, que no re-
solverá fácilmente.

—Cállese. —El hombre está alterado—. Uno de ustedes va a hablar. Siempre hay alguien que termina hablando.

—Alto —dice una voz detrás, llamando la atención de
todos. El asistente se vuelve hacia la entrada, desde donde el
Maestre ha lanzado la orden. Se apoya sobre el bastón de
costumbre y sostiene un maletín negro.

—Señor... —comienza a decir el asistente mientras
aparta el arma de la cabeza de Sarah.

—Silencio —responde el Maestre—. ¿Desea hablar conmigo? —pregunta a Sarah.

—Si usted es J.C., sí —responde la chica con los ojos
muy abiertos, aún confusa por el giro de los acontecimientos.

El viejo se da la vuelta y se aleja.

—Tráiganla.

—Pero, señor... —balbucea el asistente.

—Tráiganla —repite el viejo, ya en el corredor. Su tono
no admite discusiones—. Y dejen en paz a los demás hasta
nueva orden.

PARA GEOFFREY BARNES UNA DE LAS VENTAJAS DE Nueva York es la comida. Por primera vez en varios días, se deleita con un almuerzo de primera en un buen restaurante. Está ya mucho más tranquilo, y comprende que todo lo ocurrido con Jack es parte del trabajo. Algo así como un juego, que Jack ejecutó con maestría, haciéndole perder la cabeza. Es evidente que si Barnes pudiese disponer a su antojo de Jack, obraría de otra manera. Ese desgraciado, ese zorro astuto, se dio cuenta y supo aprovecharse de ello en el momento más oportuno.

Al diablo con el italiano, o lo que sea. El hecho de que hable en esa lengua no prueba, necesariamente, que sea de ese país. Había sido terminante: «Nadie muere a no ser que yo lo autorice». Y cuando el jefe habla, los demás bajan la cabeza y obedecen. En aquel momento de ofuscación ignoró las órdenes recibidas. Siguió el juego que le proponía Jack. Era difícil evitarlo. Fue un error haber perdido los estribos.

Pero lo mejor es no pensar más en eso. Se entrega a lo que queda de comida, con los ojos puestos ya en el postre. Y entonces suena el celular, el maldito teléfono que le roba momentos maravillosos, como ésos. Lo busca en el bolsillo y responde sin fijarse en quién llama.

—Barnes.

Durante los instantes que siguen, Geoffrey Barnes se limita a escuchar y responder con algunos monosílabos. «Sí», «no», «ya». Es fácil deducir que no habla con un subalterno por el desasosiego con que recibe las palabras del interlocutor, que lo hacen moverse incómodamente en la silla. Siguen otros monosílabos y luego un «adiós».

Cuando corta la llamada, su semblante ha cambiado. Pequeñas gotas de sudor que bajan desde la frente le bañan el rostro. Deja en la mesa el tenedor que aún tenía en la mano. La mierda acaba de alcanzar el ventilador y no tardará en mancharlo todo si no actúa de inmediato. Deja el dinero encima de la mesa, sobre la factura, y se dirige deprisa hacia la puerta. Teclea en el celular y, ya en la calle, se lo acerca al oído. Sus pasos son firmes y rápidos.

—Staughton, soy yo, Barnes. No dejes que hagan nada hasta que yo llegue. —La voz está alterada por el esfuerzo. Mientras habla camina a gran velocidad. Pero de todas maneras es una voz firme, tajante—. Nada de nada. No expliques por qué, sólo di que lo aclararé todo cuando llegue —Barnes escucha unos segundos y luego vuelve a hablar—. Ni a Payne ni a nadie. Que no toquen nada, ni se muevan, y di a los demás que hagan lo mismo, de lo contrario la cosa va a explotar. —Cruza la calle sin mirar. Los coches lo rozan, pero sigue hablando—. ¿La razón?... Te lo diré sólo a ti, ¿has comprendido? No puedes comentarlo con nadie, Staughton. —Al teléfono en un despacho del corazón mismo de Manhattan, el subordinado asiente—. Acabo de recibir una llamada de las más altas esferas del Vaticano. —Suspira—. La muchacha nos ha ganado la partida.

CÓMO MATÓ AL PAPA JUAN PABLO I? —PREGUNTA
Sarah sin rodeos en cuanto se sienta en la silla, en
la misma sala en la que estuvo Rafael con Barnes. Apoya las
manos sobre la mesa para mostrarse relajada.

El Maestre permanece de pie, de espaldas a ella, en actitud meditativa. Tras escuchar la pregunta, se vuelve hacia
Sarah y sonríe.

—No está aquí para hacer preguntas, señorita Sarah
Monteiro. Exigió a mi asistente decirme personalmente todo
lo que sabe. Por eso está aquí. —Es la voz de un viejo, cas-
cada, ronca, pero también lúcida.

—Será un pequeño intercambio de información. Usted
me cuenta lo que le pregunté y yo le doy lo que tanto desea.
Sabe que no podré usar contra usted nada de lo que me diga.

—No subestime mi inteligencia, señorita. No soy un
villano de novela barata. Soy muy real, de carne y hueso.

—No comprendo por qué me dice eso. —La respuesta
del anciano la confunde.

—Olvídelo. Son divagaciones —aclara J.C., mientras
se sienta en la silla, al otro lado de la mesa—. En realidad no se
lo decía a usted.

—¿Cómo murió el Papa?

Hay un silencio, que inquieta a Sarah.

—La versión oficial es que murió de un infarto de miocardio —responde, por fin, el viejo.

—Ambos sabemos que no fue así.

—¿Sabemos? —dice J.C.—. ¿Realmente lo sabemos? ¿Pretende contradecir una verdad oficial?

—Una verdad oficial no tiene por qué ser la verdad. En los últimos días he aprendido que todos somos víctimas del engaño —responde Sarah, con un descaro del que no se creía capaz.

J.C. suelta una carcajada gutural, pero sincera.

—¿Qué sabe la niña de todo eso?

—¿Admite que la verdad oficial es falsa?

—Falsa o no, es la única que tenemos. —El tono de su voz sigue siendo normal. El viejo nunca pierde la calma, jamás dice nada de lo que luego pueda arrepentirse.

A continuación busca algo en el maletín que trajo consigo y que había dejado junto a la mesa. Ahora revuelve en su interior. Por fin encuentra lo que buscaba, un papel añejo, y se lo entrega a Sarah.

—Lea.

—¿Qué es esto? —Lo mira. Hay un membrete oficial que dice «Certificado de defunción».

—Lea —repite J.C.

Es el certificado de defunción de Albino Luciani, Juan Pablo I. Causa de la muerte, infarto de miocardio; hora probable, 23:30 horas, del día 28 de septiembre de 1978. Una firma ilegible, posiblemente del médico de guardia.

—Ésa es la verdad oficial de la muerte del Papa —concluye J.C., con una sonrisa en los labios.

Sarah analiza el documento. Se pregunta por qué lo lleva el Maestre consigo.

—Vayamos a lo importante —insiste el viejo.

Sarah le devuelve el certificado y lo mira a los ojos.

—No. Aún no. Quiero escuchar su verdad.

—¿A qué verdad se refiere?

LUIS MIGUEL ROCHA

—Ese certificado se hizo sin examinar el cuerpo del Papa —dice Sarah, que recuerda la conversación con su padre en el convento de Mafra—. Dígame la verdad. Ya sabe, un simple trueque.

—Tengo otros medios para obtener de usted lo que quiero.

—No lo dudo. Pero puede tardar horas, o días, y no es seguro que lo consiga. Lo que le propongo es un intercambio equitativo.

—¿Qué interés tiene en saberlo?

—Ninguno en particular. Sólo la curiosidad de cualquier persona que ve derrumbarse todo aquello en lo que creía.

La conversación cesa unos instantes. El Maestre piensa. Para Sarah no es sólo una cuestión de curiosidad, aunque pueda parecerlo, también es una manera de ganar tiempo. Por lo demás, ni ella sabe hasta dónde quiere llegar.

—Vamos. Cuénteme qué ocurrió la noche del 28 de septiembre de 1978.

El viejo tarda en hablar.

—Antes que nada, me gustaría corregir un error histórico. Albino Luciano murió el día 29 de septiembre de 1978, a primera hora de la madrugada. No hay necesidad de preguntar por qué lo sé. Fui el último hombre que lo vio con vida y el primero que lo vio muerto. Murió por lo que seguramente ya sabe: se había convertido en un Papa no deseado, en un enemigo peligroso, y hubo que eliminarlo.

»No estoy hablando de religión. Se hizo una evaluación errónea de su carácter. Si aún al finalizar el cónclave teníamos ciertas expectativas, pronto se vieron malogradas. Su frágil aspecto era sólo eso, una apariencia. Quería limpiar la casa de inmediato.

»Los primeros en caer serían el obispo Marcinkus y el cardenal Jean-Marie Villot. Las cartas más valiosas de la baraja. Y créame, muchos otros correrían la misma suerte. Con Marcinkus y Villot fuera, no llevaría mucho tiempo llegar hasta Calvi y Gelli, y después la derrota sería total. El mismo

Juan Pablo I cavó su tumba. No era como Pablo VI, que sólo se ocupaba de la fe y la religión y delegaba el resto en la curia y en otras personas competentes. No. Juan Pablo I era único, iba a terminar con la Iglesia tal como la conocíamos.

—¿Cómo? —Sarah sigue con atención las palabras del italiano.

—¿Cree que la Iglesia hubiese seguido en pie después de la limpieza que pretendía hacer? Por supuesto que no. Los fieles se habrían horrorizado sólo con conocer una pequeña parte de los desmanes económicos cometidos por la Iglesia. Pablo VI, aunque sin culpa alguna, sería visto como un delincuente que ordenaba a sus funcionarios lavar dinero negro y participar en empresas fabricantes de productos condenados por la Iglesia, como la píldora anticonceptiva, preservativos y armas. Y todo esto con el único fin de ganar mucho dinero y desviar la mayor cantidad posible hacia cuentas personales.

—Pero todo eso se supo luego, y no pasó nada.

—Precisamente. Para entonces ya no controlábamos la información y no lo pudimos evitar. No obstante, se hizo de manera que los daños fueran mínimos.

—¿Cómo puede hablar con esa tranquilidad del asesinato de Juan Pablo I? —pregunta la joven.

—Los fines justifican los medios, señorita. Había mucho que perder, y no me refiero solamente a la acción de la justicia. Muchas personas, y Estados, habrían salido perjudicados a causa de las acciones que pensaba emprender el Pontífice.

—Que sólo quería restablecer la justicia.

—El ideal de justicia es muy subjetivo. Seguramente ya habrá comprendido eso. Licio Gelli se vio obligado a elaborar un plan que pudiese ser ejecutado en cuestión de horas, un plan drástico. Por eso entré en escena como verdugo de Albino Luciani. Mi función era quedarme al pie del teléfono y esperar. Villot trató de postergar el plan lo más posible, intentando disuadir al Papa de sus intenciones, argumentando, ofreciendo salidas razonables. Pero el Papa se mostró inflexible. Selló su destino el 28 de septiembre, cuando informó a Villot y al resto de monseñores sobre los relevos que se producirían en los días siguientes, comenzando por el de Marcinkus, que tendría lugar inmediatamente. Cuando trascendió la noticia de la decisión papal, no nos quedó otro remedio que actuar.

—La solución final —agrega Sarah, entre sarcástica y furiosa—. La solución a todos los problemas. Si no sirve a nuestros propósitos, lo matamos, y cuanto antes mejor. La lista de víctimas de esa mentalidad es amplia.

—Ni se imagina cuánto. En todo caso, esa noche del 28 al 29 me presenté en el Palacio Apostólico. Uno de los monseñores se había comprometido a mantener abiertas las vías de acceso y a que no fuese importunado. Y así fue. Cumplió perfectamente su función.

—¿Quiere decir que usted anduvo deambulando a medianoche por el Palacio Apostólico?

—No. Entré directamente a los aposentos del Papa, por unas escaleras que están fuera de uso. Por lo general, las puertas del piso inferior y del tercero están clausuradas. Como podrá imaginar, esa noche fue una excepción. Desde los tiempos del papa Juan XXIII, la Guardia Suiza dejó de custodiar las habitaciones papales. No me crucé con nadie en mi camino. Entré en los aposentos del Papa con total facilidad. Aún estaba despierto; intercambiamos media docena de palabras. Cuando salí, había cumplido mi misión. Los cardenales tendrían que enterrar al nuevo Papa y elegir otro.

—¿Habló con el Papa? Espero que no pueda borrar de su conciencia aquellas palabras...

—Eso es irrelevante —explica J.C., que ya empieza a dar signos de impaciencia—. Al día siguiente, el mismo monseñor que me ayudó a entrar me pidió que fuese a verlo al Vaticano. Así lo hice. Quería darme los papeles, esos que ahora intentamos recuperar, para que los guardara... y eso es lo que hice —el viejo lanza una sonrisa felina—, los guardé en el sitio más seguro del mundo. Además me divertía la idea. ¿Cómo iba a imaginarme que el idiota de Firenzi acabaría encontrándolos y apropiándoselos?

—¿Pero no le pidieron que los destruyera?

—No, no... A excepción de la lista y del secreto de Fátima, lo demás es inofensivo... no eran más que disposiciones papales relativas a la reorganización de la Iglesia. Unas más polémicas que otras, pero nada explosivo, por lo menos para quien siga los asuntos religiosos con una cierta asiduidad.

»Pero la lista es otro cantar: como seguramente sabrá, no se trata de la lista de nombres de la P2 que todo el mundo conoce, sino de una versión mucho más delicada. Incluye el nombre de grandes personalidades y, en concreto, de un primer ministro. Cualquier juez de pacotilla tendría la posibilidad cierta de encausarlos por la muerte de un papa. Nadie podía imaginarse que iba a suceder tal cosa... ese maldito fiscal de Roma...

»En su empeño porque nadie sospechara ninguna irregularidad en la muerte del Papa, Villot cometió una serie de errores cuando el cuerpo fue encontrado por la hermana Vincenza. Exigió a los residentes del palacio un voto de silencio, absolutamente innecesario, y después se empeñó en inventar una versión oficial, que más tarde fue desmentida por el propio Vaticano.

—No lo entiendo.

—La primera versión oficial decía que el secretario del Papa, el padre John Magee, lo encontró muerto a las cinco y media de la madrugada, cuando en realidad fue hallado por la hermana Vincenza, su ayudante particular, cuarenta y cinco minutos antes.

—¿Por qué hizo eso?

—No parecía adecuado que una mujer, aunque fuese una monja, entrara libremente en los aposentos del Papa. Cuestiones de imagen. Después Villot realizó una serie de declaraciones equivocadas y tomó decisiones extravagantes. Dijo que el Papa tenía en las manos su libro de cabecera, *La Imitación de Cristo*, de Kempis, una edición especial que en realidad estaba en Venecia. Convocó precipitadamente a los embalsamadores. Pronto se supo que el cadáver lo había encontrado la monja. Si a todas estas incongruencias se suma la precipitada limpieza de los aposentos, se comprenderá que todo el mundo entendiera que se trataba de un comportamiento propio de quien está ocultando algo.

»Por otro lado, los médicos sólo colaborarían con nosotros si no tenían que enfrentarse a la opinión de otro médico. El médico de Luciani era el doctor Giuseppe de Rós, que lo atendió siempre en Venecia, y también durante el mes que estuvo en el Vaticano. Era importante que él corroborara el diagnóstico de los colegas cuando llegase a Roma. Villot no autorizaría una autopsia, por otro lado prohibida por el Derecho Canónico. Villot era el cardenal camarlengo y, como tal, el jefe máximo de la Iglesia hasta el final del siguiente cónclave. Estaba muy atareado, y muy nervioso con todo lo ocurrido.

—Es comprensible —concluye Sarah.

—El doctor Giuseppe de Rós corroboró el diagnóstico de los otros médicos, pero la verdad es que no tenía muchas posibilidades de hacer otra cosa, ya que sólo pudo realizar un reconocimiento superficial. Como la autopsia estaba descartada, si no se hubiese actuado tan precipitadamente, el crimen habría sido perfecto. Se eligió un nuevo Papa y la vida continuó. Pero la muerte de Juan Pablo I ya había levantado demasiadas sospechas y todas las cosas comenzaron a derrumbarse, y de una forma particularmente perjudicial para la P2, que se desplomó en 1981. Desde ese momento nos mantenemos más en la sombra que nunca.

—¿Y cómo consiguieron hundir a la P2?

—Los pormenores son demasiado complicados. Digamos que, durante años, los jueces, los periodistas y algunas instituciones policiales siguieron pistas que llevaron al IOR, al Banco Ambrosiano, a la P2 y a los negocios que los unían.

—¿Y qué ocurrió con Villot, Marcinkus y el administrador del Banco Ambrosiano?

—Villot estaba muy enfermo en el momento del asesinato de Luciani. Él mismo había pedido el relevo, pero no toleraba que su sustituto fuera Benelli. Villot quería elegir a su sucesor. Benelli era un hombre demasiado parecido a Juan Pablo I. También habría causado daños irreparables. Con la muerte de Luciani, Villot se quedó más tranquilo y falleció en paz en marzo de 1979, muy bien acompañado.

»Marcinkus continuó con sus enredos en el IOR durante mucho tiempo, hasta que lo apartaron y regresó a Chicago. Después se ocultó en una parroquia de los alrededores de Phoenix, en Arizona.

En opinión del viejo J.C., Marcinkus era un canalla: no tenía amigos, no tenía socios, no tenía aliados. Sólo era amigo de sí mismo y servía única y exclusivamente a sus propios intereses. Por esa razón pudo seguir con sus negocios durante mucho tiempo, después de que tanto Juan Pablo I como Villot hubieran dejado este mundo. Allí estuvo, al frente del IOR, hasta 1989, bajo los auspicios del mismísimo papa Wojtyla.

—Respecto a los demás —continuá J.C.—, Calvi apareció muerto en 1982, estrangulado bajo el puente de Blackfriars, en Londres. El desfalco del Banco Ambrosiano ascendió finalmente a unos dos mil millones de dólares. Aquel dinero se perdió, pero fue muy rentable para los intereses de Gelli y Marcinkus.

»¿Le gustaría saber dónde está Gelli? —pregunta el viejo haciendo una pausa dramática. Sabe que está llegando al final de su historia—. Cumple condena domiciliaria en una apacible villa de Arezzo, en Italia. Y, respecto a mí... bueno, yo no estoy en ninguna parte.

Vuelve a hacerse el silencio. Luego Sarah lanza una pregunta que aún no tiene respuesta, tal vez la que más le interesa.

—¿Cómo mató al Papa?

—Vamos, señorita Sarah Monteiro, no esperará que se lo cuente todo a cambio de nada, ¿verdad? Una cosa por otra, ¿no fue lo que usted dijo? Cumplí mi parte de sobra. Ahora es su turno. —Sonríe con satisfacción, como quien sabe que tiene la razón de su parte.

—Es mi última pregunta. Necesito saber cómo lo hizo.

—Y yo necesito saber dónde guardó los papeles.

—Usted mismo dice que no contienen nada explosivo.

—Le garantizo que no. Y si hubiesen aparecido en la noche del crimen, excluyendo la lista y el secreto de Fátima, nada malo habría sucedido. Sólo eran los apuntes y los planes de un fallecido. Pero si reaparecieran hoy, después de tantos años, serían vistos de una manera diferente.

Sarah no puede sino estar de acuerdo con el viejo. Desde el punto de vista de las estructuras religiosas, la Santa Sede quedaría ante la opinión pública como una institución ajena a los escrúpulos y a la moralidad que dice defender.

Aquellos documentos, entre otras cosas, confirmarían que alguien los hizo desaparecer. Se apuntaría con el dedo a las más altas instancias de la curia, y la Iglesia quizá nunca se repondría de una tremenda acusación de conspiración y asesinato.

—¿Y a usted qué puede importarle eso? Es difícil creer que preste mucha atención a la Iglesia.

—Hay secretos que deben permanecer en la penumbra, verdades que no deben ser desenterradas.

—Tarde o temprano, alguien volverá a tropezar con ellos y la verdad saldrá a la luz.

—Entonces, que ocurra lo más tarde posible. Cuando esté muerto, poco me importará lo que hagan con los papeles. Pero hasta entonces estarán mejor conmigo.

—¿No los quiere destruir?

—No, a lo mejor me resultan útiles en algún momento. Ahora, colabore conmigo y cumpla su palabra.

—La cumpliré. Sólo quiero que responda a mi última pregunta —responde Sarah, en un último intento por ganar tiempo.

El viejo se queda sumido en un silencio inquietante. Sarah se angustia. Aunque parezca mentira, necesita saber cómo mató J.C. al Pontífice. No sabe por qué, pero siente esa imperiosa necesidad.

—Haremos lo siguiente: usted me dirá lo que quiero saber y luego se lo contaré.

—Pero... —La joven está indecisa.

—Siempre cumplo lo que prometo —agrega el viejo.

Sarah no lo duda. Su problema es otro. En cuanto hable, J.C. se olvidará de ella, o la matará.

—Estoy esperando —presiona J.C.

—Muy bien: los papeles están guardados en un lugar seguro.

La chica hace una pausa.

—Lo sé perfectamente. Concluya, por favor. —La voz seca anuncia que ya no tolera más rodeos.

—Entonces comprenderá que están tan seguros que no tengo ningún control sobre ellos.

—¿Qué quiere decir? —eleva la voz, amenazante—. Explíquese.

—Los papeles están en el Vaticano —responde Sarah, muy segura de sí misma—. De allí salieron, y allí era adonde debían volver. Los papeles de un Papa pertenecen al Vaticano.

—Seguramente habla en broma.

—No. Estoy hablando en serio.

La lúgubre expresión del rostro de J.C. no deja margen de duda. La repentina lividez resalta las arrugas propias de la edad. De pronto se sofoca como un asmático. Sarah ve por primera vez su lado humano. No es un autómata que ordena y dispone sobre la vida de los demás a su antojo, sino un viejo frágil al final del camino.

—¿Tiene noción de lo que ha hecho?

—¿Que si tengo noción? —El miedo y la indignación se mezclan en su ánimo.

—Su padre y sus amigos son hombres muertos, gracias a usted.

—Que así sea. —Los ojos se le llenan de lágrimas, que intenta contener—. Soy consciente de que hice lo que debía. Usted no se saldrá con la suya.

—¿Cree realmente que no recuperaré los papeles, sólo porque están en el Vaticano? ¿Qué le hace pensar que no tengo gente trabajando allí, como en 1978?

—Los tiempos han cambiado.

—No se haga ilusiones.

Sarah quiere creer que sí, que las cosas han cambiado. Es cierto que el conservadurismo gana cada vez más fuerza en el seno de la Iglesia, mucho menos liberal y moderna de lo que Albino Luciani deseó, pero las personas que la componen son otras. No hay Villots ni Marcinkus en el Vaticano de hoy en día.

—Si no han cambiado, no tiene por qué preocuparse. Mañana, o a más tardar en un par de días, volverá a tener los papeles en su poder.

La mirada del anciano revela a Sarah que no será así.

—¿Y dónde están los otros?

—¿Los otros?

—No se haga la tonta. Usted sólo tenía la lista en su poder. ¿Dónde está el resto de los papeles?

Por un momento piensa en inventar algo, pero luego lo descarta. Es mejor no tensar la cuerda. Quizá ya fue demasiado lejos.

—Sólo puedo hablar de la lista. De lo demás no sé nada.

El hombre aguarda unos instantes. Al finalizar sus reflexiones, golpea el suelo con el bastón tres veces. De inmediato entra el asistente.

—Llévatela. Elimina al padre, a la hija y al doble agente, a los tres. Después tráeme a Marius Ferris. Tenemos mucho de que hablar. Pero primero que los vea morir.

—Eso es bueno para soltar la lengua —responde el asistente con una leve sonrisa.

—¿Adónde la lleva? —dice la voz de alguien que acaba de entrar.

—Al cadalso —responde el asistente con sarcasmo.

Barnes la sujeta del otro brazo y la arranca sin contemplaciones de las manos del asistente.

—¿Qué está haciendo? —pregunta J.C.

—Siéntese —ordena Barnes a Sarah antes de volverse hacia el viejo—. Envió los papeles al Vaticano.

—Ya lo sé. Pagará por eso.

—Recibí una llamada, precisamente del Vaticano, hace pocos minutos.

El viejo se estremece. Una expresión de incredulidad ensombrece sus ojos.

—¿Y qué quieren?

—No se trata de lo que quieren, sino de lo que ordenan.

Capítulo

57

Última defensa
28 de septiembre de 1978

Despacho de Su Santidad Juan Pablo I

H ANS HABÍA TENIDO UN DÍA AGITADO Y PRESENTÍA que las próximas horas se convertirían en una de aquellas interminables noches de insomnio.

El jefe de seguridad de la Guardia Suiza había estado toda la tarde recibiendo instrucciones contradictorias. Muchas de ellas procedían de la Secretaría de Estado; otras, del jefe de los Archivos Vaticanos; otras, de la Secretaría del Sínodo; y otras, en fin, de la Congregación para la Doctrina de la Fe.

El secretario del cardenal Jean Villot le había comunicado aquella misma tarde que deseaba que el oscuro pasaje de León XIII, habitualmente cerrado, estuviera abierto; después, el mismísimo prefecto para la Doctrina de la Fe le había hecho saber que no era necesaria esa providencia; desde las oficinas del cardenal Paul Marcinkus se le había recomendado que despejara los accesos a los aposentos del papa Luciani; otros subalternos de distintos cardenales habían pasado por las oficinas de la Guardia Suiza y le habían entregado notas con precisiones de seguridad a las que no estaba acostumbrado.

Finalmente, Hans pudo entender que se celebraría una importante reunión en el despacho del papa Luciani, que se encontraba junto a las estancias privadas del Pontífice, en el Palacio Apostólico. Desde luego, a juicio del jefe de seguridad, se trataba de una reunión de alto contenido político, pero informal, porque no se recibió ninguna comunicación del Vaticano, como es habitual en esos casos. Lo único que podía deducir de aquella barahúnda de faxes, llamadas de teléfono y notas sueltas era que estarían presentes el secretario de Estado, Jean-Marie Villot, el obispo Paul Marcinkus y el arzobispo vicario de Roma, Ugo Poletti.

Hans se dirigió al Palacio Apostólico y reforzó la guardia en la entrada principal. Después llamó a un subalterno para que lo dispusiera todo en la parte posterior del edificio: los distintos cuerpos adscritos a las diversas personalidades fueron precisamente informados para que condujeran a los cardenales por una puerta discreta. Desde allí, subirían por la escalinata lateral y podrían acceder al pasillo del palacio sin más contratiempo. La Guardia Suiza se encargó de cerrar todos los accesos y de sellar cualquier posible intromisión. Los cardenales —quienes quiera que fuesen— no se encontrarían a nadie por el camino y llegarían al despacho del papa Luciani en menos de cuatro minutos cincuenta segundos. Hans también ordenó que cada veinticinco metros hubiera una pareja de guardias de civil y, en la entrada del despacho, dos de los mejores hombres vestidos de gala, como era costumbre.

En la antesala del despacho había una mesa de oficina habitualmente ocupada por un antiguo asistente de Juan XXIII, al que no se lo había querido despedir y al que se le encomendaban misiones más parecidas a las de un mensajero común que a las de un conserje pontificio.

A media tarde, los dos secretarios del Pontífice abandonaron sus despachos. Entonces, Hans supo que la reunión estaba a punto de celebrarse. Por el *walkie-talkie* le comunicaron sucesivamente los nombres.

—Sube el cardenal Villot, señor.

—De acuerdo —contestó Hans.

Al cabo de medio minuto, el característico sonido del *walkie* volvió a oírse:

—Suben el cardenal Ugo Poletti y monseñor Agostino Casaroli, señor.

—Gracias.

Monseñor Casaroli ostentaba el cargo de consejero para los Asuntos Públicos de la Iglesia, una suerte de Ministerio de Asuntos Exteriores del Vaticano.

Un par de minutos después, chisporroteó de nuevo el altavoz del sargento y el agente situado en la entrada comunicó quiénes eran los nuevos invitados:

—El obispo Marcinkus y monseñor De Bonis, señor.

Tanto Paul Marcinkus como Donato de Bonis pertenecían a la dirección de la Banca Vaticana.

Exactamente cuatro minutos y cincuenta segundos más tarde aparecieron al final del pasillo los primeros, que esperaron en lo alto de la escalinata a que llegaran sus compañeros.

Hans observó a la guardia. Todo estaba en orden.

Cuando los cinco cardenales se hubieron reunido, intercambiaron algunas palabras y, casi inmediatamente, avanzaron hacia el despacho del Pontífice. Era una extraña comitiva. En el Vaticano se decía que «los amigos» de Villot —aquellos que lo llamaban amistosamente Jeanni— estaban indignados con las supuestas nuevas perspectivas que se abrían con el papa Luciani. Dadas las precauciones que se tomaron, era evidente que el cardenal Villot, Marcinkus, De Bonis, Casaroli y Poletti no deseaban que se los viera juntos.

Hans sintió un escalofrío al ver avanzar por el corredor a aquellos cinco hombres. Sus gestos amables y piadosos se habían tornado terribles, y el ondear de sus vestiduras negras les confería un aspecto sombrío y siniestro.

Ni siquiera le dirigieron la palabra. Entraron y cerraron la puerta tras ellos.

Su Santidad no vio entrar a los cinco prelados. Se encontraba observando los tejados de Roma desde la ventana del despacho. Ya casi se había acostumbrado a esas visitas intempestivas. Desde aquel desafortunado cónclave en el que lo nombraron Sumo Pontífice, los miembros de la curia no habían cesado en sus intrigas: sabía de sobra que estaba rodeado de lobos. Sin volverse, Albino Luciani susurró:

—Han tardado mucho.

Villot miró por el rabillo del ojo a sus compañeros e hizo un leve gesto con la mano: les pedía que no intervinieran, que dejaran hablar al Papa.

Juan Pablo I se volvió y los observó con aquella sonrisa pícara que sólo incrementaba los niveles de sospecha en sus enemigos.

—Sí: han tardado mucho y, además, esperaba que vinieran algunos cardenales más. Me habría complacido mucho verlos a todos juntos. Ya que comparten ciertas actividades, imaginé que intentarían aliarse ante las acusaciones que se vierten contra ustedes.

—Son infundios, Santo Padre —suplicó De Bonis, escondido tras Marcinkus.

—Desde luego, cardenal. De lo contrario, usted no podría estar aquí —replicó el Papa. A continuación se acercó a su mesa de despacho y se sentó. Los cinco cardenales permanecieron de pie. El Pontífice abrió una de las carpetas que se encontraban sobre la mesa y observó a los prelados por encima de los anteojos. Después volvió a los papeles—. Hace unos días, como seguramente sabrán, recibí a una comisión de los servicios secretos norteamericanos.

Villot suspiró ostensiblemente. Por fin los americanos hacían algo de provecho. Con seguridad, la CIA le habría comunicado la existencia de ciertos grupúsculos politizados en la curia que atacaban al secretario de Estado y a Marcinkus por razones poco claras. Era de esperar que los americanos hubieran convencido a Juan Pablo I de la inexistencia de la logia P2.

—Es una gran noticia, Santo Padre. Mantener buenas relaciones con los Estados Unidos de América es una sabia decisión. La CIA siempre ha sido muy útil a la Iglesia, y sus directores son hombres piadosos.

—Es probable que no sepa, cardenal Villot, que la CIA no es la única agencia de investigación estadounidense. Y, por fortuna, no todos los políticos y jueces estadounidenses son tan «piadosos» como usted desearía. Por ejemplo, estos amigos que me visitaron fueron muy poco piadosos con ustedes.

—Son cruces que nos envía el Señor —musitó el cardenal Casaroli—. Soportaremos con resignación las asechanzas del demonio, Santo Padre.

—Sí. Espero que puedan soportarlo.

Albino Luciani se levantó con la carpeta en la mano y la blandió ante los cardenales. En sus ojos había más lamento que furia, pero no podía tolerar el contenido de aquella información.

—¿Qué han estado haciendo durante todo este tiempo?

—Nuestra vida está consagrada al bien de la Iglesia, Santo Padre —dijo Villot con firmeza.

—¿Al bien de la Iglesia? —preguntó irritado Luciani—. ¿Qué Iglesia necesita que sus servidores anden en conciliábulos y reuniones secretas, cardenal Villot? ¿Desde cuándo la Iglesia precisa que sus pastores se enreden con los masones, cardenal Poletti? ¿Qué Iglesia se defiende amasando oro podrido en las Bahamas y en los paraísos fiscales, monseñor Marcinkus? ¿Y desde cuándo le interesa a Roma invertir en pornografía, monseñor De Bonis? ¿O estamos siendo piadosos, cardenal Casaroli, cuando intrigamos en países al borde de la guerra?

Todos quisieron defenderse, pero Villot tomó la delantera.

—¡Son acusaciones muy graves, Santo Padre!

—¡Esto es intolerable! —farfulló Poletti.

—¿Quién ha propagado esas calumnias? —inquirió Casaroli.

El papa Juan Pablo I los miró de soslayo.

—Alguien que los conoce muy bien, sin duda.

Marcinkus se atrevió a dar un paso adelante y exclamó con ira:

—¡Si el Santo Padre es incapaz de distinguir cuándo se actúa en bien de la Iglesia, tal vez se deba tomar una resolución al respecto!

El responsable de las finanzas vaticanas, enemigo declarado de Juan Pablo I desde los tiempos en que éste ejercía como patriarca de Venecia, era uno de los que llevaba algún tiempo pensando en instruir una causa de destitución en virtud de la incapacidad mental del Pontífice.

—¡Seguramente monseñor Marcinkus debería distinguir entre «actuar en bien de la Iglesia» y «actuar bien en la Iglesia»! —exclamó Albino Luciani.

De Bonis rodeó la sotana de Jean-Marie Villot y quiso acercarse a pedir clemencia:

—Santo Padre... quizás hemos actuado mal, pero nuestra intención era buena...

—¡Apártese de mí! —exclamó el Pontífice—. Si han errado por malicia, Dios se lo demandará. Y si han errado por ignorancia, es que mis predecesores estuvieron ciegos. En cualquier caso, no seguirán en sus cargos.

Villot observó al Santo Padre con ira.

—¡No puede hacer eso!

—Mañana mismo presentaré los papeles de su destitución y los que corresponden a otros puestos de responsabilidad en la curia, cardenal Villot —sentenció el papa Luciani.

Y abandonó el despacho visiblemente alterado. El Papa se recostó sobre la puerta cerrada. Al otro lado estaban sus enemigos. Rogó a Dios que le perdonara aquel acceso de ira.

Hans, el jefe de seguridad del Vaticano, vio salir del despacho a los cinco cardenales más poderosos de la curia: Jean-Marie Villot, que llevaba una capa negra ribeteada en rojo, la agitaba de un modo violentísimo y fue escupiendo improperios hasta que giró para descender la escalinata. De Bonis salió inmediatamente después de Paul Marcinkus y le pedía explicaciones humildemente: «¿Es que el Gran Maestre no piensa actuar, cardenal?». «Déjeme en paz», contestó el banquero de Dios. Casaroli y Poletti salieron apresurados, dando pasitos cortos y agitando las manos: «Ya lo decía yo, ya lo decía yo... Este Papa nos traería problemas».

Hans había escuchado los gritos, pero no podría asegurar cuál era la causa del disgusto. Se pasó la mano por el pelo, desde la frente hasta la nuca, y, repentinamente, reparó en los dos guardias suizos que escoltaban el despacho.

—¿Qué han oído? —preguntó.

—Nada, señor —contestó el guardia de más graduación.

—Muy bien.

Capítulo

58

NO SE TRATA DE LO QUE QUIEREN, SINO DE LO QUE ordenan —repite Barnes en la sala de interrogatorios, en pleno corazón de Manhattan.

—¿Ordenan? —exclama J.C.—. No sea ridículo.

—Tienen la lista.

—¿Qué? —balbucea el asistente.

—Es verdad —asegura Barnes—. ¿Lo confirma usted? —pregunta a Sarah.

La joven asiente con la cabeza.

—Está bien —dice el viejo—. ¿Qué es lo que ordenan?

—No tomarán ninguna medida si esto termina aquí y ahora. Sin más muertos, ni heridos. De lo contrario usarán todos los medios necesarios contra nosotros, poniendo los papeles a disposición de la opinión pública.

La respiración del viejo se vuelve cada vez más agitada.

—Hay algo aquí que no encaja.

—¿A qué se refiere, señor? —pregunta el asistente.

—Si el Vaticano tiene los papeles, ¿por qué exigen que ellos sean liberados? Les debería resultar indiferente.

El razonamiento es coherente, pero como hombre práctico que es, no se entrega a las especulaciones. La mujer lo había engañado. No creyó que fuera capaz de hacerlo. El Maestre decide seguir el juego de Sarah, ver adónde conduce. Quizás esta opción sea más eficaz que la tortura.

—¿Y si accedemos? —pregunta el viejo con voz sorda.

—Todo quedará como está. Nadie perderá nada. Pero exigen que la mujer confirme a un enviado del Vaticano que han sido liberados.

—No debemos aceptar, señor —afirma el asistente—. Aún podemos recuperar los otros papeles.

Sarah ve que siguen en el filo de la navaja y piensa que debe hacer algo que termine con todas las dudas de aquellos hombres.

—Los otros papeles también van camino al Vaticano —miente la chica.

—¿Qué dice? —El Maestre arruga aún más la frente. Sus sospechas se acentúan.

—También envié los otros papeles al Vaticano —repite Sarah.

—Pero usted dijo que no podía responder por ellos.

«El viejo desgraciado tiene buena memoria», piensa Sarah.

—Claro. No están en mi poder, pero tampoco están aún en el Vaticano. Alguien de total confianza tiene el encargo de entregarlos.

—Está mintiendo —dice el asistente.

—No podemos correr riesgos —exclama Barnes.

—Corremos un riesgo mucho mayor sin los papeles en nuestro poder —puntualiza el asistente.

—La posición del Vaticano es clara. Si esto termina aquí, los papeles permanecerán guardados a buen recaudo. Nadie sabrá de su existencia y, lo que es más importante, no habrá consecuencias para ninguno de los que han participado en esta desdichada misión.

—Señor, deme dos horas más y le arranco la verdad al viejo —dice el asistente.

—Desgraciadamente, no disponemos de dos horas —informa Barnes—. La mujer tiene que encontrarse con el emisario del Vaticano dentro de una hora en el Waldorf Astoria.

J.C. escucha todo aquello sin intervenir. Parece que las mejores cartas estaban en manos del adversario. Sólo queda una cosa por hacer.

—¿Puedo intercambiar unas palabras con usted a solas? —pregunta Barnes al Maestre, interrumpiendo sus reflexiones.

—¿Cómo? —El Maestre está desconcertado—. Sí, sí —responde finalmente. Se levanta con ayuda del bastón—. Vamos al pasillo.

Barnes sigue al viejo, que continúa sumido en intensas meditaciones.

—¿Confirmó el origen de la llamada? —pregunta éste de repente.

—Mandé que lo hicieran, pero aún no tengo respuesta —responde Barnes.

—¿Le pareció creíble? —La opinión de un hombre de la CIA es importante, sobre todo tratándose de un veterano como Barnes.

—Todo esto es bastante extraño. La Santa Sede no actúa así, pero podría ser cierto. Es una amenaza de bomba y no podemos arriesgarnos a que explote.

—A la espera de que sus hombres confirmen la autenticidad de la llamada, nos enfrentamos a un ultimátum del Vaticano.

—Sí. Temo que estamos en una situación precaria.

—Ya. —El viejo vuelve a quedarse pensativo—. Tal vez sea nuestra salvación —dice tras meditar unos instantes.

—¿Usted cree? —El americano no parece muy convencido.

—Ellos tienen que reunirse con el emisario en el Waldorf dentro de una hora, ¿no?

—Así es.

—Bueno, muy bien. Intentemos recuperar la iniciativa. Mándelos a donde tengan que ir.

—¿Está seguro?

Una mirada gélida evidencia la inutilidad de la pregunta.

—Envíelos. Yo me encargaré del resto.

—¿Ignorará el ultimátum?

—Por supuesto que no. —La mente del anciano hierve mientras elabora su plan a toda velocidad—. Pero es la única manera de recuperar los documentos.

—¿No cree que ella los haya enviado a Roma?

—Quizá la lista, pero el resto no.

—¿Qué le hace pensar eso?

—Todas las evidencias apuntan hacia Marius Ferris, en Nueva York. Y aquí estamos. Podemos afirmar con toda certeza que ellos no han puesto las manos en los papeles desde que llegaron aquí. Por lo tanto, aquí siguen guardados.

Barnes medita durante unos instantes.

—¿Y si se equivoca?

—Si estuviese equivocado, se encontrarán con el emisario en el Waldorf sólo con un poco de retraso. Pero en este momento es imperativo conseguir los documentos. Si ha mandado la lista, la única manera de recuperarla es tener en nuestro poder los demás papeles.

—¿Qué tiene en mente?

Mientras los dos individuos discuten, el asistente se acerca a Sarah.

—¿Te crees muy lista? —murmura con la boca casi pegada a su oído—. Si logras salir viva de aquí, recuerda que estaré al acecho. No te daré un minuto de paz.

Sarah se estremece, pero sabe que nada depende del hombre que la amenaza. El viejo es quien manda, o por lo menos lo era hasta ahora, porque felizmente el Vaticano ha entrado en escena. Los próximos minutos serán decisivos. Sin embargo, no quiere hacerse ilusiones.

—Y un día —sigue diciendo el asistente—, cuando menos lo esperes, entraré en tu casa, iré hasta tu cama y te despertaré.

«Cállate, imbécil», dice Sarah para sí. Cuánto le gustaría poder decirlo en voz alta. No obstante, lo mejor es no provocarlo más. Podría perder los estribos y olvidar las órdenes del Maestre.

Barnes y el viejo regresan con el mismo gesto lúgubre que tenían cuando salieron.

—Libérenlos —ordena el jefe.

—Pero, señor... —intenta objetar el asistente.

—Silencio —corta el anciano, con voz nuevamente firme—. Libérenlos. Y procuren que ella se encuentre con el emisario a tiempo.

El resignado asistente la agarra con brutalidad y la arrastra hacia el exterior de la sala.

Barnes se queda mirando el pasillo, sin percibir una tenue sonrisa en el rostro del viejo.

—¿Está seguro de lo que hace? —pregunta el hombre de la CIA.

—Completamente. Quédese tranquilo. Los documentos vendrán a mi poder. Es cuestión de tiempo.

—Pero tenemos poco —asegura Barnes, aprensivo—. ¿Y después?

—Cuando tenga los papeles, mátenlos a todos.

De inmediato hace una llamada desde el celular.

—Francesco, Ilustrísima, tengo que pedirte algo.

Y ASÍ PARECE TERMINAR LA PERSECUCIÓN A SARAH
Monteiro y sus compañeros, a los que la joven, con
la ayuda divina y un poco de suerte, consiguió salvar de J.C.
No pasará a la historia por ello, porque para la historia no
existen ni J.C. ni Sarah Monteiro y Juan Pablo I falleció por
causas naturales.

Tal parece ser la situación cuando salen a la calle. Rafael se encuentra en un pésimo estado, pero, incluso así, ayuda
a Sarah a sostener al capitán, que no puede andar. Un poco
más atrás los sigue Marius Ferris, que todavía no puede creer
la suerte que han tenido. Todos los demás, Geoffrey Barnes,
Staughton, Thompson, el sirviente, el asistente y el Maestre,
asisten impotentes al desfile de salida. Barnes no tendrá, finalmente, el placer de borrar a Jack de la faz de la tierra.

—Llévense la furgoneta —ordena—. Después la reco-
gerá alguien.

Es Rafael quien conduce el vehículo hasta el lugar de
encuentro con el emisario del Vaticano, que los conducirá
sanos y salvos fuera del país, y recuperarán los valiosos documentos que Sarah afirma haber entregado a alguien para
que los envíe a la Santa Sede. Raúl Brandao Monteiro se toca

la herida, recostado en el asiento de atrás, con la cabeza apoyada en el regazo de su hija.

—¿Alguien ha entendido algo? —Quien pregunta es el tímido Marius Ferris, que deja oír su voz por primera vez, revelando un timbre melodioso, aunque agitado.

—Eso mismo iba a preguntarle —le dice Rafael, mientras conduce, aún dolorido por la paliza que ha recibido—. ¿Entiendes lo que ha sucedido, capitán?

Sarah se adelanta a la respuesta de su padre.

—Es muy simple. Mientras estuvimos en el hotel Altis, en Lisboa, llamé al Vaticano y les expliqué la situación. El hombre que me atendió fue muy amable, pero no prometió nada. Exigió que le enviara una prueba de lo que estaba diciendo, lo que hice de inmediato.

—¿Cómo? —pregunta Rafael, asombrado por la explicación. Lo hizo todo a sus espaldas, seguramente mientras se duchaba.

—Le envié los documentos por fax.

—¿Y después?

A Sarah no le agrada el tono inquisitivo de Rafael. No parece gustarle que la joven haya resuelto el problema y salvado la vida de todos.

—Después el hombre solicitó que le enviase los originales al Vaticano; y le pedí al recepcionista que lo hiciese.

—Sigue.

—Insistió en que no podía prometerme nada, pero me garantizaba que el asunto sería presentado a las autoridades competentes.

—Y eso nos sitúa aquí y ahora —concluye Rafael.

—Exactamente.

Rafael mira al padre de Sarah por el espejo retrovisor.

—¿Qué te parece, capitán?

El oficial intenta articular algunas palabras, pero sólo logra emitir un sonido incomprensible.

—¿Qué tratas de decir? No te esfuerces —le recomienda su hija.

—Em... em...

—¿Una emboscada? —adivina Rafael. El militar asiente.

—¿Una emboscada? ¿Por qué? —Sarah está confundida por la convicción de los dos hombres—. ¿No les parece posible que yo haya resuelto el problema?

—Por supuesto que no —afirma Rafael, terminante.

Raúl aprieta el brazo de su hija, como dándole a entender que escuche a Rafael.

—Mira, el Vaticano no actúa de esa manera. Emplea tácticas mucho más sutiles. Nunca darían un ultimátum de ese género, y mucho menos para salvar nuestras vidas.

—Bueno —dice Sarah enigmáticamente—, tengo un as en la manga. Sólo aconsejo que permanezcamos atentos y no cantemos victoria.

—¿Cree que nos están siguiendo? —pregunta el sacerdote Marius Ferris, preocupado.

—Eso es fácil de averiguar —dice Rafael—. El Waldorf está al norte... vamos a cambiar de ruta. Capitán, ¿qué te parece si vamos a un hospital a que te vean esa herida?

Rafael gira hacia la derecha en la primera calle y acelera, lanzándose al tumultuoso centro de Manhattan. Basta medio minuto para que tres vehículos del departamento de policía de Nueva York se interpongan en su camino, con las luces encendidas. No los obligan a detenerse, todo lo contrario. Dos se ubican detrás y otro delante y les abren paso por el denso tráfico de la zona.

—La policía de Nueva York los escolta hacia su destino, por seguridad. Por favor, síganos —se oye por el altavoz de uno de los coches patrulla.

—Qué gentileza —exclama Rafael con ironía a la vez que sigue el nuevo rumbo marcado por los coches de la policía—. Ahora dime, ¿esta escolta también nos la ha mandado el Vaticano?

—Suponiendo que tengas razón —dice la joven—, ¿para qué montar esta comedia, si ya estábamos en su poder? Nos dan posibilidades de huir. ¿Qué ganan ellos?

—Por mucho que lo intentásemos, no podríamos despistarlos. Seguro que hay varios satélites encima de nosotros. Además, la furgoneta es suya. Está equipada con todos los dispositivos de detección que puedan imaginarse —aclara Rafael—. En cuanto al *teatro*, creo que el viejo, en el fondo, sabe muy bien lo que hace. A pesar de todo, nuestra situación no ha mejorado.

—Claro, casi estábamos mejor encadenados en aquella habitación —concluye Sarah con feroz ironía.

—No tienes... no tienes todas las piezas para... para poder completar el rompecabezas, Sarah —dice su padre.

La chica se vuelve hacia Rafael.

—De acuerdo, entonces, señor del rompecabezas, dígame usted qué vamos a hacer.

—Nada.

—¿Cómo que nada? —preguntan Sarah y Marius Ferris al unísono.

—¿Se te ocurre algo? —Rafael ignora al sacerdote y mira directamente a Sarah—. Pero te agradezco sinceramente que me hayas regalado media hora más de vida.

—Santa María, madre de Dios... —reza Marius Ferris, mientras se persigna, intentando sobreponerse al miedo.

—Si es tal y como dicen ustedes, ¿significa eso que ellos no creen que los papeles estén en el Vaticano?

—Exactamente. Ellos saben que no están allí. Tú no eres la única que tiene contactos en la Santa Sede —responde Rafael.

—Pero parecen haberlo creído. Todo es muy confuso. En tu opinión, ¿quién los llamó dándoles el ultimátum?

—Nadie —responde categóricamente. Enseguida cambia el tono autoritario por otro más suave, reflexivo, para no hacer daño a Sarah—. Incluso suponiendo que hubiera de verdad un ultimátum, ellos no lo acatarían. Y no me imagino al Vaticano preocupándose por nosotros. Piensa, ¿cómo se explica esta escolta?

«Bueno, eso no lo logro explicar», dice Sarah para sí. Pero sigue enojada. Claro que hubo ultimátum.

—Lamento informarte que el ultimátum no es ninguna conjetura.

—¿Cómo puedes estar tan segura?

—¿Tienes todas las piezas del rompecabezas? —pregunta en tono desafiante—. ¿Seguro que ahora no vamos a encontrar a ningún emisario?

—El emisario estará allí.

—Bien, jugué mis cartas, hice lo que pude —dice Sarah—. Lo que tenga que ser, será.

Intercambian miradas durante unos segundos. En ambos se percibe la preocupación, por ellos mismos y por los demás.

Minutos después entran en Park Avenue con toda la pompa que les confiere la escolta. Se detienen a la altura del número 301, el célebre hotel Waldorf Astoria, alojamiento de innumerables celebridades a lo largo de más de un siglo.

Raúl se incorpora con dificultad en el asiento. Marius Ferris es el primero en abrir la puerta y, antes de que pueda colocar un pie afuera, alguien la cierra con fuerza desde el exterior. Es un hombre vestido de negro, al que no ha visto en su vida.

—Mis disculpas. Su Ilustrísima prefiere que no lo vean con todos ustedes, sólo la señorita —dice el hombre, asomándose a la ventanilla de Marius Ferris.

Rafael aprovecha para mirar a Sarah, y con los ojos le pregunta en silencio si ahora encajan las piezas de su rompecabezas.

Ella no responde porque no entiende. Rafael le hace señas para que se acerque y le susurra la pregunta. Sarah calla, pero no oculta su desasosiego y nerviosismo.

—Sólo la mujer puede acompañarme —insiste el individuo de negro.

La joven le toma con ternura la mano a su padre.

—Todo va a salir bien. No te preocupes.

El hombre le abre la puerta y la chica sale de la furgoneta. El hombre de negro la acompaña al interior del hotel. Rafael también sale del vehículo. Es inmediatamente interceptado por otro matón corpulento.

—¿No ha oído a mi colega? —pregunta amenazador.

—Sí, lo oí.

—Entonces será mejor que vuelva a entrar.

—Por desgracia, no es posible. Tengo que ir con la mujer —insiste, impasible.

—Entre a la furgoneta inmediatamente —ordena el tipo—. No volveré a decírselo.

—No puedo. ¿Sabe por qué?

—¿Tengo cara de estar interesado en saberlo?

—Si no lo está, debería. —Hace una pausa para subrayar sus palabras—. Soy el único que conoce el paradero de los papeles. —Otro breve silencio, y remata—. La mujer no sabe nada.

Capítulo

60

M E LO VAS A CONTAR O NO?
—¿A contar qué?
—¿Qué omitiste?
—¿Qué omití?
—¿Quieres que sea más directo? ¿Qué otras cosas hiciste a mis espaldas?
—¿Por qué piensas que oculto algo?
—La pieza del rompecabezas, ¿te acuerdas?
—Si me cuentas cuál es la pieza que falta en tu rompecabezas, tal vez te diga cuál es la mía, suponiendo que exista.
—A mí no me falta nada.
—¿No? —reflexiona un instante—. Entonces a mí tampoco.

Rafael y Sarah Monteiro, sentados en un Range Rover negro de camino al supuesto lugar donde se encuentran los papeles, mantienen este diálogo de sordos.

El matón había informado a sus superiores de las palabras de Rafael y recibió la orden de llevarlo ante Su Ilustrísima, que aguardaba sentado en el vestíbulo del hotel. Rafael llegó junto al obispo, al parecer auténtico: se llamaba

Francesco Cossega. Por extraño que parezca, Rafael, en un acto instintivo, hizo el gesto de besarle la mano.

—Dios te bendiga, hijo —respondió el prelado como hacen los verdaderos obispos.

—¿Su Ilustrísima es el emisario de Su Santidad?

«La paliza debe de haberle afectado más de la cuenta», pensó Sarah, «o se trae algo entre manos».

—Están a salvo conmigo, hijos míos —dijo, y luego miró a Rafael directamente a los ojos—. ¿Vas a llevarme hasta donde están los documentos?

—Por supuesto, Ilustrísima —respondió rápidamente Rafael—. Me gustaría pedirle que dejase marchar a los dos hombres que están allí afuera, dentro de la furgoneta. Uno de ellos requiere atención médica.

«Y tú un tratamiento psicológico urgente», se dijo Sarah, estupefacta. Está presa de la angustia, sin saber cómo estará su pobre padre después de aquella terrible tortura. Lo único que quiere es acabar con esa farsa y correr a su lado.

—Claro. —El religioso hizo una seña con la mano a uno de los asistentes, que salió de inmediato.

Así se explica que ambos estén ahora en el asiento de atrás del Range Rover, con un chofer cuyo inevitable traje negro no desentona con el resto de los agentes. El obispo los sigue en un Mercedes último modelo, blindado y con vidrios polarizados.

El destino de la caravana es el número 460 de la avenida Madison. Ésa fue la dirección que dio Rafael a Cossega en el vestíbulo del Waldorf. Al salir no vieron la furgoneta en la que se habían quedado el capitán y Marius Ferris.

—¿Cómo llegaste a la conclusión de que los papeles están en esa dirección? —pregunta Sarah en voz baja. No quiere que los matones la oigan.

—Pronto lo verás.

—¿Conoces a este obispo? Parecías muy devoto en su presencia.

Rafael tarda en responder.

—Nunca lo había visto. Pero un obispo es un obispo. Tenemos que mostrar respeto.

—¿Piensas que en realidad está a las órdenes de J.C.?

—Creo que Cossega organizó todo esto.

—¿Cómo?

—Aún no lo sé. Son suposiciones.

Permanecen callados algunos minutos, hasta que se encuentran a pocas manzanas de su destino.

—Escucha —dice Rafael en voz baja tras tocarle delicadamente el brazo para llamar su atención—. Necesito que te quedes tranquila a mi lado hasta que yo te diga. Si no lo haces no podré protegerte.

—¿Qué estás planeando?

—Aún no lo sé.

—¿Cómo que aún no lo sabes? ¿Vas a negociar nuestra libertad a cambio de los papeles?

—Muy pronto lo sabré.

—¿Qué más sabes? —pregunta Sarah irritada—. Déjame las negociaciones a mí.

Rafael se queda atónito, pero no tiene tiempo de preguntarle nada, porque llegan a su destino. Todos bajan y entran en el enorme edificio que se levanta frente a ellos: la catedral de St. Patrick con sus gigantescas torres de más de cien metros de altura.

El templo está vacío y sólo las imponentes columnas y bóvedas del sagrado recinto serán testigos. James Renwick, el arquitecto, imitó el gótico francés en 1879 para convertir este lugar en el templo católico más imponente de los Estados Unidos.

—Guíenos —dice el obispo Francesco Cossega.

Si quedaba alguna duda sobre él, queda disipada al ver al conductor y al copiloto del Mercedes último modelo que iba tras el Range Rover: ni más ni menos que los conocidos agentes Staughton y Thompson.

—No deben preocuparse más. Están haciendo lo correcto. Nadie volverá a molestarlos, se lo garantizo —asegura el obispo.

Algo en su voz transmite seguridad a Sarah. Le gustaría que fuera un buen hombre, un verdadero hombre de iglesia y de fe. Es una pena que esté en el bando equivocado. Sarah reconoce al fin que todo esto sólo puede ser un plan orquestado por el viejo J.C. Y hay que admitir que el plan es bueno, y probablemente habría tenido éxito si ella, también en esta oportunidad, no se hubiese adelantado a los acontecimientos.

Rafael conduce al grupo por la amplia nave central. Avanza con autoridad, muy seguro de lo que hace.

—¿Falta mucho? —pregunta el obispo, que parece algo fatigado.

Rafael calla y sigue caminando.

—¿Tienes alguna idea de lo que estás haciendo? —inquiere Sarah en voz baja, a su lado en todo momento.

—Aún no. Sigamos. Ya se nos ocurrirá algo.

—La cosa puede ponerse fea si descubren que no vamos a ninguna parte —advierte ella. Después pregunta lo que más desea saber—. ¿Qué te hace pensar que este obispo es falso?

Rafael ríe.

—Este obispo no es falso.

—¿No?

—No. Es Francesco Cossega. Es un obispo de verdad. Pero no es un emisario de la Santa Sede.

La joven reflexiona unos segundos.

—¿Por qué crees que no es un emisario de Roma?

Rafael vacila antes de responder.

—Porque el emisario de Roma soy yo.

—¿Qué? —Sarah apenas puede contener el grito.

—¿Y tú? —dice de pronto él.

—¿Yo qué?

—¿Por qué piensas que el obispo no puede ser un emisario del Vaticano?

—¿Y quién dice que yo piense tal cosa? —No quiere dar su brazo a torcer. Rafael, el salvador, el temido Jack Payne de las filas de la CIA y de la P2, ¿es el emisario de Roma?

Pronto alcanzan el crucero: la bóveda se eleva sobre sus cabezas y Sarah no puede evitar mirar hacia los altos arcos del templo. El primer asistente sigue al prelado. Pero el agente Thompson, el siguiente, cae inconsciente ante un violento golpe de Rafael que, sin perder tiempo, lanza un fuerte puñetazo contra Staughton, que lo deja inerte en el suelo. Pobre Staughton.

El obispo y el asistente miran hacia atrás. Demasiado tarde, porque Rafael ha tomado el control de la situación. Thompson intenta levantarse, pero un puntapié de Sarah lo lanza de nuevo contra el sagrado pavimento. La chica se queda asombrada de su propio valor. No es su costumbre patear a nadie; «pero se lo tiene bien merecido», piensa.

—Quítale las armas —ordena Rafael.

Sarah entrega una pistola a Rafael y se guarda la otra en la parte trasera del pantalón.

—Me ibas a contar por qué piensas que no es un enviado de Roma —dice Rafael, mientras giran sobre sí mismos para ocultarse junto a una columna.

—¿No puedes esperar?

—Claro —asiente —. Escóndete allí detrás.

Y le muestra con el dedo un confesionario vacío.

Tras una columna pueden ver un arma lista para disparar que asoma prudentemente. Como si el mismo San Patricio estuviera dispuesto a colaborar, un feroz golpe cae sobre el brazo armado y Rafael lo neutraliza con un certero puñetazo. Sólo queda un obispo angustiado.

—Te estoy esperando —dice Rafael con voz alegre.

Sarah sale de su escondite y registra al agente recién derribado en busca de armas. Él admira su valor. Se diría que ha hecho eso toda su vida. Encuentra otra pistola, se la guarda y mira a Rafael.

—Es muy simple. No podía ser el emisario porque jamás llamé al Vaticano.

Capítulo

61

EXPLÍCATE —EXIGE RAFAEL, MIENTRAS CAMINA CON Sarah entre las filas de bancos de St Patrick. El obispo va delante, empujado por Rafael. La catedral, en su inmensa grandeza, permanece silenciosa y vacía, en penumbra.

—¿Qué tengo que explicar? —pregunta ella, con serenidad.

—¿Qué es eso de que no hiciste lo que dijiste que habías hecho? —Habla así para que el obispo no se entere de a qué se refieren.

—No lo hice, y ya está —responde irritada.

—¿De verdad creen que van a salir de aquí con vida? —interviene el obispo, con demasiada soberbia para alguien que es, en ese momento, encañonado por una pistola.

—Todos vamos a procurar que así sea, ¿no cree, Ilustrísima?

—Acabarán como Firenzi y todos los demás.

—Dígame una cosa, Francesco. Tengo el presentimiento de que todo comenzó por su causa. ¿Me equivoco?

—¿A qué se refiere? —El obispo se da la vuelta y enfrenta a Rafael.

—Me refiero a todo. Las muertes, nuestra presencia aquí en este momento. Todo.

El purpurado reanuda la marcha, pero Rafael continúa con su razonamiento.

—Fíjese, Firenzi encontró los documentos. Nada grave, porque nadie repararía en su desaparición. Estaban en los archivos desde hacía casi treinta años. Sólo una casualidad podía sacarlos a la luz, tal y como ocurrió. El mero hecho de encontrarlos no ponía la vida de monseñor Firenzi en peligro.

—Cállese. No sabe lo que está diciendo —prorrumpe el obispo.

—Sigue —le pide Sarah a Rafael.

—Firenzi sólo pudo poner su vida en peligro al contárselo a alguien, que lo delató. A un amigo. Un obispo, por ejemplo.

—¿Es así, *Ilustrísima*? —pregunta Sarah sarcástica.

—Bobadas. No conocía tanto a Firenzi como para ser su confidente.

En ese preciso momento, la conversación se interrumpe. Algún espíritu piadoso diría que es el mismo San Patricio quien habla a aquel grupo de hombres armados.

—¿No creen que es demasiado pronto para dejar el juego? —El altavoz difunde la muy conocida voz de Geoffrey Barnes, que se encuentra apostado en el púlpito, frente al micrófono del templo.

Rafael empuja vigorosamente al obispo.

—Siga adelante.

Avivan el paso entre las hileras de bancos, muy cerca ya del altar principal.

—¡Quietos! —exige la voz de Barnes por el altavoz—. ¿Adónde creen que van?

Por una de las puertas laterales del crucero aparecen tres hombres. A la cabeza va el viejo, apoyado en su bastón labrado. Lo siguen el asistente y el polaco.

—La pequeña Sarah se ha portado muy mal —reprocha el viejo, que se acerca pausadamente, haciendo sonar el bastón en las losas del templo a cada paso.

—Quizá podríamos mantener una conversación más razonable si supieran en qué condiciones se encuentran el señor Raúl Monteiro y don Marius Ferris. De todos modos... no creo que ustedes pudieran reconocer sus rostros y no creo que ellos pudieran reconocerlos a ustedes. Ahora quiero todos los papeles —clama el viejo—. ¿Creían que me habían vencido? Se necesita algo más que buena suerte para enfrentarse a mí.

Sarah sabe que ya no puede hacer nada. Rafael tendrá que decir dónde están los documentos. No puede soportar más sufrimientos. Valdemar Firenzi, el padre Felipe, el padre Pablo, los «daños colaterales». Ellos engrosarán muy pronto la lista de víctimas y no quitarán un minuto de sueño a esos individuos inmundos. Está sumergida en una catarata de pensamientos cuando siente que unas manos la toman de la cintura. Es Rafael, que la estrecha contra su cuerpo.

—Sabe perfectamente que moriremos antes de decir dónde están los papeles —grita Rafael.

—Puede ser —admite el viejo—. Pero si mueren, ya no tendré de qué preocuparme, ¿no es cierto? Si nadie conoce su existencia, no habrá nada que temer —agrega.

—No creo que le agrade confiar en la suerte —le refuta Rafael.

Sarah siente una mano palpando sus nalgas. La mano sube hasta encontrar una de las armas que guarda entre el pantalón y la cadera. Enseguida siente que un objeto frío se interpone entre su brazo y el costado. Es el arma que le dio a Rafael cuando redujeron a los otros agentes.

Se produce un tiroteo, un intenso y breve tiroteo, que cesa tan de repente como empezó.

Una de las balas hirió en el pecho al polaco, que cayó de espaldas, con una expresión de espanto en el rostro. El saldo final es un muerto y un herido, y el cambio de papeles. Los controladores pasan a ser controlados.

El viejo sostiene al asistente y grita:

—Nunca fui testigo de tanta incompetencia.

Un disparo fulminante alcanza el corazón del obispo Francesco. El gesto de asombro en su rostro es total.

—¿Por qué? Yo te entregué a Firenzi —balbucea, y rueda gradas abajo.

—Odio a los inútiles —espeta el viejo, apuntando ahora el arma hacia Rafael, que a su vez lo encañona a él con dos pistolas—. ¿Crees que tienes alguna posibilidad de sobrevivir, muchacho? —pregunta en un maligno susurro.

—Tengo mis cartas.

—No tienes nada —responde el Maestre—. Ahora ya no tienes nada. Con o sin los papeles, hablen o permanezcan callados, vas a morir...

La tos seca de Geoffrey Barnes, que ha permanecido escondido tras el púlpito, inunda todos los rincones de la catedral.

—Hay una llamada para usted —dice Barnes al viejo.

—¿Para quién? —pregunta J.C. sin apartar los ojos de Rafael.

—Para usted —confirma Barnes.

—¿Quién es?

—Una mujer.

—¿Una mujer? —El viejo parece horrorizado—. ¿Eres idiota? ¿Acaso no puede esperar?

—Creo que es mejor contestar.

—¿No puede conseguir que oiga desde aquí lo que esa persona tenga que decirme, estúpido? Ponga el altavoz.

Instantes después, Barnes consigue pulsar la función de manos libres de su celular y los altoparlantes del templo dejan escapar una voz femenina. Los ecos se repiten como si los mismísimos ángeles hubieran ocupado las bóvedas del templo.

—¿Está ahí? —pregunta la voz.

—¿Quién habla? —dice el viejo sin contemplaciones.

—Cállate, gran hijo de tu madre. Esperarás el tiempo que sea preciso —responde la voz.

Rafael parece tan sorprendido como el viejo. Sólo Sarah esboza una tímida sonrisa.

—Sarah, ¿estás bien? —pregunta la voz.

—Sí, estoy bien.

—¿Quién es? —inquiere Rafael en voz baja.

—Una amiga —afirma en tono triunfal—. La misma que lanzó el ultimátum desde el Vaticano.

El viejo la oye.

—Ah, entonces es la señorita responsable del falso ultimátum del Vaticano.

—Ya le he dicho que se quede callado. Sarah... Sarah, ¿estás realmente bien?

—Sí, Natalie, puedes estar tranquila.

—¿Natalie? —pregunta Rafael—. ¿Quién es Natalie?

La pregunta queda sin respuesta.

—Vayamos entonces a lo que interesa. ¿Cómo se llama el hijo de puta que te metió en todo esto? —continúa Natalie.

—Se llama J.C. —responde Sarah mirando a los ojos del aludido.

—¿J.C.? ¡Jesucristo! Qué gran desgraciado de mierda. Bueno, entonces escuche, J.C., tengo aquí en mis manos una lista con varios nombres de personalidades públicas que pertenecían a la P2. En ella figura hasta el infeliz de un primer ministro.

—¿Qué pretende? —pregunta el viejo mirando al vacío.

—Para empezar, pretendo que libere a mi amiga y a todos los que estén con ella.

—¿Y qué gano con eso?

—Calma, querido. ¿Tiene prisa?

Sarah no logra disimular una sonrisa de satisfacción. Esta Natalie es impagable.

—Veamos. Si lo hace, no paso el reportaje a la BBC y no entrego al *Daily Mirror* el artículo que tengo a punto con una copia de la lista. ¿Qué le parece?

La irritación se apodera por completo del rostro del viejo.

—Si acepto, ¿qué garantías tengo de que eso no saldrá a la luz?

—Piense —continúa Natalie—. Si la lista se divulga, estará firmando su sentencia de muerte. Por lo tanto, usted va a comportarse como debe y los dejará en libertad, y nosotros cumpliremos nuestra parte del trato. Si algún día se porta mal, ya sabe lo que ocurrirá.

El viejo inclina la cabeza y se aleja unos pasos, en actitud pensativa.

—Es un buen acuerdo para todos —prosigue, con su típico acento inglés resonando en el pabellón, como una voz del más allá—. Entonces, ¿hacemos el trato?

Capítulo

62

La noche

> «*Los años de Cristo serán mis días.*
> *Hoy es el vigésimo quinto día de mi pontificado,*
> *los años de Cristo fueron treinta y tres.*»

JUAN PABLO I, EN SU DIARIO, EL 20 DE SEPTIEMBRE DE 1978

AFORTUNADAMENTE, SU CONTACTO HABÍA PREPA-rado una entrada segura.

Ningún guardia suizo salió al paso de aquel hombre de mirada gélida. No podría explicar su presencia allí... si lo sorprendieran. Todos sabían que, para que el plan se llevara a cabo con garantías de éxito, era crucial que nada ni nadie se cruzara en el camino de ese hombre hacia el tercer piso del Palacio Apostólico.

La persona a la que habían franqueado todos los caminos conocía cada rincón de la Ciudad del Vaticano. Al fin y al cabo, el Status Civitatis Vaticanae no ocupa mucho más territorio que una aldea y apenas alberga a mil habitantes.

Todo en el Vaticano es aparentemente sobrio y real-mente ostentoso, ésa era la opinión del hombre que cruzaba calles y giraba en las esquinas aquella noche. El deseo de convertir la capital de los Estados Pontificios en una verdadera representación del Cielo en la Tierra obligó a los papas del Renacimiento a emplear todo su esfuerzo y su dinero en ese objetivo. Por esa razón los mejores artistas de todos los tiempos se habían detenido en Roma: para dar cuenta a Dios de su labor y su pericia.

Aquel hombre había tenido el privilegio de visitar la Ciudad del Vaticano en numerosas ocasiones. No tenía dudas: sabía dónde se encontraba cada palacio y cada oficina, cada recodo y cada plaza, y sabía cómo conseguir que nadie supiera que aquella noche estaba allí. Conocía el horario y el recorrido de las rondas de vigilancia y los lugares donde acostumbraban estar apostados los guardias.

A la hora en que entró, las doce y media de la noche, nadie, a excepción de la guardia, paseaba por aquella parte de la ciudad. Sólo tenían que garantizarle que las rutinas no fuesen alteradas y, por supuesto, debían dejarle las puertas abiertas.

Todo se conjuró para que llegara fácilmente al tercer piso del Palacio Apostólico, justo al lado de la puerta de la habitación del Papa.

El pasillo estaba iluminado por tenues luces, que conferían al lugar una atmósfera lúgubre y siniestra. Un delgado hilo de luz salía por debajo de la puerta de la habitación del Papa, revelando que aún estaba levantado. Probablemente trabajaba en los cambios que atemorizaban a tantos prelados... y quizás a otros personajes. El hecho de que estuviera despierto modificaba un tanto la ejecución del plan. El factor sorpresa sería total si estuviese dormido. Sopesó la posibilidad de esperar a que se adormeciera, pero, al cabo de diez minutos, comprendió que no tenía sentido una demora. Tenía que hacerlo de todos modos, así que no importaba si estaba despierto o dormido. Entraría y anularía rápidamente cualquier reacción. Una vez que el sujeto estuviese dominado, el resto sería fácil.

Se aproximó a la puerta, colocó la mano enguantada en el picaporte y aguardó unos instantes. Hizo un esfuerzo para calmarse. No era la primera vez que mataba, y no sería la última, pero aquel acto criminal tenía algo especialmente repugnante: tenía la misión de acabar con la vida de un pontífice. Era como golpear en el mismísimo centro del corazón de los fieles devotos. Sin embargo, podía contar con algo: aquel crimen haría innecesarios otros similares. El pontificado de Juan Pablo I terminaría en unos instantes.

Abrió la puerta de golpe y entró. El intruso se llevó una inmediata sorpresa. Albino Luciani estaba recostado sobre la cabecera de la cama, escribiendo en un papel, y no levantó los ojos para ver quién entraba sin permiso a esas horas de la noche.

—Cierre la puerta —dijo, sin dejar de escribir.

El intruso era un hombre vigoroso y aún joven en 1978. Por aquel entonces no necesitaba bastón ni ayuda alguna. Irradiaba fuerza y eficacia. Sea como fuere, lo sorprendió la actitud de Albino Luciani, completamente indiferente a su aparición.

Atendió la petición del Santo Padre y cerró la puerta lentamente. Un embarazoso silencio se adueñó de la habitación, mientras el Papa continuaba ignorándolo. No era ésa la escena que había imaginado cuando planeó el asesinato unos días antes. Siempre se veía a sí mismo en el papel de quien lo controla todo. Entrar, matar y salir. Aquella estúpida situación se apartaba de todas sus previsiones. Las palabras que intercambiaron a continuación convencieron al verdugo de que no estaba delante de un hombre común.

—¿Sabe cuáles deben ser las mayores cualidades del hombre? —preguntó Albino Luciani, aún inmerso en los papeles.

—¿Dignidad y honra? —respondió el intruso en forma de pregunta, como contesta un alumno a un profesor, con la esperanza de haber acertado.

—La dignidad y la honra vienen por añadidura —explicó el Papa—. Las mayores cualidades deben ser la capacidad de amar y de perdonar.

—¿El señor cultiva esas dos cualidades?

—Constantemente. No obstante, soy Papa y no Dios. Mi infalibilidad es institucional, no personal. Lo cual significa que no siempre me acuerdo de esas importantes cualidades. —Alzó los ojos por primera vez, por encima de sus anteojos, para mirar a su verdugo.

—¿Por qué me dice eso? —preguntó aquel hombre.

—Para que sepa que no lo condeno. Lo amo como mi semejante y como tal lo perdono.

Sólo entonces el intruso entendió que el papa Juan Pablo I estaba esperándolo y sabía cuál era su cometido. Aquella revelación provocó una extraña conmoción en su mente y su ánimo, pero no fue lo suficientemente grave como para hacerlo retroceder. Colocó una almohada sobre el rostro de Albino Luciani y presionó. Aquellos segundos fueron los más largos de su vida. Mató a un hombre a quien la muerte no logró engañar. Aquel asesino sabía que bajo la almohada había un ser que ni pedía clemencia ni trataba de huir. Podía haberlo evitado, retrocediendo un poco en su afán de reformas, pero no lo hizo. Se mantuvo fiel hasta el final, y eso le granjeó el respeto de su verdugo. Cuando el último aliento de vida abandonó el cuerpo del Santo Padre, el asesino se incorporó. Sin que se diera cuenta, las lágrimas corrían por su rostro. Entonces, en un gesto incomprensible, colocó el cadáver en la misma posición en que se encontraba el Papa cuando él entró en la sala, recostado sobre la cabecera de la cama. Incluso sus ojos permanecían abiertos. La cabeza quedó inclinada hacia el lado derecho.

Más adelante, aquel hombre supo que entre los papeles que el Papa tenía en sus manos estaba la copia de uno de los secretos de Fátima. Anunciaba la muerte de un hombre vestido de blanco a manos de sus pares. La profecía no podía ser más exacta.

El criminal se ocupó de que todo quedara tal y como estaba antes de su entrada en la habitación, y después abandonó el lugar sin hacer el más mínimo ruido. Ni siquiera apagó la luz. Correspondía a otros limpiar la escena del crimen.

Capítulo

63

E STA HABITACIÓN DEL SÉPTIMO PISO DEL WALDORF Astoria es muy adecuada para que el cuerpo se recupere de las penalidades y angustias sufridas en los últimos días. En él se encuentra Sarah, recién duchada, envuelta en una toalla. Rafael está recostado, con los ojos semiabiertos.

Antes de ir al hotel se encaminaron al GCT (DI) - NY. O mejor dicho, GCT (15) - NY, Grand Central Terminal (15), Nueva York, una de las principales estaciones de la ciudad, situada en la calle 42. El número quince correspondía al casillero en el que se encontraban los papeles. Así de sencilla era la clave que tanto costó descifrar.

Allí estaban los papeles, amarillentos por el paso del tiempo. Contenían las ideas de un hombre moderno frenado por intereses mezquinos. Una letra bonita y firme, y a la postre inútil.

Se los entregó al emisario de Roma, es decir, a Rafael.

—¿Estás seguro de que nadie nos ha seguido? —le pregunta Sarah.

—No. Pero por el momento es lo que menos importa. Tenemos una gran ventaja sobre ellos, y no van a hacer nada. Por lo menos por ahora.

—¿Por lo menos por ahora?

—Sí. Esta gente no olvida. Cuando menos lo esperemos, atacarán de nuevo.

—No es una perspectiva muy reconfortante.

—Es el precio que debemos pagar. Por ahora estamos a salvo; el futuro pertenece a Dios.

Tan pronto se ven en el séptimo piso del Astoria, Sarah llama a la clínica para informarse sobre el estado de su padre. La herida no reviste gravedad, a pesar de lo aparatosa. Esa gente sabía cómo torturar sin comprometer la vida de sus víctimas.

—Si hubiese sabido que era tan fácil dominarlos, habría enviado los papeles al diario mucho antes.

—Nos habríamos perdido toda esta diversión —bromea Rafael—. ¿Por qué dijiste que habías hablado con el Vaticano?

—No sólo tú guardas secretos.

Rafael la mira, inquisitivo. Ella continúa hablando.

—Porque no tenía claro hasta qué punto estaba implicado el Vaticano. Y también sabía que sería difícil que me tomaran en serio. Por eso concebí ese plan. Telefoneé a Natalie y le envié los papeles por correo urgente desde el hotel de Portugal, antes de ir a Mafra.

—¿Planeaste toda la escena de la catedral?

—No llegué a tanto, tampoco sabía lo que nos sucedería allí. Sólo le pedí a Natalie que nos ayudara como pudiera. Tiene muchos contactos, así que supuse que era la mejor para ayudarnos. Y no me equivoqué: fue capaz hasta de encontrar el teléfono de Barnes. Sin embargo, ni siquiera ella supo cómo hacer que en el Vaticano nos hicieran caso, así que ideó su propio plan —dice Sarah, riendo, mientras recuerda la conversación de su compañera con el Maestre—. Es una actriz de primera y hemos tenido una suerte increíble.

—Me pareció genial. Tengo que conocer a esa Natalie.

—Cuando vengas a Londres los presentaré con mucho gusto —responde la chica—. ¿Crees que la CIA no va a actuar, independientemente del viejo?

—No sé. Pero no creo, no tienen ningún interés en el asunto y están pasados de escándalos. Creo que estamos a salvo.

—Me gusta oír eso.

Rafael se levanta de la cama.

—¿Te importa que me dé una ducha yo también?

—Por supuesto que no. ¿Te importa que le eche un vistazo a los papeles?

—Te lo has ganado, desde luego.

Los primeros documentos que ve son los referentes a las sustituciones y algunos informes que han realizado funcionarios del Vaticano. Lo más interesante comienza en la sexta página. Es una extensa reflexión sobre el estado de la Iglesia, que lee con avidez. A pesar de que entiende con dificultad el italiano, se conmueve especialmente con algunos pasajes a medida que va leyendo.

Para difundir las enseñanzas de Jesucristo, Nuestro Señor, es incoherente cubrirnos con un manto oscuro que nos nubla el espíritu delante de los demás. Es incoherente transmitir nuestra palabra como si fuese la suya, haciendo opaca una doctrina que se pretende abierta a todos, para que, a través de la fe, Jesucristo comulgue con nosotros verdaderamente.

No se comprende que la Santa Madre Iglesia haya lanzado sobre sí misma un manto de secreto que desentona con la alegría inherente a las enseñanzas del Señor. Pues la fe es también alegría y confraternidad, y no la complaciente circunspección que hay en nuestros rostros. Alegría después de consagrarnos a Él en el compromiso de propagar su doctrina, empeñados en el sacrificio y el sufrimiento que padeció en nuestro nombre. Qué seminarista no es arduamente adiestrado para cargar sobre sus hombros con el peso de la humanidad pecadora, transformándose en un obrero más que acaba trabajando penosamente, en lugar de hacerlo con la alegría propia del mensaje salvador.

La solución depende de nosotros, que en el seno de la Iglesia reverenciamos dogmas antiguos que ni siquiera me atrevo a endosar al Creador. A lo largo de los siglos, muchos hombres se sentaron en la silla de Pedro. El poder y el tesoro acumulados en todo este tiempo son incalculables. Me atrevo a decir que somos el Estado más rico del mundo. ¿Cómo es posible que esto sea así, si nuestra obligación es estar cerca de los fieles? Nuestro deber de ayudar al prójimo se convirtió en algo selectivo y estratégico. Todo este legado está siendo dirigido como una gran empresa, y estamos hablando del legado de Jesús a Pedro, el pescador, un patrimonio que atravesó la historia entera para llegar hasta mí.

Hay que reflexionar sobre un conjunto de cuestiones fundamentales, pero primero hay que señalar un camino. El único que existe es el de Nuestro Señor Jesucristo, nuestro padre. ¿Qué cuestiones pueden ser aclaradas recurriendo al Padre? Todas. Oyendo simplemente sus enseñanzas y recomendaciones, pues él respondió a todas las preguntas hace mucho tiempo, y las responde continuamente. Me atrevo a decir que todas las preguntas ya obtuvieron su respuesta, incluso las preguntas nuevas. Pero en la dificultad de los tiempos modernos hay una fórmula que siempre nos guía hacia el camino del bien y del amor, el camino de Dios. Debemos preguntarnos: ¿qué haría Jesús? Esta pregunta tan simple responde a todas nuestras preguntas. ¿Qué haría Jesús?

¿Control de la natalidad? La vida es alegría y un hijo también, cuando es deseado. ¿Para qué transformar en una carga aquello que es un regalo divino?

¿Relaciones homosexuales? No juzgarás.

¿Celibato sacerdotal? ¿Dónde se habla de ello en el Evangelio?

¿Sacerdocio femenino? Todos somos iguales a los ojos del Señor.

Es el deber de la Iglesia dedicarse a sus fieles y compartir con ellos la palabra del Señor, ayudando a los más necesitados, sin distinción de raza o credo. Realizar una aproximación a otras religiones sin juzgar sus valores o creencias, sino confraternizando y compartiendo su sabiduría y amor. No será un sueño de los cielos que un cristiano puede rezar a su Dios en una mezquita y un musulmán al suyo en una iglesia. Sin censuras ni provocaciones. Porque el Cielo puede y debe comenzar en la Tierra.

«¿Cómo sería hoy el mundo si este Papa no hubiese muerto?», se pregunta Sarah después de la lectura, que la deja a la vez conmovida y exultante. Sin duda, habría revolucionado la Iglesia. Finalmente encuentra un papel escrito en su lengua materna. Sarah reconoce el tercer secreto de Fátima, anunciado por la hermana Lucía.

Escribo en acto de obediencia a ti, mi Dios, que me lo ordenas por medio de su Excelencia Reverendísima el señor obispo de Lereira y de Vuestra Santísima Madre.
Después de las dos partes que ya expuso, vimos al lado izquierdo de Nuestra Señora, un poco más alto, un ángel con una espada de fuego en la mano izquierda; al centellear, despedía llamas que parecía que iban a incendiar el mundo; pero se apagaban en contacto con el brillo que despedía la mano derecha de Nuestra Señora, que iba a su encuentro. El ángel, señalando con su mano derecha hacia la tierra, con voz fuerte dijo: «¡Penitencia, penitencia, penitencia!». Y vimos una luz inmensa que es Dios, y como en un espejo vimos a un obispo vestido de blanco. Tuvimos el presentimiento de que era el Santo Padre. Varios otros obispos, sacerdotes, religiosos y religiosas subían una escabrosa montaña, en la cima de la cual había una gran cruz de troncos toscos como

si fueran de alcornoque; el Santo Padre, antes de llegar allí, atravesó una gran ciudad medio en ruinas y, tembloroso y con el andar vacilante, abrumado de pena y dolor, iba orando por las almas de los cadáveres que encontraba en el camino; una vez arriba del monte, postrado de rodillas a los pies de la gran cruz, fue muerto por un grupo de soldados y algunos obispos y sacerdotes que le disparaban varios tiros y flechas, y así también fueron muriendo uno tras otro los obispos y sacerdotes, religiosos y religiosas, y varias personas seculares, caballeros y señoras de varias clases y posiciones. Sobre los dos brazos de la cruz estaban dos ángeles, cada uno con una regadera de cristal en la mano, y en ellas recogían la sangre de los mártires y con ellas regaban las almas que se aproximaban a Dios.

«Muerto por un grupo de soldados y algunos obispos y sacerdotes que le disparaban varios tiros y flechas...», repite Sarah para sí.

—¿Qué otros secretos guardará la Iglesia, quizás reemplazados por mentiras que se anuncian como verdades absolutas? —murmura.

—¿Estás bien?

La pregunta de Rafael la saca de sus meditaciones. Acaba de salir duchado y vestido del cuarto de baño.

—Sí, muy bien. ¿Vas a algún lado?

—Me voy. Mi misión ha terminado.

A Sarah la frase le cae como un balde de agua fría.

—¿Te vas?

—Lamento todo lo que te hice pasar. Has de saber que todo lo hice por tu bien.

—¿Te vas... adónde? —pregunta Sarah, disimulando mal su sorpresa y su decepción.

—A salvar más almas en apuros —dice en tono de broma.

Sarah se levanta de la cama y se aproxima a él.

—¿Y nosotros?

—¿Nosotros? —Rafael se queda confundido por la pregunta. El rostro de Sarah está cada vez más cerca. Alcanza a sentir su suave aroma—. ¿Nosotros... nosotros qué?

—¿Cuándo nos volveremos a ver? —pregunta la chica, mirándolo a los ojos—. ¿Por qué no te quedas unos días más?

Rafael está visiblemente nervioso, algo que no cuadra con su seguridad habitual.

—Ya te dije que todo esto no ha ocurrido nunca, Sarah. ¿Entiendes?

Ella avanza un poco más, sin miedo, sin pudor alguno en utilizar las armas que tiene a su disposición.

—¿No te vas a quedar conmigo? —le susurra—. Podrías descansar, yo te haría compañía.

Los labios casi se rozan, pero él retrocede en el último momento.

—No. No puedo. Realmente debo irme ahora. Tengo que llevarme los papeles y devolverlos al Vaticano. Allí decidirán lo que quieren hacer con ellos.

Sarah tiene la impresión de que él quiere marcharse cuanto antes, como si estuviese huyendo del demonio y no de ella.

—Si es por mi padre...

—No —dice Rafael—. No tiene nada que ver con tu padre.

—¿Entonces?

El hombre toma los papeles y se dirige hacia la puerta de la habitación.

—Es una opción de vida.

Abre la puerta para salir.

—Espera —lo retiene Sarah—. Por lo menos dime tu verdadero nombre.

La mira una última vez.

—Pero, Sarah... ¿Qué fue lo que te dije cuando nos conocimos? Mi nombre es Rafael.

Ésas fueron las últimas palabras que intercambiaron.

Capítulo

64

Muerte de un sacerdote
19 de febrero de 2006

E L TIEMPO SE AGOTABA. EL OBISPO MARCINKUS, tendido en su lecho de muerte, sabía que sus verdaderos problemas comenzaban ahora, cuando tuviera que rendir cuentas al Dios que tanto temía y al que había obviado en tantas ocasiones. El «banquero de Dios» se veía ante el Todopoderoso mostrándole los libros de ingresos y gastos, el debe y el haber, explicándole por qué se habían cometido aquellos fraudes, convenciéndolo de la necesidad de diversificar inversiones y blanquear dinero del crimen organizado. Con la fiebre y las angustias de la muerte, Marcinkus veía a Dios como un presidente de un consejo de administración, un jefe incapaz de reconocer que todo lo que había hecho su siervo a lo largo de sus 84 años había sido por el bien de la empresa.

Muchos pensaban que el antiguo arzobispo de Chicago permanecía apartado del mundo en una remota parroquia de Illinois, pero Paul Marcinkus nunca tuvo intención de renunciar al poder y, aunque efectivamente se retiró del primer plano, aún permanecía al servicio de la Iglesia católica en la diócesis de Phoenix, en Arizona.

Pero la barriada de Sun City estaba muy alejada del centro del mundo, muy lejos de Roma y muy lejos de Dios. Desde las persecuciones de los jueces italianos —que lo acusaron del desfalco del Banco Ambrosiano—, la angustia no lo había dejado vivir y le había debilitado el corazón. Temía que sus viejos amigos sospecharan que había declarado ante la policía y la magistratura, porque la venganza podía ser dolorosísima.

Con la mirada perdida en el blanco del techo, Marcinkus pudo verse como uno de los cuatro jinetes del Apocalipsis. Calvi, Sindona, Gelli y él habían sido los enviados de Dios para ordenar el mundo.

Recordó el horrible destino de Roberto Calvi. Había conseguido mantenerse a flote a duras penas tras la quiebra del Banco Ambrosiano Holding, a fuerza de sobornos y chantajes.

—¿Cómo se llamaba aquella mujer...? —dijo Marcinkus en voz alta.

Se llamaba Graziella Corrocher y fue la persona que denunció a Calvi antes de saltar por la ventana de su despacho y estrellarse contra el empedrado.

Cuando los jueces de Milán lo encarcelaron en Lodi, habló más de la cuenta: «El Banco Ambrosiano no es mío. Yo sólo estoy al servicio de otro. No puedo decir más». Los amigos no perdonan la indiscreción y si Calvi pudo obtener la libertad condicional, fue porque traicionó a la familia y a los amigos.

Acosado y desesperado, Calvi huyó de Italia y estuvo escondido en diversos lugares hasta que lo encontraron. Por desgracia para él, la mafia dio con él antes que la policía. Probablemente fueron los hombres de Gelli o los de Michele Sindona. El 18 de junio de 1982 le metieron unos ladrillos y quince mil dólares en los bolsillos: por los servicios prestados. Luego le ataron una cuerda al cuello y lo arrojaron al vacío bajo el puente de Blackfriars, en Londres. La policía dijo que el pobre Roberto se había suicidado. «¡Idiotas...! ¡No comprenden nada!», pensó Marcinkus.

—Pobre Roberto.

En cambio, Michele Sindona tuvo su merecido. El viejo presumía de sus negocios, pero era incapaz de mantener a flote un banco. El Franklin Bank se derrumbó y su proyecto de la Banca Privada se lo comieron los Genovese. Decía que había estudiado Derecho, pero sus comienzos estuvieron vinculados a los negocios de la fruta. Por eso lo llamaban «el Limonero». En aquella época pidió la ayuda de los sicilianos y gracias a ellos prosperó. Iba por ahí alardeando de que controlaba la bolsa de Milán, el muy estúpido. En los Estados Unidos se alió con los Inzerillo y los Gambino, aún más rateros que los Genovese. Gracias a todos ellos consiguió enriquecerse y hacer negocios con la Santa Sede, es decir, con Marcinkus y con Calvi. «Sólo un estúpido puede hacerse llamar "Máster del Universo"», había comentado Marcinkus en alguna ocasión. Cuando sus finanzas y las del Vaticano se derrumbaron a mediados de los años setenta, Sindona recurrió a Calvi, pero éste poco podía hacer ya. Sindona se vio acosado en los Estados Unidos y en Italia, donde el listado de cargos y acusaciones contra él era interminable. Presionó a Calvi para que salvara su emporio con el dinero del Ambrosiano, pero el banco católico y su *holding* ya estaban en la mira de las autoridades judiciales. Marcinkus y Calvi dijeron que no conocían al siciliano y lo abandonaron a su suerte. Sindona ordenó el asesinato de un juez de Milán que instruía causas relativas a sus delitos, en un intento desesperado por librarse de la cárcel, pero aquella última estupidez sólo añadió un crimen más a su larga lista. Fue apresado en los Estados Unidos y el Gobierno italiano pidió su extradición. Sindona había dejado pocos amigos y muchas deudas en su camino, y las pagó todas el día 23 de marzo de 1986.

—¿Quieres un café con sales de cianuro, Michele? —dijo en la soledad de su alcoba Marcinkus, mientras esbozaba una última sonrisa.

La cárcel no es un buen refugio para aquellos que tienen deudas pendientes. Así que Michele Sindona terminó sus días con el sabor del cianuro en su garganta.

Respecto al patrón de la P2, Marcinkus no podía sino sentir lástima. Licio Gelli tenía más fantasía que cerebro y le gustaban las conspiraciones tanto como el dinero. «Sólo a un pobre desgraciado se le ocurre hacer una lista con los nombres y las profesiones de sus adeptos», pensó Marcinkus. En 1981 se descubrió el listado de masones. El viejo arzobispo de Chicago sonrió cuando pensó en Silvio Berlusconi como primer ministro de Italia y en el resentido Víctor Manuel de Saboya. Cuando el castillo de naipes se desplomó, expulsaron a Gelli de la masonería y los jueces italianos lo acusaron de apropiación y divulgación de secretos de Estado, de divulgación de calumnias contra los jueces que instruían su sumario y de conspiración y bancarrota fraudulenta. Los últimos años de su vida los pasó entre los banquillos de los juzgados y las cárceles. El viejo cumplía condena en su villa de Arezzo mientras esperaba la muerte... Al pobre diablo le descubrieron cientos de lingotes de oro escondidos en las macetas. ¿Cuántos meses de vida le quedarían aún?

—El tiempo se acaba para todos, viejo Gelli —suspiró Marcinkus.

Las horas fueron agotando aquel domingo 19 de febrero de 2006. Ya no había tiempo para revelar secretos ni para dar explicaciones.

Todo se había cumplido.

TRAS EL FATÍDICO DÍA EN QUE RECIBIÓ, EN LONDRES, el sobre del difunto Valdemar Firenzi, muchas veces había pensado que nunca más volvería a llevar una vida normal. Pero no ha sido así, como prueba su presencia, hoy, en la plaza de San Pedro, donde asiste a la misa dominical que celebra el papa Benedicto XVI. Está acompañada por sus padres, Raúl y Elizabeth. Han pasado tres meses desde que se libró de J.C. y sus agentes. El capitán está totalmente recuperado de la herida que le infligieron en Nueva York.

Para llegar a esta serena mañana de domingo, qué largo camino ha tenido que recorrer. Sarah no puede evitar distraerse del desarrollo de la ceremonia y repasar con el pensamiento la concatenación de hechos que la han llevado allí esa mañana. Todavía le quedan algunas dudas: ¿por qué buscaba los papeles Valdemar Firenzi? ¿Llevaba buscándolos mucho tiempo o fue la apertura del juicio lo que lo impulsó a iniciar la búsqueda? Desgraciadamente, el posterior hallazgo de su cadáver en las aguas del Tíber, en Roma, confirmó los peores temores y dejó sin respuesta a estas preguntas.

Otras partes de la historia las tiene Sarah más claras. La noche en que murió asesinado el pobre Juan Pablo I, los cómplices de su verdugo ocultaron los papeles que tenía éste entre sus manos y luego los entregaron al hombre que ella conoce como J.C. A pesar de que le ordenaron sacar dichos papeles del Vaticano y destruirlos, J.C. no obedeció. Tras el cónclave que eligió a Juan Pablo II, logró introducir los documentos en los Archivos Secretos del Vaticano. El cardenal Firenzi encontró primero las disposiciones papales y el tercer secreto y, sabedor de su inmenso valor, se los confió a su amigo el padre Marius Ferris, que se encargó de guardarlos en un lugar seguro.

Las órdenes eran precisas. Guardar y aguardar. Ferris le envió la llave del casillero donde ocultó los papeles y para complicar un poco más las cosas, Firenzi, que empezaba a tener la impresión de que alguien iba tras sus pasos, mandó hacer dos retratos dobles con la imagen estática de Benedicto XVI y, por debajo, la de Marius Ferris, que aparecía al aplicar luz negra a la fotografía. Los envió a sus hombres de confianza: Felipe Aragón, de Madrid, y Pablo Rincón, de Buenos Aires.

Para una persona común serían las imágenes del Papa y un anciano desconocido, pero aquellos dos hombres conocían a Marius Ferris. Una nota acompañaba dicha imagen. Explicaba cómo conseguir desvelar la imagen oculta, «aplicándole la tierna luz de la oración» y contenía un número de contacto en Nueva York. Firenzi sabía que no necesitaba decirles nada más. Contactarían con su amigo de Nueva York, que estaba autorizado a revelarles el secreto de la localización de los papeles. Tres hombres estaban, pues, en el secreto. La verdad es que el plan de Firenzi demostró ser hábil, pues cuando los hombres de la P2 se pusieron tras la pista de los papeles, pasó un tiempo que resultó ser vital antes de que reunieran todas las pistas.

Sin embargo, Firenzi había cometido un error: confiar el hallazgo de los papeles a su íntimo amigo, el obispo Francesco Cossega, ignorando que él también era miembro de la organización. Como había seguido investigando en los Archivos Secretos, lo supo la noche en que encontró la lista y vio el nombre de su amigo en la segunda columna de la primera hoja.

Lo asustó que su amigo nunca le hubiera contado que pertenecía a la P2, así que inició una serie de acciones siempre dirigidas a proteger los documentos, pues sabía que, con la reapertura del caso de la muerte de Juan Pablo I, su importancia era decisiva.

Buscó la llave, la puso en un sobre junto con la lista y un sencillo código, posiblemente improvisado en aquel momento, y se lo envió todo a Sarah, con la esperanza de que su padre lo entendiera. Lo que él no podía adivinar de ninguna manera era que ella estaba de vacaciones en Portugal, y que tardaría en abrir el sobre. Cuando lo hizo, Firenzi ya estaba muerto. La joven se salvó en Londres por muy poco.

A Sarah le había costado comprender por qué Firenzi deseaba tanto mantener escondidos los papeles. En el fondo, estaba haciendo lo mismo que J.C. Los documentos sólo cambiaban de lugar y de custodio. Pero Marius Ferris le explicó cómo había ocurrido todo aquel atormentado día en Nueva York, cuando estuvieron a punto de morir.

—Al principio su padrino no quería hacer nada. Sólo colocarlos en un lugar seguro. Quería tenerlos en su poder, o depositarlos en las manos de alguien de su confianza.

—¿Sólo eso?

—Inicialmente sólo eso. Más tarde se haría lo que conviniese. No olvide que Firenzi era un príncipe de la Iglesia, y su prioridad estaba clara: quería la verdad, sí, pero también evitar a toda costa que el prestigio del Vaticano se viera aún más deteriorado. Su Santidad tomaría la decisión más adecuada. Probablemente optarían por la clásica reacción vaticana.

—¿Cuál?

—Ninguna reacción. Su reacción típica consiste en no reaccionar. El silencio es su política. Pero el simple hecho de reconocer la existencia de los papeles, de saber que alguien en el seno de la Iglesia no se había comportado con la honestidad debida, era suficiente motivo para que el hermano

Firenzi sí reaccionara. Y debo confesar que para mí también era suficiente. Por eso, Sarah, hizo lo que debía hacerse, y le estoy agradecido.

Hoy, tres meses después, todo ha terminado bien y lo único que todavía preocupa a Sarah es que desde entonces no ha tenido noticias de Rafael, o Jack Payne, o como quiera que se llame. No sabía cómo encontrarlo, por más que tuviese enormes deseos de volver a verlo. Pensó en pedirle ayuda a su padre, pero prefirió no hacerlo.

La misa dominical ha terminado y la familia Monteiro pasea por la basílica de San Pedro, como lo hacen muchos otros fieles y turistas. Más tarde comerán en algún restaurante y luego visitarán Roma.

Mientras la madre y la hija contemplan la magistral cúpula, Raúl se acerca a saludar a un amigo al que acaba de ver entre la gente. Conversan durante unos minutos. Sarah y su madre siguen observando las maravillas arquitectónicas del lugar.

—Chicas, quiero que conozcan a un amigo muy querido —dice Raúl al acercarse a ellas.

Sarah, que está concentrada leyendo un folleto sobre la basílica, no mira enseguida.

—Les presento al padre Rafael Santini.

El folleto pierde importancia en cuanto oye el nombre de Rafael. Sarah mira de abajo arriba al hombre vestido con una sotana negra.

—Es un placer conocerlas.

Sarah apenas logra contener su asombro. ¡Rafael es sacerdote!

—El padre Rafael se encarga de una parroquia al norte de Roma, ¿no es cierto? —explica Raúl.

—Así es. No está muy lejos de aquí.

«Traté de seducir a un sacerdote.» No puede apartar esa idea de su cabeza. ¿Cómo es posible que un hombre como él sea sacerdote, que esté consagrado a Cristo? Ahora entiende mejor su rechazo en la habitación del hotel de Nueva York. Había elegido otro camino, es un hombre de Dios, y además su función es proteger los intereses de la Iglesia. Nada es lo que parece.

—¿Quieres comer con nosotros? —lo invita Raúl.

—Me encantaría, pero no puedo. He venido con algunos niños de la parroquia. Visitaremos el Vaticano. Otra vez será.

—Eso espero —dice el padre de Sarah.

—Los papeles están a salvo —declara Rafael dirigiéndose a Sarah—. Guardados donde siempre estuvieron, pero con el conocimiento de Su Santidad.

Nadie ha reconocido jamás la existencia de la Santa Alianza, la organización que al parecer agrupa a los Servicios Secretos del Vaticano. Sobre esa institución se cuentan numerosas historias, leyendas y ficciones cuya verificación resulta particularmente difícil. Algunos piensan que la Santa Alianza está integrada por sacerdotes espías sin escrúpulos, capaces de dar la vida por Roma y por el pontífice.

Los servicios secretos vaticanos no cuentan con una sede oficial, ni sus agentes están inscritos en una nómina ni pueden identificarse de ningún modo. Sin embargo, la CIA o el Mossad, el CNI o el MI6 están dispuestos a creer que no solamente existen, sino que constituyen una de las fuerzas de espionaje y contraespionaje más poderosas y hábiles del mundo. Por supuesto, los agentes del Vaticano son elegidos entre los más capacitados y probablemente se adiestran en organizaciones e instituciones ajenas al Vaticano.

Rafael Santini fue instruido desde muy joven para un objetivo: infiltrarse en la P2 y la CIA y salir a la luz cuando fuera estrictamente necesario. Durante casi dos décadas había permanecido como durmiente, acechando en las organizaciones e instituciones que debían ser controladas, hasta que recibió la orden pertinente de la Santa Sede y se ocupó de lo que debía ocuparse. No hay cientos, sino miles de sacerdotes en todo el mundo que rezan sus misas, enseñan en las escuelas y confortan a los enfermos, pero están esperando la orden para actuar conforme a las severas directrices del Vaticano.

Sarah ve alejarse a Rafael con sus pequeños turistas.

—A veces pienso en lo mucho que se perdió con la muerte de aquel Papa —dice Sarah, sombría, mientras pasean por las inmediaciones del Vaticano, después de despedirse de Rafael Santini.

—¿Juan Pablo I? —pregunta el padre.

—Sí. Incluso siento que nadie más merecería ocupar ese lugar después de todo lo que ocurrió.

El padre pasa un brazo sobre sus hombros, con ternura.

—Te comprendo perfectamente. Pero tienes que entender que la vida continúa para los que permanecemos aquí. Algún día se hará justicia a Albino Luciani.

—Ojalá sea así.

—Tranquilízate —tercia su madre—. Dios no descansa.

Sarah quiere creer que es cierto. El secreto permanecería guardado, esta vez por hombres de bien, en el mismo lugar donde se perpetró el crimen, en una especie de guiño divino: donde residió la maldad, habita hoy la bondad.

—El plan de Firenzi no me pareció adecuado.

—Hizo lo que pudo —argumenta el padre—. Si tú no hubieses estado de vacaciones, o si él hubiese tenido otra forma de comunicarse conmigo, las cosas habrían salido mejor.

—Aun así, ellos ya tenían a Marius Ferris.

—El hecho de tener a Marius Ferris no quiere decir que hubieran logrado arrancarle la información sobre el paradero de los papeles. Y nosotros lo sabíamos.

—¿Crees que se habría dejado matar sin revelar nada?

—Te respondo con otra pregunta. ¿Crees que Rafael habría confesado?

—Por supuesto que no. ¿Qué tiene que ver el uno con el otro?

—Mucho. Si tu padrino le envió los papeles a Marius es porque tenía plena confianza en él.

Rafael. Ese nombre aún le provoca escalofríos en la espalda, sobre todo ahora que sabe mucho más de lo que sabía. Su salvador, un hombre capaz de hacer lo que hizo en Londres, es un sacerdote italiano. ¿No recuerda más al diablo que a un defensor de la santidad?

—Aun así, no me convence —afirma, volviendo al plan de Firenzi, dispuesta a olvidar al fascinante hombre que la salvó—. ¿Para qué servían los retratos dobles? No llegué a comprenderlo.

—Para que los sacerdotes reconocieran a Marius Ferris. Sabían que sólo él era de confianza. Desgraciadamente, el padre Pablo no fue lo suficientemente precavido como para guardar el suyo en un lugar seguro.

—¿Y cómo supiste que el retrato era doble?

El padre sonríe.

—Para alguien que está al tanto de todo esto, la carta era muy explícita: había que aplicar una suave luz al retrato.

—Muy sagaz. ¿Por qué J.C. no se arriesgó? Podría haber llegado hasta las últimas consecuencias.

—Por miedo.

—¿Miedo?

—Miedo, sí, esas personas están acostumbradas a actuar cuando saben que tienen todas las de ganar. Si existe la posibilidad de perder, prefieren quedarse quietos, en la sombra, esperando una mejor oportunidad.

—¿Quieres decir que intentarán recobrar los papeles?

—No lo creo. J.C. no vivirá eternamente. Y este acuerdo sirve perfectamente a sus intereses.

—¿Intentará algo contra nosotros más adelante?

—Tampoco creo eso. Remover el asunto sólo puede perjudicarlo. Podemos quedarnos tranquilos.

Cerca de las seis de la tarde, los padres de Sarah deciden regresar al hotel para descansar un poco antes de cenar. El paseo ha sido maravilloso. Lástima que Sarah no haya logrado quitarse de la cabeza el encuentro con Rafael. En el fondo, jamás le ocultó su verdadero nombre. Sarah sigue paseando por las calles y callejuelas de Roma, hasta un poco después de las siete.

Regresa despacio al Gran Hotel Palatino, en la Via Cavour, cerca del Coliseo. Ansía darse un baño y cenar. Se siente muy cansada tras el largo día que comenzó muy de mañana, cuando aún tenía al antiguo Rafael en la cabeza. Ahora vuelve con otra imagen que nunca hubiera imaginado.

Y con estos pensamientos entra en el vestíbulo del hotel, ajena a la figura vestida de negro que la sigue desde hace varias horas.

—Señorita Sarah Monteiro —la llama el recepcionista.

Sarah está tan sumida en sus pensamientos que no lo oye. Se ve obligado a llamarla de nuevo.

—¿Sí? —responde al fin.

—Hay un mensaje para usted —dice el empleado, entregándole un pequeño sobre.

—¿Quién lo ha enviado?

—No sabría decirle; no fue durante mi turno y no tengo ninguna anotación del remitente. Le pido disculpas.

—Está bien. No se preocupe. Gracias.

Sarah se dirige hacia el ascensor y abre el sobre, que no está pegado. Retira un pequeño objeto de su interior. Es negro y se asemeja a un botón. Entra al ascensor llena de curiosidad, saca la nota que acompaña al objeto y la lee mientras sube hacia el séptimo piso. Segundos después, levanta los ojos, estupefacta e inquieta. No, no puede ser. Otra vez no.

En la nota hay un texto muy breve.

«ESTO NO ES UN BOTÓN, ES UN AURICULAR.
COLÓQUESELO EN EL OÍDO.»

Sarah vacila unos instantes, pero sabe que no puede huir del destino. Se coloca el pequeño aparato en el oído y espera. Silencio. Tal vez no sea más que una broma de mal gusto. Sin embargo, no se imagina a sus padres embarcándose en una broma de ese tipo.

—Buenas noches, señorita Sarah Monteiro —oye decir a una voz en su oído derecho.

—¿Quién habla? —Su voz, a pesar de ser firme, demuestra ansiedad.

—Hola, querida, seguro que no se habrá olvidado de mí tan rápido. —Hay mordacidad en el tono del interlocutor—. Lo tomaría como una ofensa hacia mi persona.

—¿Qué desea? —El tono aún más firme de Sarah encubre el miedo que siente al reconocer la voz.

—Deseo recuperar lo que me fue arrebatado y me pertenece por derecho. —No hay duda, es la inconfundible frialdad del viejo que conoció hace tres meses en Nueva York, el asesino de Juan Pablo I.

—No tengo nada que ver con eso —responde Sarah con similar frialdad—. Diríjase al Vaticano.

Una carcajada gutural hiere el oído de Sarah, irritándola profundamente. Vacilante, la joven se dirige a su habitación aún con el auricular en el oído.

—Eso es lo que voy a hacer, pero quiero que sea usted mi mensajero. Puesto que usted fue la responsable del destino final de los papeles, me parece justo que sea usted quien los recupere para mí.

Ahora le toca reír a Sarah.

—¿Usted cree?

—Absolutamente.

Sarah entra en la habitación con la extraña sensación de que el viejo no está hablando sinceramente.

—Diga lo que quiere de una vez. Tengo otras cosas que hacer.

—¿Ve el paquete que se encuentra sobre su cama?

Al verlo, el miedo se apodera de ella. Todo lo que pasó hace tres meses regresa para atormentarla.

—Sí —responde con voz ahogada.

—Ábralo.

Sarah obedece. Tiene ante sí lo que parece ser un legajo.

—¿Qué es esto?

—Lea con atención esos documentos. Más tarde hablaremos.

—¿Y esto convencerá al Vaticano de que debe entregarle los papeles?

—No le quepa duda. Todos tenemos nuestros puntos débiles. Espere mis instrucciones.

El auricular deja de funcionar. Se lo quita y lo lanza sobre la cama. Se sienta en el borde, aún con el legajo en la mano, y lee la etiqueta que lo encabeza. Escrito en letras mayúsculas, hay un nombre.

MEHMET ALI AGCA

C UANDO CONTACTÉ CON EL AUTOR PARA ABORDAR la elaboración del libro, la primera exigencia que planteé fue que mezclara la ficción con la realidad. ¿Por qué? La respuesta es simple: porque sé por propia experiencia que en la vida real es eso lo que sucede. Muchas de las verdades históricas que consideramos auténticas no pasan de ser pura ficción. Las circunstancias de la muerte de Juan Pablo I son un ejemplo, y créanme, no es el único caso.

Debo confesar que el resultado me sorprendió positivamente. La ficción se mezcla adecuadamente con la realidad. Con este artificio, no es mi intención dar a los lectores el trabajo de distinguir por sus propios medios lo verdadero de lo falso. Sólo quiero que piensen que no todo lo que se dice con una sonrisa franca o una mirada de profundo pesar es la verdad.

El autor me honró en estas páginas con un personaje que, aparentemente, me representa. Le estoy agradecido por la astucia con la que desarrolló la trama, utilizándome para mi propósito y para el suyo.

Después de todas las teorías de la conspiración lanzadas en los últimos veintiocho años sobre la muerte de Juan Pablo I,

debo recalcar cuánto me deleité en la sombra, con tantos pe-
ritos comentando el tema como si fuesen los dueños de la
verdad.

Las culpas no deben imputarse a las instituciones, sino
a las personas que las integran o trabajan en ellas.

Fui miembro de la logia P2 y, como hombre, no soy ni
pretendo ser inmune al error o el pecado.

Sin embargo, no se engañen, sólo Dios habrá de juz-
garme.

J.C.

CARMINE MINO PECORELLI - Nacido en Sessamo del Molise, en la provincia de la Isernia, el 14 de septiembre de 1928. Fundador del semanario *Osservatorio Politico*, especialista en escándalos políticos y económicos. Se convirtió en un hombre influyente, no sólo por su conocimiento de los entresijos de la política italiana, sino también por su carácter previsor. Ingresó en la P2 de Licio Gelli. Tras el asesinato de Aldo Moro comenzó a publicar documentos inéditos, incluyendo tres cartas que el antiguo primer ministro había escrito a su familia. Los artículos editados en su semanario incomodaron a mucha gente: miembros del Gobierno, diputados, ministros, y también a Licio Gelli, ya que Pecorelli elaboró una lista de miembros de la P2 y la envió al Vaticano. Planeaba publicarla. Fue asesinado el día 20 de marzo de 1979, con el conocimiento y la aprobación de Gelli. El instigador fue un renombrado político italiano.

ALDO MORO - Estadista italiano nacido el 23 de septiembre de 1916 en Maglie, en la provincia de Lecce. Fue primer ministro de Italia en cinco oportunidades, y también uno de los dos líderes más destacados de la Democracia Cristiana. Fue secuestrado el 16 de marzo de 1978, en pleno corazón de Roma, por las Brigadas Rojas y mantenido en cautiverio hasta el día de su muerte, el 9 de mayo de ese mismo año. Ignorando las peticiones de ayuda contenidas en las cartas que Aldo Moro escribió al partido y a su familia, el Gobierno adoptó una posición intransigente, negándose a negociar con los terroristas. Moro apeló incluso al papa Pablo VI, amigo personal. Fue en vano. Oficialmente, Aldo Moro fue asesinado a balazos por las Brigadas Rojas y colocado en el maletero de un automóvil, debido a la postura no negociadora del Gobierno de Giulio Andreotti. Pero sólo oficialmente...

LICIO GELLI - «Maestre Venerable» de la logia masónica P2. Nació en Pistoia el 21 de abril de 1919. Estuvo implicado en casi todos los grandes escándalos italianos de los últimos treinta y cinco años. Combatió al lado de Franco, en el cuerpo enviado a España por Mussolini, y fue informante de la Gestapo durante la Segunda Guerra Mundial, manteniendo incluso contacto directo con Hermann Goering. Una vez finalizada la guerra, se unió a la CIA y, junto con la OTAN, brindó cobertura a la Operación Gladio, que consistía en la creación de una especie de ejército secreto de intervención rápida, instalado en Italia y en otros países europeos, incluido Portugal, con el objetivo de eliminar amenazas comunistas. Fue responsable de innumerables actos terroristas. El homicidio de Juan Pablo I fue uno de los muchos que ordenó perpetrar. Es conocida su implicación en la muerte de Aldo Moro, Carmine Mino Pecorelli, Roberto Calvi, el primer ministro portugués Francisco Sá Carneiro... Su asociación ilícita con el arzobispo Marcinkus, Roberto Calvi y Michele Sindona produjo un desfalco de 1,4 billones de dólares en el Istituti per le Opere di Religione (IOR). Actualmente vive en prisión domiciliaria en su villa de Toscana.

PAUL MARCINKUS - Arzobispo norteamericano. Nació en los alrededores de Chicago el 15 de enero de 1922. Di-

rector del Istituti per le Opere di Religione, más conocido
como Banco Vaticano, entre 1971 y 1990. Encabezó un sin-
número de escándalos financieros junto con Licio Gelli,
de la P2, Roberto Cavali, del Banco Ambrosiano, cuyo principal accionista era el Banco Vaticano, y Michele Sindona,
un banquero y mafioso italiano, nombrado por Pablo VI
consejero financiero papal. Juntos lavaron dinero ilícito y
ocultaron las ganancias del banco controlado por Marcinkus,
que supuestamente debían ser invertidas en obras de caridad.
Su nombre está relacionado con muchas historias poco conocidas, sobre todo la desaparición de la joven de quince
años Emanuela Orlandi, en 1983, en un intento de utilizarla
como moneda de cambio por Mehmet Ali Agca. Marcinkus
siempre gozó de la confianza de Pablo VI. Posteriormente,
Juan Pablo II no tuvo más remedio que mantenerlo en el
cargo, permitiéndole convertirse en el tercer hombre más
fuerte del Vaticano. Sabemos lo que Juan Pablo I pretendía
hacer con él antes de todo eso. Es uno de los principales sospechosos por la muerte de Albino Luciani. En 1990 regresó
a Chicago, tras haber dejado la dirección del Istituto per le
Opere di Religione, y más tarde se retiró a una parroquia en
Arizona. Fue encontrado muerto en su casa el día 20 de febrero de 2006.

ROBERTO CALVI - Banquero milanés nacido el 13 de
abril de 1920. Bautizado por la prensa como «el banquero
de Dios», debido a sus relaciones con el Vaticano y con el
arzobispo Paul Marcinkus. Presidente del Banco Ambrosiano, fue manipulado y amenazado por Gelli y Marcinkus
hasta el agotamiento, lo que produjo como resultado un desfalco financiero gigantesco. La muerte de Juan Pablo I lo be-
nefició poco. Incluso estuvo en contra de su eliminación.
Huyó a Londres con un pasaporte falso y, días después, el
17 de junio de 1982, apareció ahorcado debajo del puente de
Blackfriars. La policía británica trató el caso como un sui-
cidio, a pesar de que los indicios señalaban lo contrario. Tenía
piedras en los pantalones y 15.000 dólares en el bolsillo.

El caso ha sido reabierto recientemente en Italia y en el Reino Unido, pero es más que probable que el verdadero culpable jamás sea atrapado.

JEAN-MARIE VILLOT - Cardenal francés. Nació el 11 de octubre de 1905. Nombrado secretario de Estado del Vaticano durante el papado de Pablo VI, en 1969, se mantuvo en ese cargo hasta la muerte del Papa y permaneció en él al inicio del brevísimo mandato de Juan Pablo I. Estaba prevista su sustitución para el 29 de septiembre de 1978. La muerte del Pontífice permitió que se mantuviese en funciones durante los primeros meses del papado de Juan Pablo II, hasta su propio fallecimiento, el 29 de septiembre de 1979. Miembro de la P2 de Licio Gelli, está considerado por algunos investigadores como uno de los sospechosos por el asesinato de Albino Luciani.

·LUCÍA DE JESÚS DOS SANTOS - Nacida el 22 de marzo de 1907 en Aljustrel, fue una de las videntes de Fátima, la que anunció los tres secretos que Nuestra Señora transmitió al mundo y que la Iglesia controla férreamente, divulgando falsedades en su lugar. Se reunió con Albino Luciani el día 11 de julio de 1977 en el convento de Santa Teresa, en Coimbra, ocasión en la que conversaron durante más de dos horas. Durante la charla entró en trance y alertó al futuro Papa de lo que le esperaba. Falleció el día 13 de febrero de 2005.

MARIO MORETTI - Fundador de las Segundas Brigadas Rojas. Secuestró a Aldo Moro, y fue el único que mantuvo contacto con él durante el cautiverio. También fue el único que disparó contra el estadista. Las circunstancias del caso jamás fueron esclarecidas. No obstante, se sabe que la P2 tuvo una participación muy activa en el caso, al igual que alguna organización de otro continente. Fue condenado a seis penas de cadena perpetua y sorprendentemente liberado en 1994.

J.C. - Nacido el... en... fue autor material e instigador de innumerables actos macabros. Ingresó en la P2 en... Hoy está retirado de la política y las finanzas, manteniendo a la vez una gran influencia en el mundo del hampa. Vive en... Mató a Juan Pablo I la noche del 29 de septiembre de 1978.

* * *

Los restantes personajes presentados en este libro pertenecen al inexorable mundo de la ficción.

NOTA 1: Las suposiciones serán reemplazadas por datos confirmados en una edición futura.

NOTA 2: La P2 aún existe y es más secreta que nunca.

EL ÚLTIMO RITUAL

Yrsa Sigurdardóttir

*No hallarás nunca paz
ni consuelo.
Arde para siempre...*

Así reza la carta que, escrita con la propia sangre de su hijo Harald, recibe en Alemania Amelia Gotlieb, días después de que la policía islandesa encontrara el cadáver del muchacho en la Facultad de Historia de Reikiavik: un cadáver al que, además, le han sacado los ojos y lleva marcados en su cuerpo extraños signos que dejan a los forenses entre el estupor y el espanto.

Descontentos con el trabajo de la policía, y deseosos de que la verdad se descubra de la forma más discreta posible, los padres del joven contratan los servicios de Pora, una letrada islandesa a la que ayudará Matthew, el abogado alemán que envía la familia.

Pora y Matthew inician una investigación que los conducirá desde la moderna Reikiavik al extremo noroeste de la isla, una zona inhóspita y salvaje donde, como en tantos otros lugares de Europa, se llevaron a cabo ejecuciones de decenas de personas acusadas de brujería.

A los dos abogados no les quedará otro remedio que sumergirse en los restos y documentos de aquel nefasto episodio de la historia de Islandia para encontrar la clave de un asesinato que parece haber sido inspirado en ancestrales rituales.

EL JARDÍN
DE LAS FIERAS

Jeffery Deaver

El protagonista de esta historia es Paul Schumann, un matón de la mafia de Nueva York conocido por su sangre fría y su «profesionalismo».

Sin que él lo sepa, está en la mira de los servicios secretos de su país. Acorralado, tendrá que elegir entre pudrirse en la cárcel o aceptar un «trabajo» prácticamente imposible: asesinar al lugarteniente de Hitler que está dirigiendo el plan para rearmar Alemania.

Pero cuando Schumann llega al Berlín de las Olimpíadas del 36, los bien trazados planes del Gobierno de Estados Unidos comienzan a torcerse: el mejor y más implacable detective de la policía alemana se pone tras la pista del sicario norteamericano.

A medida que se va desarrollando la trama, las sorpresas se suceden para el lector hasta llegar a un final inesperado.

Como dijo la crítica estadounidense: «Un Deaver de primera», lo que significa «entretenimiento de primera en estado puro».

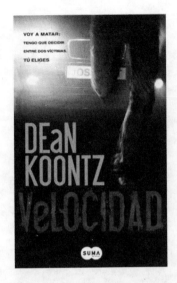

VOY A MATAR:
TENGO QUE DECIDIR
ENTRE DOS VÍCTIMAS.
TÚ ELIGES

VELOCIDAD

Dean Koontz

Billy Wiles es un camarero que trabaja duro y que lleva una vida tranquila en Napa, California. Una tarde, tras salir del trabajo, encuentra una nota en el parabrisas de su coche. Alguien le advierte de que si no avisa a la policía, una joven maestra rubia morirá, y si lo hace, la víctima será una apacible anciana. Sólo tiene seis horas para decidirse.

Aconsejado por un amigo policía, Billy no hace caso del anónimo. Sin embargo, en menos de 24 horas, una joven profesora es hallada muerta... y él siente que la culpa es suya. Enseguida encuentra otra nota conminándolo a tomar otra decisión similar a la primera y así, inesperadamente, Billy ve cómo su tranquila vida adquiere la velocidad de una desesperante pesadilla.

Las notas empiezan a llegar cada vez más rápido, los plazos son cada vez más cortos y el asesino se muestra en cada una de ellas más despiadado.

Billy es juez y parte en la lucha entre el bien y el mal en un conflicto en apariencia irresoluble.

Este libro se terminó de imprimir
en el mes de octubre de 2006
en Indugraf, Sánchez de Loria 2251,
Buenos Aires, Argentina.